btb

Buch

Eine Gruppe von Männern, Abenteurer und Entdecker, brechen eines Tages auf einem Segelschiff zu einer Forschungsreise zu den Graham-Inseln im Südpazifik auf. Der Kapitän hat, gegen besseren Rat, ein Segelschiff gewählt und auf den Einbau von Maschinen verzichtet. Die Seefahrer wissen also, daß sie ganz auf sich angewiesen sind auf dieser Reise, die Paradies- und Höllenfahrt zugleich ist. Die Männer begegnen phantastischen Tieren: wundersamen bunten Fischen, riesenhaften Rochen und einem gewaltigen Kraken, einem Ungeheuer aus der Tiefe des Meeres, das eines Nachts nahe des Schiffes auftaucht. Die Seeleute werden Zeugen eines grandiosen Kampfes zwischen dem Kraken und Tausenden von Albatrossen, ein ungeheuerliches und faszinierendes Schauspiel, bei dem die Grenzen zwischen Realität und Imagination verschwimmen. Die vermeintliche Forschungsreise der Seeleute ist in Wahrheit eine Reise nach innen: Die Männer wollen ihr bisheriges Leben, die moderne, zivilisierte Welt hinter sich lassen auf der Suche nach dem Paradies, nach dem Ort grenzenloser Freiheit. Gionos Roman schließt an jene Tradition imaginärer Reisen an, an denen nicht nur die französische Literatur reich ist – Reisen in eine phantastische Ferne, zu jenem »Nirgendort« Utopia.

Autor

Jean Giono (1895–1970) zählt zu den bedeutendsten Autoren Frankreichs. Der große Schriftsteller übte harsche Kritik an der Zivilisation des 20. Jahrhunderts und war Pazifist. Aufgrund seiner Überzeugung wurde er mehrmals inhaftiert. Giono lebte völlig zurückgezogen in der Provence und schrieb zahlreiche Romane, Gedichte und Theaterstücke. Das Werk des »Homers der Provence« ist geprägt von einer urwüchsigen Bejahung des Lebens und der Ablehnung alles Kriegerischens.

Jean Giono bei btb

Bleibe, meine Freude. Roman (72289)
Jean der Träumer. Roman (72287)

Jean Giono

Die große Meeresstille

Roman

Aus dem Französischen übertragen von Ernst Sander und Hety Benninghoff

Mit einem Essay von Stefan Broser

btb

Originaltitel: Fragments d'un Paradis

Umwelthinweis:
Alle bedruckten Materialien dieses Taschenbuches
sind chlorfrei und umweltschonend.

btb Taschenbücher erscheinen im Goldmann Verlag,
einem Unternehmen der Verlagsgruppe Bertelsmann

1. Auflage
Genehmigte Taschenbuchausgabe Januar 2000

Umschlaggestaltung: Design Team München
Umschlagfoto: TIB/Swanstock
Satz: IBV Satz- und Datentechnik GmbH, Berlin
KR · Herstellung: Augustin Wiesbeck
Made in Germany
ISBN 3-442-72288-8

Inhalt

Wir werden später sehen, welche Wendung die Sache nimmt, auf welche Weise unser Held scheitert und welche Hindernisse er umgehen oder übersteigen muß, auf welche Weise gigantische Bilder erstehen, wie das geheime Triebwerk dieser erstaunlichen Dichtung sich in Bewegung setzt, deren Horizont sich in die Ferne dehnt und die durchweht ist von einem lyrisch-majestätischen Windhauch.

Gogol, Die toten Seelen

Io che peer nessun' altra cagione, scriverò se non perchè, triste miei tempi mi vietavan di fare.

Alfieri, Tirannida

I. Nachdem alle Vorbereitungen zur Ausreise...

Nachdem alle Vorbereitungen zur Ausreise beendet waren, stachen die beiden Schiffe am 6. Juli gemeinsam in See; und am 12. des gleichen Monats gelangten sie in Sicht des letzten Kaps von Europa, das in einer Entfernung von drei Meilen WSW hinter ihnen zurückblieb. Am 20. passierten sie zwei spanische Kriegsschiffe, deren eines einen Warnschuß gegen die »L'Indien« abgab, damit sie die Segel streiche; aber nachdem der spanische Kommandant sie angerufen und erfahren hatte, es seien die auf einer Forschungsreise nach dem Stillen Ozean begriffenen Schiffe, entschuldigte er sich höflich, ließ sie weiterfahren und wünschte ihnen gute Reise. Am 26., gegen neun Uhr abends, warfen »La Demoiselle« und »L'Indien« auf der Reede von Madeira Anker, ohne daß sich bis dahin etwas ereignet hätte, das des Berichtens wert gewesen wäre.

Die bislang ziemlich schwache, obwohl beständige Brise frischte am 28. gegen elf Uhr aus WNW auf, mit Böen. Der Anker der »L'Indien« schleppte, und als sich ergab, daß er nicht wieder faßte, obwohl bis an die hundertzehn Faden Ankerkette ausgelassen waren, ging »L'Indien« unter Segel, nachdem der Anker wieder eingeholt worden war, und kreuzte auf der Reede. Um acht Uhr warf sie an einer andern Stelle Anker durch sechzehn Faden Schlamm und Muscheln hindurch. Drei Leute der Besatzung, die in dem großen, zu Wasser gelassenen Boot weggerudert waren, fehlten an Bord und kamen erst in dem Augenblick zurück, als zum zweiten Male vor Anker gegangen wurde.

Das Meer war grünlich-grau wie über Untiefen. In dem Augenblick, da die Sonne unterging, wurde nach und nach ein ausgedehntes Stück Himmel bestrahlt, als habe dort ein Feuerflügel langsam seine Federn entfaltet. Die Erscheinung rührte von leichten Wölkchen her, die beinahe wie gefroren aussahen; sie entzündeten sich, je mehr sie sich mit einer deutlich wahrnehmbaren Bewegung in die Weite spannten. Lichtgarben, die sie alsbald erleuchteten, ließen ihre Struktur hervortreten, die völlig der von Vogelfedern glich. Auf diese Weise verbreitete sich das Licht streuend über die ganze Himmelsweite, so daß trotz der späten Stunde eine Art befremdlicher Tageshelle von allen Azimuten heraufzog. Die Dinge warfen keinen Schatten, und das Plätschern des von überall her leuchtenden Meeres wirkte, als vollziehe es sich in einer Punschbowle.

In der Nacht begann es in Strömen zu regnen. Es sang in allen Schluchten des Gebirges. Um halb eins drückte ein fürchterlicher Seebebenstoß vier von den fünf Fenstern des großen Raumes ein, obwohl ihre Läden durch Stützkreuze gesichert waren. Das Schiff machte eine Rückwärtsbewegung, als wolle es absacken. Die Verschlüsse einer großen, mit Salz und Champagnerflaschen gefüllten Proviantkiste, die als Tisch diente, wurden gesprengt. Das Rollen des Schiffes ließ sie eine Weile umherpurzeln wie einen Würfel. Schließlich barst sie, und die herauskollernden Flaschen rollten umher und zerschellten; es gab eine unbeschreibliche Unordnung. Die Zimmerleute brachten einen Teil der Nacht damit hin, die Proviantkiste an Ort und Stelle zu reparieren.

Bei Tagesanbruch zeigten sich am Himmel ein paar

weiße sowie einige kupferfarbene Wolken. Der Wind sprang nach Westen um, wo der Horizont ständig von einem glühenden Rot war, als wolle die Sonne dort aufgehen. Im Osten war alles dunkel. Trotz dieser Vorzeichen wurde der Tag ruhig; aber das Licht blieb zweideutig und schwankend.

Am folgenden Tag versuchten die beiden Schiffe mittels einer leichten Brise aus SSO unter Segel zu gehen, um die Reise fortzusetzen; aber nachdem der Wind eine Stunde lang geschralt und geraumt hatte, wehte er wieder aus WSW, und nur mit großer Mühe fanden sie abermals eine Stelle zum Ankern.

Am nächsten Tag wechselte der Wind zwischen N und NO Sie versuchten noch einmal, ihn auszunutzen, und »La Demoiselle« verließ bereits die Reede, als wiederum ziemlich kräftig der ewige Westwind aufkam. Vergebens versuchten sie, sich unter vollen Segeln durch Lavieren im Winde zu halten; die Strömung trieb sie merklich ab, und um vier Uhr mußten sie wiederum beidrehen und vor Anker gehen. Am Abend zeigten sich die gleichen Dämmerungs-Phänomene: der Himmel war leer von Vögeln. Die See lag platt wie Blei, und die Stille war so groß, daß man deutlich die Stimme eines Hirten hörte, der die Schiffe von den Uferhöhen her anrief.

Am Morgen des 3. August versuchten die beiden Schiffe, verleitet durch eine leichte Brise aus NO und dem Beispiel von ein paar unter Segel gehenden Fischerbooten folgend, das gleiche zu tun. In dem Augenblick, da sie das Perlenkap umsegelten, wurden sie plötzlich von einem so dichten Nebel eingehüllt, daß man kaum vom Heck zum Bug sehen konnte. Die Brise erstarb, und sie gerieten abermals in eine Flaute. Endlich, gegen zwei Uhr morgens, als die Brise allmählich von Osten her aufgefrischt hatte, konnten sie mit vollen Segeln ihren Kurs aufnehmen. Zwölf

Uhr dreißig am 5. August, nach wechselnd starken Winden aus verschiedenen Richtungen, sichteten sie die nördlichste Insel der Salvages-Gruppe. Von vier bis sechs segelten sie am Ostteil der Gruppe entlang. Sie sahen nur schroffes Geklipp, das augenscheinlich unersteigbar war. Das Meer brandete wild dagegen. Unzählige Vögel kreisten in Legionen am Himmel. Sie schlossen sich zu Wolken zusammen; dann, als habe der Wind sie auseinandergeweht, verteilten sie sich und ließen in den schrägen Sonnenstrahlen die glänzenden Farben der Landvögel und bisweilen das kalte Blau der Seevögel erschimmern. Um fünf Uhr drei am folgenden Tag, um die Dämmerung, sichteten sie verschwommen durch dichtes Gewölk das Gesamt von Teneriffa. Vor einer kräftigen Brise aus NO laufend, hatten sie bald die Spitze von Neva umrundet. Sie waren nur noch eine kurze Strecke von der Reede entfernt, als sie es, da der Wind noch mehr auffrischte, für geraten hielten, mit dem Ankern an ungeschützter Stelle zu warten, bis er sich gelegt habe. Sie segelten einen Schlag ins offene Meer. Doch am Abend kam Sturm auf. Sie verbrachten die Nacht unter Segeln; am nächsten Tag verloren sie die Insel außer Sicht und flüchteten in einen gewitterschwarzen, von Blitzen rot durchlohten Tag hinein. Sie machten die Insel Las Palmas aus.

Der »L'Indien« folgten drei Seeschwalben, die in ihrem Kielwasser vor dem ungestümen Wetter Schutz suchten.

II. Die Winde aus NO

Die Winde aus NO hielten eine beträchtliche Breite in jenen grenzenlosen Räumen, wo nichts sie zu Sprüngen und Rückprall zwang. Sie zogen glatt dahin wie ein Strom. Man erkannte seine außerordentliche Ausdehnung, sobald ein Vogel, der kleiner war als die großen Tiere, denen es obliegt, den Kampf mit ihm aufzunehmen, von ihm fortgerissen und in beträchtliche Höhen hinaufgeschleudert wurde. Die Luft war so klar, daß man das Tier nach seinem bestürzten Schrei in dem Augenblick, da der Wind es ergriff, in die Höhen eintauchen sah; und lange Zeit blieb das stumme schwarze Pünktchen sichtbar, ehe es sich in der Himmelstiefe verlor.

Die Windstärke war so beständig, daß man sie trotz ihrer Heftigkeit ausnutzen konnte; doch sobald man versuchte, sich den Ort vorzustellen, von wo dieser Wind ausging, mußte man sich die immer ungeheurer sich dehnenden Weiten des öden Meeres vorstellen. Das Grollen dieses Windes hüllte, nachdem es ihnen die Ohren verstopft hatte, die Menschen in eine große Einsamkeit. Das Meer war kaum bewegt. Es wiegte sich in einer langen, beinahe flachen, schweigenden Dünung, deren außerordentlich langsame Bewegung sich nur durch die irisierenden Glanzlichter kundtat, die plötzlich über das Wasser dahinliefen. Das Schiff wurde gleichmäßig emporgehoben und sank gleichmäßig wieder hinab, fast geräuschlos, kaum daß das Ächzen einiger Dullen die gewaltige Beanspruchung des Zimmerwerks zu Bewußtsein führte.

Doch sobald man auf dieses unablässige Grollen achtete, das die gesamte Weite erfüllte, erkannte man, daß es nicht durch die Reibung des Windes auf dem Meer hervorgerufen wurde. Man hörte, daß es ebenso dumpf in den freien Höhen des Himmels erklang wie über dem Meeresspiegel. Sobald jäh und gewaltsam die Nacht anbrach, blinkten in so großer Zahl die Sterne auf und zeigten sich in so vielen Regionen des Himmels zugleich, daß sie wie die Flocken eines Schneegestöbers wirkten.

Oft stoben durch einen völlig reinen Himmel Meteore von ungewöhnlicher Größe. Bisweilen erschien eins dieser Meteore am Zenith, beschrieb eine gewaltige Bahn von Westen noch Osten und zeichnete einen sehr breiten Lichtstreif am Himmel ab, der minutenlang sichtbar blieb. Nun mußte man wohl einsehen, daß das Grollen des Windes von seiner Ungeheuerlichkeit herrührte, die um die Erde wirbelte.

Sobald es wieder Tag war und man die grenzenlose Weite abermals gewahrte, empfand man sogleich, ohne daß man hätte nachzudenken brauchen, daß es jenseits des sichtbaren Horizontes eine Kurvung gab, die die Einöde krümmte. Ungeachtet der Schnelligkeit der Fahrt hatte man eine ungeheure Empfindung von Bewegungslosigkeit und Untätigkeit.

Einzig das Pfeifen der Wanten und des Tauwerks gab noch ein Gefühl von bewohnbarer Welt; ein Ende, das hin und her schwang und gegen den Mast klatschte, beruhigte die Seele. Doch plötzlich knatterten die nicht gesetzten Segel, und die Vorsegel flatterten, daß es wie Trommelwirbel klang. Das Sichleeren und das plötzliche Sichfüllen der Segel, das laute Knarren aller Stage, das Ächzen des

Schiffsrumpfes zeugten von der Heftigkeit des Ringens. Ohne daß irgend etwas die ebene Fläche, in der das Meer atmete, aufgerührt hätte, begann bisweilen ein gellenderes Geräusch, das am Bug einsetzte, im weiten Raum zu singen. Je mehr wir vorankamen, desto stärker wurde jenes Geräusch. Nach und nach zerteilte es sich in Modulationen und Rhythmen, bis wir über dem Wasser die Gipfel der Berge einer Insel auftauchen sahen.

Indessen wir näher kamen, griffen die Schroffen und Felsen in die langen Saiten der Winde und ließen sie in der Tiefe der Täler erklingen. Das Rauschen eines kleinen Baumgischts war zirpend hörbar, und während wir an der Küste entlangsegelten, umgab der Wind das Schiff mit allen irdischen Geräuschen. Das war eine große Erlösung. Man wurde sich plötzlich bewußt, daß es noch Dinge von Menschengröße gab. Doch nach und nach ließ das Schiff auf seiner Flucht diese freundlichen Geräusche hinter sich, und nur zu bald waren wir wiederum von der ungeheuren Einsamkeit umschlossen.

Lange Tage blieb der Himmel völlig leer.

Der Anbruch der Nacht bedeckte das Schiff jedesmal mit einem leuchtenden Schneegestöber, und allmorgendlich suchten die Männer am Firmament nach Spuren von himmlischem Strandgut, an das sie sich klammern konnten. Erst nach langem Warten kam am Horizont eine sehr zarte Feder von gefrorenen Wolken zum Vorschein. Des öfteren faltete sie sich sogleich wieder zusammen, als sei es der ferne Strahl irgendeines blasenden Delphins gewesen. Man mußte unablässig Ausschau halten, um neue Hoffnung zu schöpfen. Nach dem Federchen, das sich erhoben hatte, öffnete sich manchmal ein ganzer Fächer von Schwungfedern, darauf die Sonne leuchtende Farben entfachte. Doch in dem Maße, wie sich die Wolkenflügel entfalteten, begann die Angst vor der Einsamkeit und dem

Geheimnisvollen sich über die Herzen zu breiten. Welcher Art waren jene ungeheuerlichen Vögel, die doch Vertrauen zu ihren Segelfittichen haben mußten, um sie mit solch übermenschlicher Kraft so weit zu spreiten? Es hätte eine Erleichterung bedeutet, den Körper des Ungeheuers auftauchen zu sehen; aber der Wind gestaltete ihn nach seiner Weise, und gegen Mittag rollte oft nur noch eine gestaltlose Wolke vor uns in der Ferne dahin, und das Meer wurde von einem wütenden Regen aufgerauht.

Der Wind roch entsetzlich. Es war sehr schwierig, sich darüber klarzuwerden, wonach er roch, weil der Geruch riesig war und alles bedeckte. Dabei spürte man ihn tief in der Nase und auf der Zunge und selbst im ersten Speichel, den man hinunterschluckte. Wenn man unterm ungegliederten, makellosen Azur des Tages geblendet war von den zahllosen Feuern, die sich im Gischt und an den schneidend scharfen Kämmen der Wogen entzündet hatten, sehnte man die Nacht herbei. Es schien, als ob das leichte Violett, das den Rücken der Dünung zu brünieren begann, dann aber sich ausdehnte, bis es den ganzen Osten völlig verdunkelte, Ruhe und Sicherheit mit sich bringe. Doch nur zu bald vermochte die stille Heiterkeit dem Forttönen des langgezogenen, unablässigen, endlosen Heulens nicht länger zu widerstehen, das die ganze Weite des Himmels und des Meeres beherrschte.

Dann spürten wir den Geruch des Windes. Es war ein leise an Moschus erinnernder Salzgeschmack, nicht eigentlich unangenehm; aber er weckte in uns einen wilden Hunger nach Klippen, nach Felsen und nach einem riesigen Hinterland, darin endlich eine unbewegte Materie den Füßen Halt bieten konnte. Wenn der düstere Osten seine Dunkelheiten über die Wogen vorschob, dann, wenn er das Schiff überholt und die Lichtreflexe und den Gischt ausgelöscht und alsdann das goldgesäumte Segelweiß der

»Demoiselle« zugedeckt hatte, packte uns alle die Angst, da nun jeglicher Halt fehlte.

In diesem Augenblick begann der Wind auf riesigen Kalebassen Tamtam zu spielen. Trotz der Karten, trotz des gleichmäßigen, ungeteilten Wehens, trotz der Leere, in der wir unablässig weitergesegelt waren, und der Leere, die sich vor dem Bug höhlte, so tief und so weit, daß etwas wie ein Schwindelgefühl davon ausging, hörte man den Wind, der an ferne Inseln schlug. Er schlug daran in regelmäßigen Schlägen, und helle Wohlklänge gaben uns sehnsüchtiges Unbehagen. Ein regelmäßiger, unnachgiebiger Takt verpflanzte auf solcherlei Weise mit jedem Schlag kleine, verlorene Stücke Landes in die unermeßliche Weite, zwischen denen wir hindurchzogen, blind und ohne eine Möglichkeit, unser Verlangen nach Hilfe hinauszuschreien. Es war noch schrecklicher, auf diese Weise ihr unmögliches Vorhandensein und ihr fürchterliches Fernsein zu begreifen, das wie das von Trauminseln war.

Unaufhaltsam knirschten die gläsernen Wogen gegen die Bordwände.

Doch alsbald begann der Wind auf dunkleren Trommeln zu spielen. Er schlug auf die Abgründe, und es gelang seiner Kraft, all den Tiefen grollende Laute zu entlocken, daraus man unmöglich auch nur die mindeste Hoffnung schöpfen konnte.

Zuweilen sah man trotz der Nacht den Schlag, den jene riesige, unsichtbare Hand führte. Von Bord nahm man in einigen Kabellängen Abstand eine bleifarbene Stelle wahr, die, Wogen und Gischt zermalmend, jäh eine Phosphoreszenz von wabernder Glut entzündete. Nach einem winzigen Augenblick, in dem man instinktiv den Atem anhielt, scholl das Geräusch auf, das der Schlag in den Tiefen ausgelöst hatte. Es war ein stoffliches Geräusch, wie das des Windes, und während man es vernahm, hörte man zugleich die Schiffsplanken klagen. In diesem Augenblick gesellte sich ein neuer Geruch dem Geruch des Windes. Er hatte keinerlei Beziehung zu irgend etwas, das man kennen konnte. Es wohnte ihm keinerlei Lächeln inne. Er machte die Einsamkeit noch stärker, weil er von gänzlich unbekannten Dingen sprach, Dingen, die kein Maß mit dem Menschen gemein haben. Es konnte ebensogut der Geruch eines riesigen Tieres sein wie der Geruch einer riesigen Pflanze oder eines riesigen Gottes. Es konnte ebensogut Schweißgeruch sein, oder der Geruch von Krallen, oder von Zähnen, oder von Mündern; aber man konnte sich nichts vorstellen, was mit ihm zusammenhängen könne. Nur eines war gewiß: es war ein Geruch des Lebens.

Er verstärkte grausig die Einsamkeit; man wurde sich klar, daß man an etwas Unbekanntem teilhatte und daß man es niemals kennenlernen würde: daß ihm zu nahen oder ihm Ehrerbietung zu bezeigen sinnlos war. Man erkannte, daß das Schicksal, das man bis zu diesem Augenblick geglaubt hatte lenken oder behutsam einrenken zu können, keinerlei Maß mit menschlichen Kräften gemein habe. Plötzlich überkam einen die Gewißheit, daß alles, was man bisher getan hatte, und alles, was man noch bis zum Tode zu tun gedachte, seinem Wesen nach winzig war. Man erkannte, daß die Kraft, die man oft erprobt hatte, der Geist, der es mit den letzten Uferlosigkeiten der Welt aufnehmen konnte, schwach und nichtig sei und daß man bislang in völliger Blindheit befangen gewesen war. Sogar vom Tode, gegen den man unaufhörlich in jeder Sekunde ankämpfte, um auszudauern, wußte man jetzt, daß er keineswegs die Maße und die Bedeutung besaß, die man ihm bislang zuerkannt hatte.

Die Zufluchten, die man sich wider ihn geschaffen hatte, wurden umgestoßen und über den Haufen geworfen und ertränkt von seiner Überflutung, die mächtiger war als das Meer und dichter als das Gestöber der Sterne.

Unablässig wiederholte der Wind die Schläge, mit denen er die fernen Inseln und die Abgründe bedachte; er ließ nicht ab, die düstere Musik zu trommeln, in der es nicht den mindesten Grund zu Hoffnung oder Verzweiflung gab. Da er gleichzeitig an jedem Abend zu dieser Stunde so heftig wurde, daß man die Focksegel zu spüren bekam, war es, als sacke das Schiff einem unter den Füßen weg. Gleichzeitig indessen ließ eine Art dunkeltönenden Zaubers die fernen Erderhebungen mit ihren Bäumen singen, und Klüfte und Schlüfte taten sich auf, deren Hänge jedesmal frei zu schweben schienen, wenn das Schiff darüber hinglitt. Es herrschte kein Überschäumen von Kraft, sondern eine Art stiller, ewiger Gewißheit. Hier ging es nicht um eine romantische Schaustellung der mannigfachen Ausdrucksmöglichkeiten des Universums. Alles bot sich dar als etwas Tatsächliches, das die Geräusche des Tamtams immerfort nachzuprüfen erlaubten.

Das waren ruhige, sehr schöne Tage und Nächte. Das Manövrieren war leicht. Der Kurs machte keinerlei Beschwer. Aber alle Kurse, die wir bis dahin in Ländern sonder Zahl gesteuert hatten, um zur Freude zu gelangen und ihr wieder zu entrinnen, waren in unser aller Gedächtnis ausgelöscht. Die Muße, die die Mannschaft genoß, ließ jedem Zeit, unermüdlich die wichtigste Rechnung seines ganzen Lebens aufzustellen und wieder und wieder aufzustellen.

Auf der »L'Indien« begann der Kapitän zu fluchen. In aller Gemütlichkeit. Über seine Pfeife. Über sein Feuerzeug. Über einen Knopf an seinem Uniformrock. Aus purem Vergnügen. Die Offiziere fluchten, ohne sich dabei aufzuregen, und die Mannschaften gestatteten sich den Hochgenuß ihrer Lieblingsflüche.

Eines Nachts, als der Mond schien, suchte Houdeau, der zur Vieruhrwache gehörte, den Schiffsjungen, der bis dahin auf einem Persenningbündel gelegen und geschlafen hatte. Er überlegte, wo der Bengel geblieben sein könne. Er ging nach unten, zog sich die Stiefel aus und begann, in aller Gemütsruhe vor sich hin zu fluchen. Über die Laterne. Dann über ein Fläschchen Rum, das in der Tasche seines Ölmantels steckte. Er ging wieder an Deck; er war nicht weiter besorgt; er wollte lediglich den Jungen aufstöbern. Er rief ihn nach Luv. Der Name verwehte. Alle Laute flogen sogleich aus seinem Munde davon. Hier war nur eins von Nutzen und am Platze, und das war ein alter Lieblingsfluch, der ihm einfiel und den er zu seinem innigen Vergnügen immerfort vor sich hin brüllte.

Der Junge hatte sich hinter einer Taurolle versteckt. Dort hockte er mit hochgezogenen Beinen, die Arme um die Knie geschlungen, den Kopf auf den rechten Oberarm gelegt. Er hatte sämtliche Flüche durchgeprobt, die er von der Mannschaft gelernt hatte; gewissenhaft, einen nach dem andern, sie wägend und noch einmal wägend. Dann hatte er sich darangemacht, seinerseits welche zu erfinden, indem er sorgfältig die schmutzigsten Wörter, die wildesten Zoten hervorkramte. Er hatte lange gezögert, diese Unflätigkeiten mit dem Namen Gottes zu verquicken. Der Mond verzehrte die Wolken, und der immer freiere Wind ließ, ganz nahe, Abgründe düster aufgrollen; da verknüpfte der Junge den Namen Gottes und den der Heiligen Jungfrau mit allen Unflätigkeiten und Zoten, deren er sich erinnern konnte. Er klapperte mit den Zähnen und schluchzte. Ihn fror, und er fühlte sich verloren. Er hatte immerfort Angst, daß er nicht die Kraft aufbrächte, die allerschmutzigste Unflätigkeit auszusprechen.

III. Es zeigte sich daß…

Es zeigte sich, daß »La Demoiselle« wunderbar seetüchtig war und daß sie der »L'Indien« rasch davonlief. Der Kapitän signalisierte, sie solle gleichzeitig mit ihm beidrehen, und schickte ihr das Boot hinüber, das besondere, ihr freie Fahrt gewährende Anweisungen überbrachte. Er wies ihr als Treffpunkt die Bon-Succès-Bucht in der Le Maire-Straße an, wo sie warten und wo mit den Beobachtungen, der Suche nach Pflanzen und Tieren und der sorgfältigen Überprüfung der Apparate und des Chronometers begonnen werden sollte. Kurz darauf, während das Boot zurückruderte, grüßte »La Demoiselle« die »L'Indien« durch Flaggensignal, und nach der Antwort »Gute Reise« setzte sie Segel und machte sich sogleich den günstigen Wind zunutze. Am 8. August kam sie bei einfallender Dämmerung weit voraus außer Sicht.

Am 16., um acht Uhr abends, sichtete die »L'Indien« ein leuchtendes, sehr großes Meteor von bläulicher Farbe. Es wurde von einem Katerschnurren begleitet, das einen Augenblick lang das Geräusch des Windes übertönte. Es ging sehr schnell nieder, nach NW, und dort, wo es ins Wasser zischte, fuhr ein langer grüner Strahl auf, der sich noch stundenlang am Himmel abzeichnete.

Am 17., mittags, als alle Anzeichen auf eine ungewöhnlich weite Strecke offenen Meeres hindeuteten, wurde eine dem Schiff folgende Schwalbe gesichtet. Sie ließ sich am Abend auf einer der Pforten nieder. Beim Brassen der Segel flog sie auf und flüchtete sich in das Schnitzwerk am Heck.

An den beiden folgenden Tagen umkreiste sie weiterhin das Schiff. Am nächsten Tag wurden Boniten und Delphine gesichtet, die auf fliegende Fische Jagd machten. Um ihnen zu entgehen, schnellten die fliegenden Fische aus dem Wasser, und wenn sie beim Dahinstreichen über die Meeresoberfläche auf einen Wogenkamm trafen, so durchschnitten sie ihn und setzten ihren Flug dahinter fort. Wir sahen mehrere riesige Schwärme dieser Fische. Einige, die zu weit geflogen waren, fielen matt auf das Schiff. Die Delphine und die Boniten, die schönsten unter allen Seefischen, spielten in riesigen Schaumblumen. Manchmal schossen sie senkrecht empor, fast bis zum Schwanz, und ihre schimmernde Haut warf stählerne Lichtblitze. Dann wurden sie geräuschlos vom pechschwarzen Wasser verschlungen, und man sah sie wie Pfeile dahinschnellen und die gedehnte Weite des gischtleuchtenden Meeres durchziehen. Trauben von Blasen folgten den Bewegungen ihrer Schwänze.

Am 20., gegen Mittag, regnete es in Strömen. Der starke Regen durchnäßte das Federkleid der armen Schwalbe, die seit mehreren Tagen die »L'Indien« begleitete. Sie mußte sich auf der Schanze niedersetzen und wurde gefangen. Als sie trocken war, durfte sie frei auf dem Gang und im großen Raum herumfliegen. Sie gewöhnte sich schnell an ihr Gefängnis und stürzte sich sogleich auf die Fliegen, die in großer Zahl dawaren. Am Mittag wurden die Bullaugen geöffnet, und sie erhielt ihre volle Freiheit wieder. Aber um sechs Uhr abends kehrte sie in den Gang und den großen Raum zurück. Abermals fraß sie Fliegen, entfloh von neuem und setzte sich über Nacht auf einen Vorsprung außenbords. Da sie in Ruhe gelassen worden war, war sie mutig geworden und wagte es anderntags schon am frühen Morgen, durch die Pforten und die offenstehenden Luken hereinzukommen.

Ungestört verbrachte sie einen Teil des Vormittags in Vignals Kajüte; doch als sie dann wieder hinausgeflattert war, blieb sie verschwunden. Es könnte sein, daß sie irgendeinem Matrosen ins Garn gegangen ist, der sie dann getötet hat, um seine Katze zu füttern. Da keinerlei Land nahe war, handelte es sich wohl um einen Vogel, der sich an die »Demoiselle« angeschlossen hatte und in der Nähe der »L'Indien« zurückgeblieben war, als die Schiffe beidrehten. Am 26., gegen acht Uhr morgens, fiel ein riesiger gelber Vogel erschöpft neben dem Koch nieder, der oben auf der Kombüsentreppe seine Pfeife rauchte. Er sagte, daß er in dem Augenblick, da der Vogel auf Deck fiel, die Empfindung gehabt habe, neben ihm zucke eine große Flamme empor. Er war noch ganz verstört deswegen. Tatsächlich glich der Vogel, der mühsam atmete und nur noch kleine, zuckende Bewegungen machte, einem seltsamen, flammenden Gegenstand. Man konnte seine Flügel ungehindert spreiten, als sei er tot, und im Licht wiesen sie alle Farben vom Rot bis zum Violett, wie Flammen, die aus sehr trockenem Reisig schlagen.

Die Krampfzuckungen, die durch die heftigen Anstrengungen ausgelöst wurden, die er beim Atmen vollführte, indem er seinen Kropf blähte, enthüllten auf dem glühend gelben Grunde das lebhaft funkelnde Rot seiner Flaumfedern. Auf der ihn haltenden Hand hinterließ er ein deutlich spürbares Hitzegefühl. Es wurde hin und her geredet, um herauszubekommen, was für ein Vogel das sei, und Hour, der Naturwissenschaftler, behauptete, es sei eine Art Racke, wobei er auf die kleinen Büschel von grünen und blauen Federn hinwies, unter denen die Augen des Vogels versteckt lagen und die, gesträubt wie Akantusblätter, helmbuschartig über seinen Hals fielen.

Das Tier starb Hour unter den Händen, und er nahm es an sich, um es in Wasserfarben zu malen, ehe er es ausstopfte. Er behielt es zwei oder drei Tage in seiner Kabine, und er hatte schon eine sehr genaue Zeichnung davon gemacht, als der Balg des Vogels verschwand. Da die Pforten des Ausstopfungsraumes durch Stützkreuze verbarrt waren, war es unvorstellbar, daß eine Böe den Balg hätte ins Meer wehen können. Es wurde auch darauf geachtet, daß die Katzen, die mehrere Matrosen in ihren Kojen beherbergten, niemals dort herumstrichen. Die Mannschaft wurde befragt; keiner gab zu, er habe sich des Vogels bemächtigt.

Ein paar Tage danach hatte der Koch abermals Gelegenheit, außer sich zu geraten. Er war an die Reling getreten, um mit einer Balje Wasser zu schöpfen; dann hatte er sie in den unteren Schiffsraum getragen. Das war um die Dämmerung gewesen; und kurz darauf wurden zwei Matrosen, die gerade dort herumschlenderten, stutzig durch Schreie. Sie fanden den Koch auf den Knien vor der Balje, aufs höchste erstaunt über das, was er sah: es war ein winziges, eckiges Tier, ungefähr einen Zentimeter dick und drei bis vier Zentimeter lang, mit einem schwarzen Flecken am einen Ende; es war opalfarben, aber plötzlich wurde es purpurn, von einem ungewöhnlichen, so intensiven Purpur, daß man sich nicht vorstellen konnte, diese Farbe schon einmal irgendwo gesehen zu haben. Dieses Phänomen wurde von einem ganz leichten Sichzusammenziehen begleitet oder vielleicht dadurch hervorgerufen, das es zur Wasseroberfläche aufsteigen ließ. In dem Augenblick, da es im Begriff war, die Oberfläche zu berühren, verlosch es jäh zu einer Art Blau, das seinerseits wieder so intensiv war, daß auf der Stelle etwas wie eine seltsame Miniaturnacht in der Balje entstand. Im gleichen Augenblick markierten zwei winzige Lichtflecken den Kopf des Tieres. Sie waren so stark, daß man den Eindruck hatte, Strahlen zu sehen, die sie vor sich hinwarfen. Alsbald aber sank das Tier in die Tiefe des Eimers hinab, und als es auf dem Grund lag, nahm es ein so köstliches Grün an, daß selbst die Matrosen nicht umhinkonnten, Ausrufe der Überraschung auszustoßen. Dann krampfte es sich zusammen, als wolle es bersten, verlosch und stieg wieder zur Wasseroberfläche empor, grau und tot.

Das Schauspiel war so strahlend gewesen und so rasch vorübergegangen, daß die drei Männer längere Zeit mit offenem Mund dastanden. Das Außerordentliche des Phänomens hatte vor allem in der Intensität der Farben beruht, mehr noch als in den Bewegungen des Tieres. Tatsächlich hatte keiner der drei Männer, wie sie sich sagten, jemals irgendwo Farben gesehen, die denen glichen, die sie soeben wahrgenommen hatten. Der eine behauptete sogar, daß in den Übergängen zwischen den Farbwechseln ein Aufschießen neuer Farben stattgefunden habe, die in keiner Sprache einen Namen hätten.

Sie nahmen die Balje, stiegen alle drei hinauf und gingen wieder an die Reling, um diesen wundersamen Fang abermals zu versuchen. Sie stellten fest, daß es sehr leicht sei, solche Tiere zu fischen; nahe der Bordwand wimmelte das Meer davon. Man sah sie sogar in kompakten Bänken, die eine Dicke von mehreren Metern haben mußten. Die Verschwendung an Feuerwerk, die in einem fort in der Bank statthatte, war derartig, daß die drei in Ausrufe und Schreie ausbrachen. Hour, der durch den Lärm herbeigelockt wurde, ließ sich Platz machen und geriet, nach seinen eigenen Worten, so sehr in den Bann dieses Schauspiels, daß er an alles andre denn an seine Wissenschaft dachte.

Die von der Begeisterung angesteckten Offiziere und

Mannschaften ließen sogar ein kleines Manöver Manöver sein und kamen und schauten. Laborderie benachrichtigte den Kapitän. In diesem Augenblick ließ Hour, der wieder zum Bewußtsein seiner selbst gelangt war, abermals die Balje auswerfen und ein paar Exemplare einholen.

Diesmal wurden vier oder fünf jener Tierchen gefangen, die aneinanderhafteten, so daß man anfangs glaubte, es sei ein einziges Tier; aber sie trennten sich und begannen, jedes für sich, ihre Farben zu entfalten. Aber in ihrem Miteinander strahlten sie dermaßen schillernde Regenbogentönungen aus, daß eine Fülle lauter Bewunderungsrufe erscholl.

Nun wurde fast eine Stunde lang damit fortgefahren, Baljen mit diesen Tierchen an Deck zu holen, die unmittelbar nach dem Versprühen ihres Feuerwerks grau wurden.

Hour versuchte, eins in einem Glas mitzunehmen; doch im Lauf der Nacht zersetzte es sich dermaßen, daß es am Morgen nur noch ein klebriger Tropfen war.

Der Koch indessen, der den ganzen Tag über heiter und geheimnisvoll gewesen war, gestand schließlich, es sei ihm gelungen, eins der Tiere am Leben zu erhalten. Er widersetzte sich energisch dem Wunsche Hours, der das Tier bestimmen wollte. Er erlaubte ihm lediglich, zu kommen und sich von der Tatsache zu überzeugen, wobei er behauptete, jedermann könne es genauso machen: man brauche nichts zu tun, als ein Korn reines Kochsalz in das Wasser zu werfen, was sich dann auch als zutreffend erwies.

Während der folgenden Tage bestätigte es sich, daß man auf diese Weise die Tierchen am Leben erhalten könne. Sie hörten nicht auf, unablässig in zauberhaften Farben zu erschimmern. Hour kam endlich zu dem Schluß, es handele sich um einen Parasiten der Medusa. Nachdem er das gesagt hatte, warf er es wieder ins Meer, weil es nicht möglich war, eins dieser Tiere während der ganzen Reise in Wasser von gleichbleibendem Salzgehalt aufzubewahren. Der Koch behielt das seine. Allabendlich rückte er einen Schemel an seine Pritsche und stellte das Glas dicht neben sein Bett. So verbrachte er lange Stunden, und man hörte ihn Ausrufe in baskischer Mundart tun; doch verfiel er nach solcherlei Betrachtungen zumeist in einen Zustand tiefer Melancholie.

Am 1. September wurden mehrere Delphine gesichtet. Und plötzlich wurde nahe dem Schiff ein großer Fisch beobachtet, der völlig dem glich, den die Holländer Seeteufel nennen. Seiner Gestalt nach hätte man ihn der Familie der Rochen zuzählen können; aber er schien einer neuen Art anzugehören.

Am 3. September sahen wir mehrere zur Familie der Wale gehörende Fische nah am Schiff vorüberziehen, die nach Norden und nach Nordwesten schwammen. Es schienen Delphine zu sein. Es wunderte uns nur, daß sie nicht spielten, wie sie es für gewöhnlich tun. Sie schienen einer im Kielwasser des andern davonzufliehen. Sie setzten dermaßen ihre ganze Schnelligkeit ein, daß man sie während der Zeit, da sie nah am Schiff vorüberzogen, sich von einer Seite auf die andre werfen und sich um sich selber rollen sah, um die Wogen sicherer zu durchschneiden. Dieses schnelle Sichwälzen machte jedesmal ihren weißen Bauch sichtbar, und während der ganzen Zeit ihres Vorüberziehens bedeckten das weiße Aufschimmern und das Schaumgesprudel das Meer mit einem funkelnden Widerschein. Am nächsten Tag wurden in großer Zahl fliegende Fische im Durcheinander mit Boniten wahrgenommen, denen sie nicht einmal zu entkommen versuchten und die in der gleichen Richtung enteilten. Am 8. September tauchte der Bug in eine ungewöhnliche Anhäufung von Meerasseln. Zwei- oder dreimal nacheinander am gleichen Tag stellte die Mannschaft fest, daß sich ein Geruch bemerkbar mache. Und tatsächlich ließ es sich bald nicht mehr bestreiten, daß eine Art zuckrigen Geruchs zu spüren war, der im ersten Anhauch angenehm war, dann aber rasch widerlich wurde. Am nächsten Tag wurde der Geruch sogar so stark, daß er manchen ein einigermaßen befremdliches Entsetzen einjagte, dem Ekelgefühle und Übelkeit folgten.

Drei Tage segelten wir unter frischem Winde. Aber am 18. morgens gerieten wir unvermittelt in eine große Flaute, und gegen acht Uhr wurde der Geruch so unerträglich, daß man überlegte, was dagegen zu tun sei.

Hour schlug vor, mit Lavendel zu räuchern. Das brachte einige Erleichterung; aber unerklärlicherweise fing der Schiffsjunge alsbald zu weinen an.

Einige Männer der Besatzung bekundeten gleichfalls ihre Unzufriedenheit, und als ihnen erklärt wurde, daß man sich mit allen Kräften von diesem Gestank befreien müsse, antworteten sie, damit seien sie einverstanden; aber ihrer Meinung nach solle lieber eins der chemischen Mittel angewandt werden, die im Proviantraum in genügender Menge vorhanden seien; das sei besser als der Landgeruch, der sehr zur Unzeit an kräftige, reine Bergluft denken lasse. Übrigens war der Kapitän gleichfalls ihrer Ansicht. Also wurden Päckchen mit Chlorkalk auf Deck gelegt; man fing sogar an, die Kleidungsstücke mit Eau de Javel zu besprengen.

Da die Flaute die Mannschaft zur Untätigkeit zwang, waren die Männer fast alle an Deck gekommen. Das Meer lag ungewöhnlich reglos. So weit das Auge reichte, war es flach wie völlig vereistes Metall, ölig glatt, ohne die mindeste Furche. Das Schiff lag so ruhig, daß das Wasser es faltenlos umschloß.

Unter diesen Gegebenheiten war uns plötzlich, als seien wir aufgelaufen, und zwar mit einer solchen Heftigkeit, daß einige der Männer über Deck rollten. Es gab eine unvorstellbare Verwirrung; aber unmittelbar danach war alles wieder ruhig und so still, daß man die Mastspitzen singen hörte, in denen das Beben des Schiffes erstarb.

Jetzt aber begannen die Männer, die über Backbord Ausschau hielten, dumpfe, erstickte Rufe auszustoßen. Das flache Meer spiegelte blendendes Sonnenlicht; doch an Backbord, auf der Schattenseite, konnte man, wenn man senkrecht ganz dicht an der Bordwand hinabsah, in beträchtliche Tiefen hinunterblicken. Man achtete nicht einmal mehr auf den Geruch, der sich auf eine seltsame Weise verdichtet hatte und von Minute zu Minute noch dichter wurde; denn in jenen sichtbaren Bereichen der Tiefen begann etwas Furchterregendes heraufzusteigen.

Die ersten, die es wahrnahmen, haben später ausgesagt, sie hätten zunächst sehr weit unter der Oberfläche an der Grenze des Dunkels ein goldbraunes Schillern wahrgenommen, wie man es auf Teer beobachten kann. Da sie nicht allzusehr darauf achtgegeben, hatten sie in der Tiefe lautlos eine Art weißen Lichtes aufblitzen sehen, blendend wie Schnee in der Sonne. Es war sogleich wieder verloschen und dann rot geworden, purpurn, dann violett, dann blau, und dann hatte es jene neue, unbekannte Farbe angenommen, die bereits an dem gefangenen Tierchen des Kochs beobachtet worden war.

In dem Augenblick, da die Männer dumpf aufschrien, hatten sie gerade festgestellt, daß die Farben aus der Haut eines Tiefseetieres aufleuchteten, das so riesenhaft war, daß, wie sie wahrnahmen, das Funkeln sich über mehr als eine Quadratmeile hin ausdehnte. übrigens war trotz der Sonnenspiegelung das Leuchten des riesenhaften Tieres über Steuerbord ebenfalls wahrnehmbar. Es war nur zu offensichtlich, daß jenes Wesen im Begriff stand, zur Oberfläche aufzusteigen. Als sie, samt und sonders vorgebeugt, mit offenem Mund, dastanden und es also unmöglich war, an irgendein Manöver zu denken, spürten sie deutlich, daß das Schiff vom Kiel bis zur Mastspitze erbebte, und zwar diesmal nicht unter einem Stoß, sondern unter einem lang andauernden, liebkosenden Streicheln. Mit dem Sprudeln der Farben und Blitze, die so heftig die Meerestiefe durchleuchteten, daß es unmöglich war, in größeren Tiefen das Schwanken langer Algen und das flüchtige Vorübergleiten riesiger blauer Spindelschnecken zu sehen, zog gleichzeitig das Schimmern vorwärts, und bald sah man, während an beiden Bordseiten das Wasser trübe wurde, wie sich voraus das immer noch außerordentlich glatte Meer mit seidigem Glanz färbte.

Nach kurzer Zeit hob sich, ohne daß der mindeste Windhauch aufgekommen wäre, die glatte Oberfläche des Meeres zu einer Wölbung von über zwei Metern Höhe. Es nahm auf diese Weise für eines Augenblickes Dauer die Form einer flachen Kuppel an, war aber nach wie vor überaus glatt.

Mit Entsetzen wurde abgeschätzt, daß der Bogen, den das Meer auf diese Weise bildete, eine Sehne von mindestens zweihundert Metern Länge und eine Höhe von über drei Metern habe. Das alles vollzog sich natürlich sehr rasch, und sogleich wich das Meer gischtend um einen Rücken, dessen Haut, sobald sie ans Licht getaucht war, mit außerordentlicher Schnelligkeit sich vom Blau in ein Rot wandelte, das einen Augenblick später tief purpurn wurde.

Während das Schiff entsetzlich stampfte und schlingerte, wobei es beinahe über Steuerbord gekentert wäre, lag das Tier reglos einige hundert Meter voraus. Man konnte erkennen, daß es ein ungeheurer Rochen war, ähnlich denen, die wir am 1. September beobachtet hatten; aber er hatte einen Durchmesser von mindestens hundertfünfzig Metern. Er blies friedlich einen Wasserstrahl, der ein paar Meter emporsprudelte, ehe er auf die Lederhaut zurückklatschte; dann blieb das Tier reglos liegen, und die Wellen, die es aufgewühlt hatte, wallten zurück und rollten an seinem Knorpel entlang. Es ließ sich von der Dünung tragen und wiegen.

Der widerliche Zuckergeruch war so dicht geworden, daß einige der Männer sich übergeben mußten, trotz des Chlorkalks, der nun sogleich mit vollen Händen auf Deck ausgestreut worden war und unter den Stiefelsohlen zertreten wurde.

Aber trotz allen Ekels war es unmöglich, sich von dem schrecklichen und glänzenden Schauspiel loszureißen. Das Tier schien langsam auf der Meeresoberfläche dahinzuschweben, so wie Adler gleiten. Durch das Beugen seiner riesigen Knorpelflügel sammelte es unter sich wirbelnde Strudel, die seinen Kopf aus dem Wasser hoben. Bei jeder Bewegung entstanden auf seiner Haut, die das Aufklatschen des zurückgefallenen Wasserstrahls als dickstes Leder hatte erkennen lassen, die zahllosen Farben und hellen Schimmer, wie sie, wenn es windig ist, im Gefieder eines Vogels spielen. Wellen, die anfangs goldfarben waren, gingen von dem beinahe nicht wahrnehmbaren Beben der Flügelränder aus; dann verbreiteten sie sich über den ganzen Körper des Tieres nach einer regelmäßig wiederkehrenden Farbreihenfolge, die von Purpurrot in Königsblau, in Violett und schließlich in jene unbekannte Farbe überging, an der die Augen sich nicht satt sehen konnten, und die die Herzen mit einem Leuchtglanz von unerhörter Traurigkeit erfüllte.

In dem Augenblick, da diese Farbböen, die von den Rändern des Tiers ausgingen, zu seiner Körpermitte gelangten, wo ein mannshoher Stachelkamm aufragte, bedeckte sich der ganze Fisch wie mit einem goldenen Rückenschild, der so leuchtete, daß die Tageshelle grau wurde und daß er die Dinge kräftigere Schatten werfen ließ als die Sonne.

Während der ganzen Zeit, da das Tier an der Oberfläche liegen blieb, liefen unaufhörlich Farbwellen darüber hin. Nun man von dem Schauspiel gebannt und bezaubert war und es unmöglich schien, das Auge davon abzuwenden, konnte man zwischen den vier Farben Rot, Blau, Violett und Gelb eine Unendlichkeit von unbekannten Farben wahrnehmen, für die es keine Worte gab, die fähig gewesen wären, den Eindruck zu kennzeichnen, den sie machten. Jene Farben rannen zwischen die andern, verschmolzen mit ihnen, ließen sie über eine Unendlichkeit von Zwischentönen von der einen in die andre übergehen, deren jede für sich eine eigene, unsagbar schreckliche Macht besaß. In bestimmten Augenblicken waren sie sogar so glänzend, daß sie einen hinderten, die bekannten Farben zu erkennen, und dann befand man sich mitten im Leben, in Bereichen, die jenen gleichen, wo man nach dem Tode weilen muß.

Ganz ohne Sinn und Verstand hatte Hour seine Selbstladepistole geholt.

Nach einer Weile, die abzuschätzen nicht möglich war, sahen wir, daß der Kopf des Fisches hinabzutauchen begann und daß das Meer über sein Vorderteil seinen Rücken hinauflief. Nach und nach überschlug es sich äußerst langsam nach vorn und begann in die Tiefe hinabzugleiten, ohne alle Wirbel und Strudel, ohne Geräusch, wie Öl in Öl. Schließlich verschwand es und hob dabei jäh einen riesigen, lanzettförmigen Schwanz über zwanzig Meter hoch in die Luft, dessen Unterseite im Aufblitzen einen rosigen, kühlen Fleischton wies, der an Frauenfleisch erinnerte und dessen Anblick die Mannschaft dumpf aufächzen ließ.

Gleich darauf war das Meer frei, und das Schiff erhielt

quer über den Kiel einen scharfen, deutlichen Schlag, wie ihn die Schneide einer Axt hätte führen können. Man konnte suchen und nachforschen, soviel man wollte, während noch die Stage ächzten: es ließ sich keinerlei Schaden feststellen; aber alle überkam ein ungemeines Ekelgefühl. Es wurden sofort Schnaps und Rum ausgegeben; doch bis zum Abend wurde die Mannschaft von unaufhörlichem Brechreiz gequält, und als der Kapitän an Deck kam, war er unter seinem Bart grün. Am nächsten Morgen, bei Tagesanbruch, gestattete ein guter Wind, daß alle Segel gesetzt wurden.

Es wurde über den jetzt verschwundenen Geruch hin und her geredet; er haftete noch immer in den Falten der Pullover. Die Männer trugen sich des Tieres wegen keineswegs mit Angstgedanken. Sie waren ob seiner Größe betroffen, ob des Schauspiels, das es geboten hatte, erstaunt gewesen; aber wenn sie den Befehl erhalten hätten, es anzugreifen, so würden sie es getan haben. Im Grunde waren sie alle darauf gefaßt gewesen, diesen Befehl zu bekommen. Die Handlungsweise Hours, der weggelaufen war, um seine Selbstladepistole zu holen, war bezeichnend, wenngleich lächerlich. Aber sie sprachen endlos lange von dem Geruch, und zur Erklärung stellten sie sich vor, daß das Tier eingesuhlt im Schlamm der großen Tiefen leben müsse; worauf jedoch einige erwiderten, es gebe keinerlei überzeugenden Grund dafür, daß jener Schlamm einen so widerlichen Geruch habe. Man redete auch hin und her, um herauszubekommen, wo man schon einmal einen solch abscheulichen Geruch gerochen habe. Einige behaupteten, daß man in der Nähe von unreinlichen Schlachthäusern so etwas riechen könne, und bei Abdeckereien. Aber die andern antworteten, daß jenem Geruch unleugbar ein gewisser Reiz innewohne, der nicht im entferntesten den Gerüchen anhafte, mit denen man ihn vergleiche. Und das stimmte; der erste Anhauch hatte, als er noch fein und im Windfließen verborgen gewesen war, zunächst an die Düfte erinnert, die von großen, dem Verblühen nahen Narzissenfeldern ausgehen. Unbestreitbar war, daß man ihn zunächst gern eingeatmet hatte und daß das erste durch ihn ausgelöste Gefühl ein Gefühl der Freude und der innigen Zufriedenheit gewesen war. Man konnte nicht einmal sagen, daß seine Dichte die Ekelempfindung erregt habe; denn bei aller Übelkeit, die er im Gefolge hatte, überkam einen stets die Erinnerung an dem Welken nahe Blumen, und der Widerwille rührte weit eher von einem Widerstreben als von einer Beleidigung des Wahrnehmungsvermögens her. Man hätte sagen mögen, die Seele habe sich dagegen aufgelehnt.

Durch das viele Hin-und-her-Gerede kam man auf der Back zu dem Schluß, daß man vor allem krank vor Unruhe sei. Eben das war es. Man mochte sagen, was man wollte. Freilich, jenseits der Süße und des Honighaften jenes Geruches schwoll eine Empfindung auf, die an Aas und Verwesung denken ließ. Aber diese Empfindung war rein imaginär. Man gewahrte dabei weit eher das Bild der Dinge als den Geruch der Dinge selber. Bei der stets dichteren, stets zuckrigeren Süße mußte man schließlich an die Jaucherinnsale denken, die aus den Abflußgräben der Schlachthäuser rieseln, oder an die Ausdünstungen von Abdeckereien; der eigentliche Geruch indessen blieb ein Geruch nach Narzissen, nach Jonquillen und Jasmin. Tatsächlich aber, und dabei ließ man es sein Bewenden haben, war es ein beunruhigender Geruch. Und darüber waren alle sich einig. Er war um so beunruhigender, als er es ohne Grund war. Ein Blinder, der diesen Geruch gespürt hätte, wäre in tiefster Seele in Unruhe geraten. Und dafür wurde ein Beispiel angeführt: Noël Guinard, der

Magazinverwalter. Seit der Ausreise war er, ob Regen, ob Wind, ob Tag, ob Nacht, nicht aus seinem Verschlag herausgekommen. Kein einziges Mal war er an Deck gesehen worden. Dort unten in seinem Proviantraum hatte er sich ein herrliches Refugium zwischen den Kisten und Konservenbüchsenreihen eingerichtet. Er war ein dürrer, dunkler, gekrümmt gehender Kerl mit roten Augen, schmalen Schultern, schwach in Händen und Beinen, dem Leben gegenüber einzig und allein mit einem wunderbaren Gedächtnis und einem noch viel wunderbareren Ordnungssinn gewappnet. Er war die Ordnung in Person. In seiner Nähe und innerhalb seines Tätigkeitsbereiches konnte einfach nichts in Unordnung geraten. Er gab nicht nur den Dingen ihren endgültigen Platz, sondern er erinnerte sich auch in der Folgezeit unerschütterlich eben jenes Platzes, und man konnte sich nichts vorstellen, was ihn diesen Platz hätte vergessen lassen können. So war er also mit Fug der unbestrittene Herr der Lebensmittel und aller Dinge, die Berechnung und Organisation erforderten. Er hatte schon eine Reihe von Reisen mit dem Kapitän gemacht, und dieser konnte sich ohne ihn wirkliche Ordnung schlechterdings nicht vorstellen. Man kannte seine Gewohnheiten genau. Man wußte, daß es eine Folterqual für ihn gewesen wäre, die man ihm unmöglich auferlegen konnte, wenn er die Verwaltung der Dinge, deren Herr er war, auch nur für eine Sekunde hätte aus den Augen lassen müssen. Unmittelbar nach seiner Ankunft an Bord war er in seine dunkle Versenkung hinabgeglitten, und man hatte ihn nicht wieder daraus emportauchen sehen; man hatte ihn vergessen; man hätte ihn mitten im Schiffbruch vergessen, so sehr hatte er dafür gesorgt, in seiner Ordnung zu verschwinden. Die Verbindung, die er wohl oder übel zu der übrigen Mannschaft, den Offizieren und dem Kapitän aufrechterhalten mußte, lief über einen Jungen, der als Dolmetscher herhalten mußte. Seiner bediente man sich zur Befehlsübermittelung, und er holte auch die Traglasten ab, in denen dem Koch die für die Beköstigung notwendigen Lebensmittel geliefert wurden und dem Bootsmann die zur Verteilung gelangenden Rationen. Natürlich hatte sich niemand darum gekümmert, ob Noël Guinard an Deck gekommen sei, als der Rochen vor dem Schiff aufgetaucht war. Man war überzeugt, er sei nicht heraufgekommen; sein Junge bestätigte es. Man wußte auch, daß viel mehr als jene Art Axthieb, den das Schiff in dem Augenblick empfangen hatte, da der Fisch wieder hinabtauchte, erforderlich gewesen wäre, um Guinard aus seinem Versteck herauszutreiben. Aber ein paar Tage später brachte der Junge eine wichtige Neuigkeit: Guinard hatte sich überhaupt nicht um den Geruch gekümmert. Man überlegte, ob er wohl den Frieden des Magazinverwalters gestört haben könne. Der Junge versicherte, daß er ihm natürlich des langen und breiten von allen Eigentümlichkeiten des Ungetüms erzählt habe. Doch nach seinen Worten zu urteilen, hatte Guinard ihn währenddessen nicht im mindesten beachtet, und ebensowenig das, was er vorgebracht hatte. Er hatte sich vielmehr in eine Aufstellung vertieft, die noch ungeheuerlicher war als das Tier oder ihm wenigstens an Ungeheuerlichkeit gleichkam; sie diente dazu, mit außerordentlicher Genauigkeit die von ihm bewerkstelligte Ordnung nachzuprüfen.

Wie es scheint, ist er, nachdem das geschehen, in eine Art dumpfer Betäubung verfallen, die so heftig war, daß er während des ganzen Tages vergaß, seine Laterne anzustecken. Jetzt, sagte der Junge, sei er unten wahrscheinlich dabei, etwas wie ein Zeichen auf einen Stoffetzen zu malen. Genaueres darüber konnte der Junge nicht sagen. Die Stille in der Finsternis hatte ihn dermaßen bange gemacht, daß man ihm ein Glas Rum zu trinken geben mußte. Alles, was er sagen konnte, war, daß Guinard in eben diesem Augenblick eine Kerze angezündet habe und in einer Ecke seiner Höhle mit Tinte zeichne. Paumolle und der Leichtmatrose Archigard, deren Wache gerade abgelöst worden war, beschlossen, sich diesen Hokuspokus anzusehen. Sie kamen wieder und sagten, die Sache sei ganz einfach; Guinard habe, wie sie sich ausdrückten, »durchgedreht«. Sie waren bis zu ihm vorgedrungen und hatten gesehen, was er da machte. Er zeichnete ein Kreuz auf ein Stoffherz, das er aus dem Leinen eines seiner Hemden ausgeschnitten hatte. Auf ihre Frage, was das denn sei, hatte er kurz und bündig geantwortet, es sei ein Skapulier.

Das gab allen Gesprächen auf der Back die Richtung. Es wurde ein für allemal festgestellt, daß dieses Tun vollauf lächerlich sei; dennoch wurde einstimmig zugestanden, daß in dem, was man erlebt habe, tatsächlich etwas sei, das jene Handlungsweise bis zu einem gewissen Grade vernünftig mache. Denn nach und nach erkannte man, wieso jener Geruch hatte Widerwillen erwecken können. Und Savourin Baléchat, Bootsmann, gebürtig in La Cadière im Var, als Bester vom Gymnasium zu Toulon abgegangen, gelangte auf ziemlich verwickelte Weise zu dem Schluß, daß er die letzte Ursache der Erregung verstehe, die sie alle empfunden hatten; er drückte sich recht absonderlich aus: seiner Meinung nach war es eine *antiarkadische* Empfindung. Er mußte das des näheren auseinandersetzen. Er sagte, es sei, besser ausgedrückt, etwas, das *Arkadien* oder das *Paradies* leugne. Natürlich sahen ihn daraufhin alle mit aufgesperrtem Munde an. Da drückte er sich denn so aus, daß alle ihn verstehen konnten, indem er nämlich jeden fragte, ob er nicht in seinem Innern einen geheimen Winkel berge, darin er sorglich Vorstellungen von besonderem Frieden hüte, handele es sich nun um die Gattin, die Mutter, das Kind, das Haus, das Heim, den Garten, den Obstgarten, ein Mädchen oder, in tieferen Schichten, um Räusche jedweder Art; vielleicht den Weinrausch, oder den Rausch des tollen Lebens; mit einem Worte: um alles, was Freude war, Glück und strebendes Verlangen nach dem, was das Leben jedem eigentlich hätte geben müssen. Natürlich werde man ihm sagen, daß man es, wenn er es so ausdrücke, andeutungsweise verstehe; denn sie alle stapelten wohl in jenem Winkel ihrer Seele die Bilder alles dessen auf, was das Leben für jeden in ein irdisches Paradies verwandeln könne. Manchmal frage man nicht viel danach; aber dieses »nicht viel« sei unbedingt notwendig; und wenn man seiner immerfort beraubt sei, wenn man keine Hoffnung mehr hege, dieses unbedingt Notwendige je zu besitzen, dann sei man an der Stätte, die eben gemeinhin die Hölle genannt werde. Diese Aufstapelung von Bildern nenne er nun Arkadien und das Paradies.

Sie verstanden vollauf, was er meinte, und es entstand darob ein ziemlich langes Schweigen auf der Back.

Das war am Abend; der gleichmäßige Wind machte nicht die mindeste Sorge. Eine Purpurkrone umrundete das Schiff.

Als Baléchat weitere Erklärungen versuchte, wurde ihm ziemlich grob gesagt, man habe ihn verstanden. Sie waren alle der Ansicht, daß tatsächlich eben jene geheimnisvolle Empfindung den Ekel ausgemacht habe, von dem sie geschüttelt worden waren. Um sich davon zu überzeugen, schnupperten einige der Männer in den Falten ihrer Pullover nach verbliebenen Resten jenes Geruchs; und als sie ihn wahrgenommen und mit ihrem geheimen *Arkadien* verglichen hatten, schauten sie auf, mit leeren Augen und bitterem Mund.

Dann sprach einer von den Farben. Es war undenkbar, daß selbst die prächtigsten etwas so Neues gewesen wären, daß es den Seeleuten Eindruck gemacht hätte, die, da sie ihr Leben lang von Grönland bis Feuerland mit den Wellen gekämpft hatten, unter tausend Nordlichtbögen einhergesegelt waren. Somit sprachen sie weder von dem Indigo noch dem Purpur, noch von dem Smaragdgrün, womit das Ungetüm sich bekleidet hatte, sondern von der mehrfach erwähnten unbekannten Farbe und von der Unendlichkeit neuer Farben, für die es keinen Namen gab und die die bekannten Farben miteinander verbunden hatten.

Am folgenden Tag wurde eine Dorade gesichtet. Es mochte um vier Uhr nachmittags sein; ein regelmäßiger Wind von NO machte es leicht, Kurs zu halten. Ein paar der Männer fischten am Heck mit Angeln, die am Morgen des gleichen Tages ausgegeben worden waren, damit die gewöhnliche Kost verbessert werden konnte. Sie hatten sich über das sprudelnde Kielwasser gebeugt, und von dort aus sahen sie die Dorade in einigen Metern Tiefe friedlich dem Schiff folgen. Was sie vor allem betroffen machte, war die Leichtigkeit, mit der das Tier schwamm. Die Sonne, die sich zum Horizont zu neigen begann, traf jetzt mit schrägen Strahlen auf die ruhigen Fluten. Sie beleuchtete unter der Wasseroberfläche eine Landschaft, deren Firmament die dunklen Tiefen des Abgrunds waren. Und mitten in dieser opalisierenden Landschaft entfaltete das Tier seine ganze Anmut und Behendigkeit. Deutlich sah man seinen goldenen Rückenschild, und das Licht funkelte in Strahlenbündeln auf jeder seiner Schuppen. Indessen wurde die begeisterte Anteilnahme der Seeleute vor allem durch die geschmeidigen Körperbewegungen des Tieres und die Arabesken erregt, die es auf seiner Bahn beschrieb. Wirklich folgte es nicht nur frei, ungezwungen und mühelos der doch sehr flotten Fahrt des Schiffes, sondern stürzte sich mit einer unvorstellbaren Wendigkeit in Spiralen und Schleifen, Kreise und Winkel, die so rasch waren, daß es sie als goldene Spuren ins Meer schrieb.

Als am Abend auf der Back abermals von den Farben des Riesenrochens geredet wurde, fing einer der Matrosen an, von den Bewegungen der Dorade zu sprechen und sie zu schildern. Er tat es mit einer solchen Leidenschaft, daß sein ganzer Körper seinen Worten folgte, daß er beinahe zu tanzen anfing.

Seit einiger Zeit, es war gegen Mittag, folgten uns Haifische. Sie gehörten nicht der größten Art an; aber was man von ihnen sah, ließ vermuten, daß sie ihre zwei bis drei Meter lang waren. Es wurde ihnen ein starker Haken mit einem mächtigen Stück ranzigen Specks hingeworfen. Die Angelschnur, fest mit einer Trosse verknotet, wurde ausgeworfen und schleppte nach. Sie war noch keine zwei Minuten im Wasser, als eins der Tiere sich darauf stürzte, sich wie ein Bohrer um sich selbst drehte und mit einer solchen Heftigkeit zubiß, daß das spitze Eisen ganz rot aus dem Oberkiefer hervorkam. Sobald es sich gehemmt und gezerrt fühlte, vollführte das Tier wütende Schläge und wurde nun in seiner vollen Größe sichtbar. Es mochte sechs Meter lang sein. Gewunden wie eine Binse, die man zwischen zwei Fingern zwirbelt, tat der Hai einen riesigen Satz und fiel zurück ins Meer, in einem Sprühregen von Wasser und Blut. Sie ließen ihn tauchen; aber er kam bald wieder an die Oberfläche; nach und nach ermattete er, und nun schleifte er halb ertrunken, fast wie ein toter Körper, im Kielwasser. Da machten sie sich daran, ihn mit dem Spill aufzuhieven, und obwohl er sich während dieses ganzen Unterfangens nicht rührte, begann er, als er auf Deck geschwungen worden war, mit außerordentlicher Heftigkeit auf die Planken zu schlagen. Doch schon hatten sich die Matrosen scharfe Äxte hergelangt, und immerfort beiseite springend, um den wütenden Schwanzschlägen auszuweichen, fingen sie an, ihn bei lebendigem Leibe zu zerhacken. Mit zwei Hieben trennte Hervéou den Schwanz vom Körper, und ein Bootsriemen, der im gleichen Augenblick dem Hai in den Rachen gestoßen worden war, wurde von seiner dreifachen Zahnreihe glatt durchgebissen. Es war wirklich überaus gefährlich, in Reichweite des verstümmelten Körpers zu bleiben. Die Trosse, mit der es festgezurrt war, meisterte kaum die Zuckungen des zerhackten Tieres. Es wurde auf die Back geschleppt. Dort wurde es aufgehängt und ausgeweidet. Hervéou und Marchais vollbrachten das als Männer, die an dergleichen Verrichtungen gewöhnt sind, und unversöhnlich antworteten sie auf die krampfhaften Windungen des Ungeheuers mit Spott und faulen Witzen. Sie rissen die Eingeweide und das Herz heraus. Zwei Stunden danach zuckte jenes Herz noch so heftig, daß diejenigen, die es fassen und hochheben wollten, durch jähe Zuckungen gezwungen wurden, die Hände wieder zu öffnen. Die verstümmelten Teile, die ins Wasser getaucht worden waren, damit sie frischer blieben, gaben noch am nächsten Tag Lebenszeichen.

Hatte der Anblick dieses beharrlichen Lebens Eindruck auf die Matrosen gemacht, so konnten sie während der nächsten Tage über etwas noch Erschreckenderes reden. Denn im Laufe des Tages erschollen von der Kombüse her zu wiederholten Malen ein ersticktes Stöhnen und Ausrufe. Seit der Auffindung des kleinen Tieres, das der Koch in einem Glas Salzwasser am Leben erhielt, war man es gewohnt, ihn Ausrufe ausstoßen zu hören; nun aber sah man ihn gegen Abend aus der Kombüse kommen: er stieg an Deck, und allein schon sein Anblick ließ alle erstarren, die ihn sahen. Seine Hände waren mit roten Flecken gesprenkelt, und er mußte am ganzen Körper welche haben; denn er ging behutsam, mit gespreizten Beinen, die Arme weit vom Rumpf weggestreckt, als verursache die leiseste

Reibung ihm fürchterliche Schmerzen. Alle dachten bei seinem Anblick mit Entsetzen daran, daß eben jene entzündeten Hände die Mahlzeit bereitet hätten, die mittags gegessen worden war. Der Kapitän kam in seinen Pantoffeln geräuschlos heran. Er beschaute sich kurze Zeit den Mann, dem alle andern sich fernhielten, und nahm ihn mit lässiger Selbstverständlichkeit bei der Hand; darauf ließ er ihn wortlos, aber ungemein vorsichtig, quer über Deck gehen, bis zur Luke am zweiten Mast, und dann stiegen sie alle beide hinab ins Zwischendeck.

Es begann ein heftiges Hin-und-her-Gerede, und die Erfahrensten sagten, es seien Anzeichen der heimtückischsten Blattern. Worauf jeder, um den eigenen Schrecken zu verjagen, schleunigst erklärte, infolge der Fortschritte der heutigen Medizin gebe es keine Blattern mehr und im übrigen hätten sie beim Anheuern neben andern Papieren ihren Impfschein vorzeigen müssen.

Sämtliche Ereignisse der Reise werden nur dann wirklich plastisch, wenn man sie in der richtigen Reihenfolge erzählt. Sie hatten die Mannschaft zunächst einigermaßen gleichgültig gelassen; jetzt aber fingen die Männer an, ernsthaft über alles nachzudenken, was sie seit der Abfahrt von Madeira zu sehen bekommen hatten. Alle hatten durchaus den Eindruck, als ob irgend etwas oder irgend jemand ihnen den Boden unter den Füßen wegziehe. Nun auf der Back Schweigen herrschte, wurde angefangen, an das seltsame Gefühl der Verzweiflung zu denken, das zugleich mit dem Rochen aus den großen Tiefen aufgestiegen war. Sie sannen darüber nach, wie schwermütig es sei, Farben gesehen zu haben, die zu benennen man unfähig war, und sie dachten voller Schrecken daran, daß sie das dem Haifisch ausgerissene Herz in Händen gehalten hatten, und es war so von Leben erfüllt gewesen, daß es die Hände gezwungen hatte, sich zu öffnen.

All das hatte lediglich einen Anlaß zur Ablenkung und zum Sichwundern gebildet. Wie schon gesagt: sie würden, wäre es ihnen befohlen worden, gegen das Ungetüm anzugehen, mit Freuden ins Walboot gesprungen sein. Und sie hatten auch ohne alle Umstände das frische Haifischfleisch gegessen; doch jetzt, nun sie die Phänomene sämtlich im Zusammenhang überschauten, deren Zeugen sie gewesen waren, packte sie die Angst, es könne darin eine Art Lehre enthalten sein, für die es ihnen an Fassungskraft, an Verstand gebrach.

Es schien, als sei alles in klaren Sätzen ausgedrückt gewesen und als habe eine größere Stimme als alle bisher vernommenen zu ihnen gesprochen und sich, anstatt der Worte, der Formen, der Farben und der Düfte bedient. Das nun aber wurde ihnen nicht auf der Stelle deutlich, sondern es verquickte und verwirrte sich beklemmend mit Schrecken und Geheimnis, ehe sie dazu gelangten, es zu verstehen. Baléchat versuchte, das alles zu erklären, wie er versucht hatte, den Brechreiz zu erklären. Und wirklich, wenn man jetzt den schwächer gewordenen Hauch einatmete, von dem noch eine Erinnerung in den Falten der Pullover haftete, dann wurde man gewahr, daß es ganz einfach ein Blumenduft war, wie man ihn auf den Wiesen des festen Landes einatmet. Schwerlich konnte man sagen, daß es der Duft der Wiesen des Meeresgrundes sei, deren Hauch sich der Ruch des salzdurchfilterten Windes gesellt habe. Und doch wurde man im gleichen Augenblick, da einem solcherlei friedliche Bilder in den Sinn kamen, von Schrecken gepackt bei dem Gedanken, man sei seiner so überdrüssig gewesen, daß man Chlor habe einatmen müssen, um nicht daran zu sterben.

Vor allem tauchte zu jener Zeit ein weiterer Gedanke auf, den die Erinnerung an das Geräusch erweckte, das der Wind hervorbringt, wenn er mit der flachen Hand auf die

Abgründe schlägt und wenn er die Echos der Inseln ertönen läßt. Es schien wirklich, als segele man auf jeder Seite und um Haaresbreite an geheimnisvollen Dingen vorüber, die zu bezeichnen man nur über zwei Worte verfügte, zwei kleine, lächerliche Worte, denen keiner bislang irgendwelche Wichtigkeit beigemessen hatte: die Hölle und das Paradies.

Baléchat sprach verschwommen und obenhin, ohne daß man gewußt hätte, warum, vom Sturz der Engel, und während er davon sprach, versuchte er, mit den Händen und den ausgebreiteten Armen das schwere Flattern eines in den Abgrund stürzenden Ungeheuers nachzuahmen. Wobei jeder leicht merken konnte, daß er auf diese Weise die Erinnerung wachrufen wollte, die vom Erblicken des Riesenrochens her in ihnen allen haftete.

Am deutlichsten aber war ihnen bewußt, daß es jetzt ein Symptom gebe, und dessen Bedeutung wog schwerer, weil es sich im Fleisch und am Körper eines ihresgleichen gezeigt hatte. Selbst wenn die Krankheit des Kochs sich nicht als die Blattern erweisen sollte: es war und blieb eine Krankheit, und alles in allem hätte man vielleicht lieber gesehen, es wären die Blattern. Für diese Krankheit gab es Heilmittel; doch wenn sie geheimnisvoll blieb, gab es keine andere Hilfe als die durch geheimnisvolle Heilmittel. Und wenn das Vorhandensein der Krankheit feststand: das Heilmittel war ungewiß und mußte erst noch gefunden werden.

Sie wurden schließlich beinahe eifersüchtig auf die außerordentliche Lebenskraft, die das Herz des Haifisches unter ihren Händen hatte zucken lassen. Die faulen Witze, die Marchais und Hervéou über das zerhackte Tier gemacht hatten, kehrten jetzt wieder in ihren Hals zurück. Sie empfanden jetzt eine sehr große Ehrfurcht vor allem Leben.

In diesem Augenblick kam der Kapitän wieder vom Zwischendeck herauf, rief Gorri und besprach sich heimlich mit ihm. Er ging davon, und Gorri kehrte auf die Back zurück und sagte, es handele sich bei der Krankheit des Kochs lediglich um eine Vergiftung. Er habe gestanden, dem Naturwissenschaftler den Flammenvogel entwendet zu haben; er habe ihn abhängen lassen, wie man es mit Schnepfen mache, und ihn dann am Vorabend aufgegessen.

Indessen durchschwang Gorris Lachen eine gewisse Unruhe.

IV. Tagebuch des Kapitäns

Das Schiff hat folgende Ausmaße: Länge 32 Meter; Breite 7 Meter 20; Tiefe bis zum Kiel 4 Meter 20.

Ein etwas größeres Schiff wäre wünschenswerter gewesen; aber die uns zur Verfügung stehenden Mittel zwangen uns, innerhalb der angeführten Grenzen zu verbleiben. Wir trösteten uns übrigens, indem wir uns sagten, daß wir uns vermöge dieser geringen Ausmaße wendiger im Eis würden bewegen und auch in kleine Buchten würden einlaufen können; und da wir zumeist ohne Karte würden segeln müssen, würde der geringe Tiefgang es uns in der Mehrzahl der Fälle erlauben, den Grund auszumachen, ehe er uns gefährlich zu werden vermöchte.

Die Besonderheiten der »L'Indien« lassen sich folgendermaßen zusammenfassen: das Schiff besteht ganz und gar aus Eichenholz, außer den Verkleidungen, die aus Ulmenholz sind, und dem Deck, das aus Pitchpin-Planken besteht. Alle beim Bau verwandten Werkstücke sind dreimal so breit und dick wie die vom Véritas-Büro für ein gewöhnliches Schiff von gleicher Tonnage vorgeschriebenen. Ich habe da eingegriffen; ich selber habe die Qualität der Materialien nachgeprüft, und ich habe sorgfältig ihre Reaktionen bei den Widerstandsprüfungen beobachtet. Bis zur Wasserlinie ist das Schiff durch feste Querverbindungen versteift, damit es Druck und Stößen gewachsen ist. Das Vorschiff besteht aus einer kompakten Holzmasse, und der spitz zulaufende Steven ist, damit er dem Anprall der Dünung des südlichen Pazifik standhält, mit einer Bronzearmatur versehen, die auf den Rat von Merlin in Madeira durch starke Eisenbeschläge in V-Form verstärkt worden ist. Eine Scheuerleiste von 8 Zentimeter Stärke schützt den Rumpf gegen Abnutzung und Wellenanprall.

Ich will dem Ansturm aller Glorien standhalten können.

Die Form des Hecks hat bislang bewiesen, daß es sehr wohl für die Reise geeignet ist, die ich vorhabe. Ich will Zeit haben, meine Fahrt nach meinen Wünschen zu regeln, inmitten der Geheimnisse. Es geht hier nicht um Schnelligkeit. Ein Filzbelag von 2 Zentimeter Dicke überzieht die Futterplanken in allen Unterkunftsräumen, und ich glaube, daß sich das bei großer Kälte vorteilhaft auswirken wird.

Ich selber bin mir bewußt, daß es sich hier weniger um eine Seefahrt als um ein neues Leben handelt. Wir müssen alle Zufälle und Möglichkeiten auf unsre Seite bringen.

Das Schiff ist als Dreimastschoner mit festen und beweglichen Toppsegeln getakelt.

Ich habe festgestellt, daß ich allen denjenigen, die mir geholfen und mich bei diesem Unternehmen unterstützt haben, klarmachen konnte, daß die letzten Entdeckungen unseres Jahrhunderts und der Fortschritt der Wissenschaft uns hinfort keinerlei wahrhaft wertvolles Werkzeug und Rüstzeug mehr zu schaffen und darzustellen vermögen. Das Schiff besitzt zwar eine Funkanlage; aber wir bedienen uns ihrer nicht. Es entspricht nicht unserm Vorhaben und kommt uns nicht zu, die Verbindung mit der in Aufruhr geratenen Welt zu erhalten. Darauf zu bauen, sie könne und werde uns Hilfe und Rettung bringen, ist sinn- und zwecklos. Im Gegenteil: wir allein sind es, die Hilfe und

Trost werden bringen können; aber wir werden es gewiß nicht im Telegrammstil tun.

Wir brechen auf, um nicht in Tiere verwandelt zu werden. Der Gedanke, daß wir die Trunkenheit der Weite und des Lichts mit Hilfe eines Funkapparats vermitteln könnten, ist beinahe lächerlich.

In dem kleinen Raum, der dieser Erfindung vorbehalten ist, bleiben die Apparate in ihren Kästen; er enthält lediglich ein Bücherbrett, auf dem ich Buffons »Sämtliche Schriften« habe aufstellen lassen.

Eine Zeitlang hieß es, dem Schiff solle eine Maschine von hundertfünfundzwanzig Pferdekräften eingebaut werden; aber abgesehen davon, daß wir sie aus zweiter Hand hätten kaufen müssen, wäre sie offensichtlich zu schwach für das Schiff gewesen. Der Dampf wäre durch zwei Flammenrohrkessel erzeugt worden. Die Vorteile der beiden Kessel dieses auf Kosten der Stabilität konstruierten Typs gegenüber einem normalen Kessel hätten auf der raschen Druckerzeugung, dem geringeren Kohlenverbrauch und der Möglichkeit beruht, immer nur einen Kessel zu benutzen. Doch diese Vorteile wären bei weitem aufgewogen worden durch die Notwendigkeit des Mitführens von Süßwasser. Ich habe lange dagegen angeredet und schließlich meinen Standpunkt durchgesetzt. Indem ich mich des Windes bediene, habe ich größere Freiheit; ich will nicht von der Kohlenversorgung abhängig sein, die mich zwingen würde, den Fuß in zivilisiertere Länder zu setzen.

Groll und bittere Wünsche sind vor allem der Grund, weshalb wir in See gehen müssen.

Es wäre übel, wenn wir am andern Ende der Welt aus technischen Gründen von neuem den Schrecknissen unsrer Ursprungsstätte unterworfen würden. Wir haben ein ausgezeichnetes Spill, das von der Firma Moffre in Nantes geliefert worden ist. Ich habe den größten Wert darauf gelegt, daß die Unterbringung so bequem wie möglich ist. Sämtliche Räume sind zwei Meter hoch, und besonders schätzenswert ist es, daß jeder Offizier seine eigene Kabine hat. Der Raum für die Bootsmänner ist bis jetzt noch klein, kann aber leicht vergrößert werden, sobald gewisse Kammern sich zu leeren beginnen; auf diese Weise wird er dann sehr geräumig. Die Männer haben zum Schlafen alle ihre Koje, eine Art Alkoven, wie sie in der Bretagne üblich sind, der sich schließen läßt und ihnen gestattet, ihren eigenen Winkel für sich zu haben. Die Pritschen bestehen aus elastischen Holzlatten: Mannschaften und Offiziere haben die gleichen, und ebenso ist es mit den Matratzen, die mit Kapok gestopft sind, einem Material von unschätzbarem Wert für Expeditionen gleich der unsern, da es niemals Feuchtigkeit annimmt und zugleich eine vortreffliche Lagerstatt abgibt. Das Laboratorium auf Deck ist mit peinlichster Sorgfalt und größtem Aufwand an Scharfsinn eingerichtet worden. Schließlich haben wir noch hundertsiebzig Tonnen Proviant und Material im Magazin mitführen können.

Die gezwungenermaßen hastige Ausreise hat uns nicht gestattet, eine zulängliche Anzahl von Probefahrten zu machen. Wir mußten reisen, und da sind wir eben gereist. Doch wenn auch der Rumpf vollkommen und das Schiff bei schlechtem Wetter bemerkenswert seetüchtig ist, so macht es uns sein schlecht ausgewogenes Segelwerk unmöglich, gegen den Wind anzukreuzen, und ich habe festgestellt, daß wir durch Lavieren gegen den Wind kaum an Höhe gewinnen.

Deshalb habe ich auf der Höhe der Insel Fernando Noranla der »Demoiselle« freie Fahrt gewährt; sie segelte besser als wir, obwohl sie fast genauso gebaut ist; ich habe ihr die Bon-Succès-Bucht in der Le Maire-Straße als Treffpunkt angewiesen. Ich hätte ihr auch die Weisung geben können, mich bei Punta Arenas zu erwarten; aber von jetzt an werde ich mich bemühen, keinen der Orte mehr zu berühren, wo für uns die Möglichkeit besteht, mit irgend etwas in Berührung zu kommen, das uns an die von gewöhnlichen Menschen bewohnten Stätten erinnern könnte. Abgesehen von der üblichen Ausrüstung führen wir das gesamte, für die besondere Art von Seefahrt erforderliche Material mit uns, der wir uns widmen. Unser Proviantvorrat ist auf fünf Jahre bemessen und mit der größten Sorgfalt ausgewählt worden; das wissenschaftliche Instrumentarium ist, wenngleich auf das Notwendigste beschränkt, von ausgezeichneter Qualität. Außer den chirurgischen Instrumenten lege ich nur Wert auf Mikroskope und ein Teleskop. Die nautischen Instrumente stammen von einer früheren Expedition, die 1924 unter meiner Leitung durchgeführt worden ist.

Es liegt mir besonders am Herzen, den beiden Marineoffizieren Larreguy und Jaurena zu danken, die keinen Augenblick gezögert haben, sich dem Befehl eines schlichten Zivilisten zu unterstellen, trotz der Einwendungen und des Widerstrebens ihres Chefs. Von der ersten Stunde an haben Larreguy und Jaurena zu meinen engeren Mitarbeitern gehört. Mehr noch als durch die Hoffnung, die mich hochhielt, bin ich durch den bloßen Anblick dieser beiden Männer bestärkt worden; zugleich mit ihnen gab Trocelier, Ingenieur von der Ecole centrale, eine glänzende Stellung auf, um mit uns zu kommen.

Die mannigfachen Arbeiten, die zu unserm Programm gehören, wurden wie folgt unter die Offiziere verteilt:

Larreguy: Astronomische Beobachtungen. Hydrographie. Beobachtung der Strömungen und Gezeiten. Chemische Untersuchung des Meerwassers. Erdgravitation.

Jaurena: Meteorologie. Erdmagnetismus. Atmosphärische Elektrizität.

Trocelier: Überwachung der Apparate. Assistent für verschiedene Beobachtungen. Geologie. Glaziologie. Untersuchungen der Vulkane.

Hour: Zoologie und Botanik.

Ich selbst bin der Arzt der Expedition und werde mich mit allem befassen, was die Bakteriologie betrifft. Auf ebensowenig Schwierigkeiten bin ich beim Anheuern der Mannschaft gestoßen. Ihre endgültige Zusammensetzung ist die folgende: Baléchat, Bootsmann; Gorri, genannt der Rote, Segelmacher; Marchais, Toppsgast; Hervéou, Toppsgast; Archigard, Toppsgast; Roland, Matrose; Paumolle, Matrose; Bernard, Matrose; Libois, Matrose; Brochier, Matrose; Braibant, Zimmermann; Jaquier, Hilfszimmermann; Noël Guinard, Zahlmeister; Quéréjéta, Koch.

Schwerlich ließe sich eine bessere Mannschaft als diese finden, eine, die energischer, aufopfernder, tapferer, geduldiger und gewitzter wäre. Braibant, Archigard, Paumolle und Noël Guinard sind schon unter mir gefahren und haben mich vor allem auf einer Expedition begleitet, die ich 1920 nach Sala y Gomez unternahm. Ein ausgezeichneter Geist herrscht unter diesen Männern; sie wollen nichts als gute Arbeit leisten. Sie werden niemals zaudern, freudig und mit Begeisterung mehr als ihre Pflicht zu tun: nicht etwa nur im Falle einer Gefahr; denn daran zu zweifeln hieße ihnen Unrecht tun, sondern selbst, wenn es sich um Verrichtungen handelt, die außerhalb ihrer eigentlichen Tätigkeit liegen; und die sind oft unangenehm. Unsere Expedition hat als *vorgebliches* Ziel die Erforschung des westlichen Teils von Grahamland und die Durchführung von zoologischen, botanischen, geologischen, paläontologischen, bakteriologischen, hydrographischen, ozeanographischen, meteorologischen Studien, ferner Messungen des Erdmagnetismus, der atmosphärischen Elektrizität und der Gravitation. Der Landeplatz in der Antarktis ist sehr wahrscheinlich der äußerste SW der Südlichen Shetlandinseln, wo ein Regulierungspunkt für die Chronometer auf der Insel Déception festgelegt werden soll. Unsre Aufgabe dort wird nur zwei oder drei Tage erfordern. Keinesfalls sind wir eine Antarktis-Expedition, und die Konstruktion unserer Schiffe macht es ungeeignet, dem Eisdruck einer Überwinterung standzuhalten. Wir werden so weit nach Süden fahren, wie das offene Meer es zuläßt, und während der Sommermonate so geschickt wie möglich zwischen dem Treibeis hindurchlavieren. Natürlich müssen wir während dieser Monate so weit wie möglich Kurs nach Süden nehmen, um zu versuchen, unbekannte Länder auszumachen. Doch wir müssen überaus sorgfältig achtgeben, daß wir nicht vom Packeis eingeschlossen werden. Denn einer solchen Gefangenschaft könnten wir weder Widerstand leisten noch uns daraus befreien.

Es ist übrigens nicht allein unsre Aufgabe, so weit wie möglich nach Süden zu fahren, sondern auch, den kleinsten Golf und die kleinste Bucht all der unbewohnten Inseln anzulaufen, die sich möglicherweise zwischen dem 66. Breitengrad und dem Wendekreis des Krebses finden. Ich bin absichtlich ungenau in meinen Angaben; wenn wir über den 66. Breitengrad hinaus vordringen können, so werden wir es tun; aber wir haben ebenso viel Arbeit oberhalb wie unterhalb des südlichen Polarkreises. Eine Unzahl winziger Inseln in dem Gebiet, das ungefähr von der Insel Rap im Norden, von Mas a fuera und der chilenischen Küste im Westen und von Dancaland (oder so weit vorzudringen uns gelingt) im Süden begrenzt wird: das ungefähr soll unser Arbeitsfeld sein. Wir müssen unter Benutzung des Materials und gemeinsam mit den Männern der »Demoiselle« alles aufnehmen und in die Karten eintragen.

Wir empfinden ein sonderbares Verlangen nach dem

kleinsten Felsbrocken, der verloren aus dem einsamsten aller Meere ragt. Übrigens ist es im Augenblick nicht gut, und es ist außerdem auch nicht möglich, daß ich meine Hoffnungen auch nur andeutungsweise umreiße.

Wir sind völlig von der übrigen Welt abgeschnitten, ohne Begrenzung von Zeit und Schicksal.

Unsre Proviantvorräte, die auf fünf Jahre bemessen sind, lassen keinerlei Festsetzung eines Datums zu, von dem an man sich vielleicht um uns Sorgen machen müßte, falls wir bis zu diesem Datum keine Nachricht gegeben hätten. Es ist uns auch nicht möglich, im voraus irgendeine Route anzugeben, bei deren Verfolgung man Aussichten hätte, uns wiederzufinden. Natürlich könnten wir einen Cairn, ein Steinmal, auf der Insel Déception aufrichten; aber das würde zu nichts nütze sein, weil jene Insel ja erst der Ausgangspunkt unsrer Abenteuer ist.

Auf alle Fälle stimme ich völlig mit Larreguy und Jaurena darin überein, daß von jetzt an alle Beziehungen oder Verbindungen mit der zivilisierten Welt abgebrochen werden müssen. Im vollen Bewußtsein der Gründe dafür habe ich den Entschluß gefaßt, die Funkstation in ihrem Kasten zu lassen. Trocelier sollte sich mit dem gelegentlichen Einsatz der Station befassen; ich habe mit ihm seit unserer Abreise von Madeira die nötigen Besprechungen geführt, um ihn dahin zu bringen, daß er meinen Standpunkt teilt. Ich bin noch nicht ganz sicher, ob er mich verstanden hat. Einstweilen gehorcht er mir, ohne sich darüber Gedanken zu machen. Ich hoffe, daß ich, ehe wir die Südlichen Shetlandinseln erreicht haben, Zeit finden werde, es ihm zu erklären, oder daß ihm die Zeit geholfen hat, es zu verstehen.

Seltsames Schicksal! Unser Ziel ist überall; was wir suchen, wird sich ständig vor uns verbergen und uns fliehen, oder vielleicht unvermutet vor uns auftauchen und uns durch seine plötzliche Gegenwart aufs tiefste verwirren. Und unter solcherlei Umständen soll ich über Seekarten, Untersuchungen, Nachprüfungen und Beobachtungsergebnisse Bericht erstatten: also eine Art Katalog aufstellen.

Wenn ich mich entschlossen habe, die mir anvertraute Aufgabe durchzuführen, so nur deshalb, weil ich jenseits der gemeinverständlichen und sozusagen amtlichen Ausdrucksweise, in der ich den Bericht darüber abgefaßt habe, heimlich die gleiche Unruhe verspüre, die sich der modernen Welt während der meiner Abreise vorhergegangenen Jahre bemächtigt hat. Die Tatsache, daß ich über keinerlei Mittel verfüge, die Verbindung wiederaufzunehmen und in die bewohnte Welt zurückzufinden, unterscheidet mich nicht allzusehr von den Menschen gemeinhin, die eben jetzt auf festem Lande wohnen, während ich mich auf hoher See befinde.

Ich verspüre keinerlei Neigung mehr, unter Lebensbedingungen mein Dasein zu fristen, wie unser Jahrhundert sie uns bietet. Riefen wir um Hilfe, so würde uns das höchstens zu einer Rückkehr in die verzweifelte Situation derer verhelfen, die nichts tun, als zu leben. So, wie ich den Kurs, den wir halten werden, festgelegt habe, liegt vor uns das Unbekannte; *und das größte Wagnis, das wir eingehen können, ist der Tod; mit anderen Worten: wir gehen überhaupt kein Wagnis ein.* Unsre Not bekannt zu geben, um Hilfe zu rufen, würde nur dazu führen, uns wieder in jene ausweglose Situation zurückzubringen, in der alle Menschen der bewohnten Welt sich befinden.

Es kann nicht sein, daß das Leben nur das wäre, was wir bislang gelebt haben. Trotz unsres Jahrhunderts der Wissenschaft und des Fortschritts, den wir gemacht haben, läßt sich nicht bestreiten, daß wir vor Langeweile, vor Not, Trauer und Armut sterben. Ich spreche von der Armut der Seele und von der Armseligkeit des Wahrnehmbaren.

Ich bin kein Philosoph: *ich langweile mich, wie alle Welt es tut.* Der Anblick meiner Mitmenschen erweckt ganz einfach in mir jenes Gefühl von Verachtung, das so schrecklich ist durch das Gefühl der Absonderung, des Andersgeartetseins, das es sogleich im Gefolge hat. Und andrerseits verachten andre die übrige Menschheit, der ich angehöre, und sind ebenso abgesondert und andersgeartet wie ich. Ich sehe nicht ein, welche Hilfe mir die bewohnte Erde leisten könnte, wenn ich nicht fähig bin, mir selber zu helfen. Deshalb lasse ich die Funkstation wohlverwahrt in ihrem Kasten ruhen; denn sie würde lediglich dazu dienen, *auf ungeschickte Weise die Gespräche wieder aufzunehmen, die, selbst wenn sie sehr geschickt geführt würden, bislang noch keinen Menschen seiner Einsamkeit haben entrinnen lassen können.*

Ich habe ein gut Teil Gefahren in Kauf genommen, in der Hoffnung, eben dadurch den großen Teil wahrhafter Freuden zu finden, wie jeder Mensch sie erwartet. Das ungefähr ist der Sinn des Gesprächs, das ich mit Trocelier geführt habe. Ich will versuchen, auf dieses Gespräch zurückzugreifen, je mehr wir nach Süden vordringen, falls er wieder anfängt, von der Funkstation zu sprechen.

Dagegen habe ich gestern eine lange Unterhaltung mit Larreguy gehabt.

Larreguy ist ein Mann, wie ich ihn mag: er ist fünfundzwanzig Jahre alt. Er ist groß, braun. Seit wir auf See sind, läßt er sich seinen Bart stehen, der kraus und schwarz ist. Er ist Baske, wie sein Kamerad Jaurena übrigens auch, und er hat den Koch Quéréjéta an Bord gebracht, von dem ich gleich sprechen werde.

Von Anfang an hat mich Larreguys und Jaurenas Begeisterung gerührt, und ich habe mir vorgenommen, sie das bei der ersten Gelegenheit wissen zu lassen. Ich bin vor der Einschiffung nur ein einziges Mal mit ihnen zusammengetroffen, und zwar im Beratungszimmer des Kriegsministeriums, und bei dieser Gelegenheit habe ich in ihnen deutlich ein großes Gefühl der Begeisterung und der Sicherheit gespürt. Das kam nicht daher, daß sie sich besonders glänzend benommen hätten. Ich hatte im Gegenteil den Eindruck, daß ich sie sehr einschüchtere, und Larreguy schien bei den wenigen Worten, die er an mich richtete, zu lallen wie eine Robbe. Irgend etwas in der Farbe ihrer Augen, in den Mundfalten sprach nicht nur von der Einsamkeit dieser Männer, sondern kündete zugleich von ihrer Aufnahmebereitschaft gegenüber dem Unbekannten. Eben darum geht es. Denn ich suche das Unbekannte. Ich brauche lediglich zoologische, geologische, botanische Klassifikationen vorzunehmen und darüber zu berichten; denn was wir auf diesen Gebieten und von diesen Lebensordnungen wissen, dient uns zu nichts, wenigstens zu nichts, was uns zum Heil gedeihen könnte.

Wenn wir nichts Unbekanntes finden, ist die Rückkehr in den Hafen unser Tod, und zwar mit größerer Sicherheit als bei einem Schiffbruch. Ebenjene Erwartung, jenes Gefaßtsein darauf habe ich nicht etwa an einer bestimmten Stelle von Larreguys und Jaurenas innerem Menschen wahrgenommen, sondern im Gesamt der Persönlichkeit dieser beiden jungen Kerle und vor allem in ihrer Haltung gegenüber den gewöhnlichen Dingen.

Ich übergehe den ganzen offiziellen und militärischen Apparat, von dem sie sich frei machen mußten, von dem sich frei zu machen sie wußten. Ich stelle mir vor, daß allein schon der Reiz des Abenteuerlichen einer Reise mit kleiner Mannschaft, und noch dazu auf einem Segelschiff, dessen Manövrieren alle echten Seeleute in Begeisterung versetzt, genügt hätte, um sie ungestüm zu dieser Rebellion zu treiben, durch die sie frei geworden sind; durch sichere Merkmale ist es mir zur Gewißheit geworden. Worauf ich hinauswill, und was sie mir für die Pläne, die ich verfolge, als geeignet erscheinen ließ, ist die Tatsache, daß sie, trotz ihrer Jugend und obwohl ich sie leidenschaftlich an den gewöhnlichen Dingen des Lebens habe Anteil nehmen sehen, wie Eisen in Weißglut waren, das auf einen Schlag das Wasser des Behälters, darein man es taucht, in Dampf verwandelt. Ich habe sie beobachtet (diese Erfahrung habe ich vor der endgültigen Einschiffung im letzten Hafen gemacht, wo wir eine volle Woche gelegen haben), ich habe sie beobachtet, mit welchem Ungestüm sie sich auf alles stürzten, was ein Vorwand, ein Anlaß zur Leidenschaft und zur Trunkenheit sein konnte. Ich habe mich bemüht, wahrzunehmen, ob sie dabei nicht manchmal auf die unermeßliche Weide gelangten, nach der alle Menschen Verlangen tragen. Doch jedesmal habe ich bemerkt, wie ich es weiter oben so vortrefflich ausgedrückt habe, daß rings um sie her der Vorwand, der Anlaß zur Leidenschaft und zur Trunkenheit verdampft ist und daß die beiden unmittelbar danach wieder schwarz und kalt und fühllos wie das in Wasser getauchte Eisen waren. Freilich, gleich darauf sind sie dann wieder rot und glühend geworden und haben vor neuem Verlangen gefunkelt und gestrahlt; aber ich habe immer wieder die gleiche Erfahrung gemacht, und als die Woche um war, bin ich mit zwei Männern von ausgeglühtem und als verläßlich befundenem Eisen in See gegangen.

Als verläßlich befunden, aber ein wenig verstört. Ich fühle, daß auf dem Grunde ihrer selbst das Erschrecken sich zu regen beginnt, allezeit von dieser entmutigenden Erfahrung an der Nase herumgeführt zu werden.

Jaurena, der etwas jünger als Larreguy ist, scheint seinen Freund sehr zu schätzen, auf ihn zu hören und ihm nachzueifern. Ich hätte schon an die hundertmal mit Jaurena sprechen können. Aber ich habe eingesehen, daß, wenn ich mit ihm ein wichtiges Gespräch führte, dieses für ihn nur so weit von Bedeutung wäre, als es von Larreguy gebilligt würde. Ich möchte nicht Gefahr laufen, für irgend jemanden als Gesprächsgegenstand herhalten zu müssen, und zwar am wenigsten für diese beiden jungen Kerle, denen gegenüber ich das bißchen Achtung hege, das ich noch für menschliche Wesen aufzubringen vermag. (Ich mache mich hier besser, als ich in Wirklichkeit bin. Das ist stets der Fall bei jemanden, der über sich selber schreibt. In Wahrheit empfinde ich eine sehr große Hochachtung gegenüber diesen beiden jungen Kerlen. Ich empfinde sehr große Hochachtung gegenüber Noël Guinard. Ich empfinde sehr große Hochachtung gegenüber den Matrosen, die mich bereits nach Sala y Gomez begleitet haben, und ich weiß, daß ich leider Gottes des Mitleids nicht unfähig bin. Ich werde gleich auf Quéréjéta zu sprechen kommen.)

Natürlich ist es seit unserer Abreise tagtäglich geschehen, daß ich mich mit Larreguy unterhalten habe. Aber niemals persönlich, immer nur in dienstlichen Angelegenheiten, oder am Abend, wenn wir in der Messe unsre Pfeife rauchten. Überdies ist sein Kamerad dabeigewesen. Es kommt darauf an, daß ich bei einer solchen Unterhaltung nicht zu Kontroversen getrieben werde; denn dann stehen die jungen Leute einander für gewöhnlich bei gegen diejenigen, die sie für alte Leute halten. Ich bin vierundfünfzig, und ich habe mich auf der Suche nach der Freude so sehr verzehrt, daß ich wohl über meine Jahre hinaus alt wirke. Ich habe mich jeden Abend sorglich gehütet, das Gespräch zu etwas andrem werden zu lassen als zu einer gedeihlichen Kampfpause.

Kaum habe ich das gelinde Freiheitsgefühl erwähnt, das uns das offene Meer gewährte, und ebensowenig, was ich aus tausend Unwägbarkeiten behutsam tastend geschlossen habe: nämlich daß sie mit mir eines Sinnes waren. Mit schöner Selbstverständlichkeit waren sie mit mir eines Sinnes. Es wäre lächerlich gewesen, auf diese Weise die einzige Erfolgsmöglichkeit unsres Unternehmens aufs Spiel zu setzen. Es hätte beispielsweise genügt, daß mir Jaurena aus Jugendlichkeit oder aus Spielerei widersprochen hätte, und es wäre mir fortan unmöglich gewesen, mich an das Jungfräuliche, das Unberührte der Seele zu wenden, das Männer wie meine beiden Helfer schamhaft in sich selbst verstecken.

Und eben daran wollte ich mich wenden. Die Gelegenheit dazu hat sich gestern abends ergeben.

Larreguy war oben auf unsrer kleinen Brücke. Ich wußte sehr wohl, daß wir guten, gleichmäßigen Wind hatten, wie es seit drei Wochen der Fall ist, und daß das Schiff sozusagen von selbst Kurs hielt. Wirklich, als ich auf die Brücke gestiegen war, ließ sich, abgesehen von dem leisen Geflüster der abgelösten Wache, die auf der Back ihre letzte Pfeife rauchte, nur das Trommelgrollen der Segel und das gleichmäßige Knirschen des Hemstocks vernehmen.

Larreguy raucht nicht. Oder nur selten. Er hat eine Pfeife; er nimmt sie aus der Tasche, streichelt sie, stopft sie mit Tabak, aber raucht sie selten. Kaum einmal in der Woche.

Er stand da, den Rücken nach Luv, die Füße rechtwinklig in der Breite des Schiffes, und es machte ihm Spaß, mit den Händen in den Taschen sein Gleichgewicht in dieser genußreichen Stellung zu halten, in jenem Reiterrausch, den Segelschiffe bei gutem Winde jungen Seeleuten stets zuteil werden lassen.

Ich habe mich in der gleichen Haltung neben ihn gestellt und bin eine ganze Zeit schweigend mit ihm geritten. Ich habe gewartet, bis wir eine ganze Zeit Seite an Seite mit denselben Bewegungen im Gleichgewicht schwankten. Er hat als erster zu sprechen angefangen; es handelte sich um ein paar Reffs, die er hatte schlagen lassen. Drei. Das war richtig. Ich sagte es ihm. Dann habe ich sehr vorsichtig das angetippt, was ihn bestimmt habe, mit der »L'Indien« in See zu gehen, wobei weder Ruhm noch Gewinn seiner warte. »Und dabei«, hat er mir geantwortet, »ich bin kein Engel.«

Das war seltsam, aber schicksalhaft genau im Geiste dessen, was ich erwartet hatte.

»Es gibt Engel verschiedener Art«, habe ich ihm gesagt.

Da hat er mich gefragt, ob ich Bretone sei.

Ich habe ihm gesagt:

»Nein, meine Mutter stammt aus der Picardie. Die Antwort«, habe ich weiter gesagt, »muß Ihnen wunderlich vorkommen.«

»Weniger, als Sie glauben«, hat er gesagt. »Ich bin durchaus imstande, zu verstehen, was Sie damit haben sagen wollen.«

Ich: »Ich habe Ihnen diese Antwort gegeben, weil ich sicher war, Sie würden Sie verstehen.«

Er: »Ich kenne die Picardie gut. Ich bin noch nicht auf großer Fahrt gewesen, abgesehen von einer Weltreise, aber auf einem Panzerkreuzer; und nach der Rückkehr bin ich mit dem Fahrrad durch die Picardie gefahren. Die Landschaft dort hat mir Eindruck gemacht. Ich hatte sie schon vorher einmal bei einer Bahnfahrt vom Abteilfenster aus gesehen, und da habe ich gewußt, daß ich noch einmal allein hinfahren müsse.«

Ich: »Allein! Ja, darauf kommt es an.«

Er: »Ich bin zur Zeit der Apfelblüte dort gewesen. Vielleicht enttäusche ich Sie...«

Ich: »Das dürfte Ihnen schwerfallen, glaube ich.«

Er: »... aber ich kann Ihnen leider nicht die Namen der Dörfer sagen, durch die ich geradelt bin. Doch dafür will ich Ihnen von etwas anderem erzählen. Eines Abends bin ich in eine Senke zwischen zwei Hängen gekommen, durch die ein Weg hinrann. Ich bin ihn entlanggegangen und habe mein Rad geschoben, weil er schauderhaft dreckig war. Ich weiß noch: im Schmutz hatten sich die Spuren vieler durchgezogener Tiere abgedrückt, und zumal riesengroße Ochsenspuren. Ich sage: Ochsenspuren. Natürlich hätte kein vernünftiger Mensch dem Tier, das hier seine Hufspuren hinterlassen hatte, einen anderen Namen geben können. Warum habe ich es mir sofort anders vorgestellt, als es in Wirklichkeit war?«

(Schweigen.)

Ich: »Ich höre Ihnen zu. Seien Sie ganz sicher, daß ich Ihnen zuhöre. Ich vergesse die Engel nicht und habe den Eindruck, daß wir auf dem Wege sind, der zu ihnen führt.«

Er: »Richtig. Es würde mir recht schwerfallen, wenn ich, ohne mich lächerlich zu machen, Ihnen beschreiben wollte, welches Tier ich mir damals auf Grund dieser Ochsenfährte erfunden habe. Es ist vielleicht angebracht, daß ich ausdrücklich betone, es sei nach meiner Rückkehr von der Weltreise geschehen.«

Ich: »Von der Sie indessen behaupten, daß es keine große Fahrt gewesen sei.«

Er: »Meinen Sie das nicht auch?«

Ich: »Nicht ganz; ich bin nur auf den ganz genauen Ausdruck bedacht; ich habe den Eindruck, als werde uns solcherlei Genauigkeit gleich zustatten kommen.«

Er: »Natürlich findet sich auf assyrischen Ziegeln eine ganze Menge geflügelter Stiere, und irgendwer muß schon um die Rudimente dieser Wesen wissen, obwohl ich weiß, daß ich das Wort jetzt wie ein ungehobelter Seebär anwende: aber ich meine den letzten Kern der Sage, den der kleinste Schuljunge kennt, wenn er Ovid gelesen hat. Da ist schon von einem Flügelstier die Rede, der die Europa entführt hat. Das Tier, das ich mir an jenem Abend in der nebelgefüllten picardischen Muschel vorgestellt habe, ausgehend von der Ochsenfährte, hatte keinerlei Beziehung zu diesen mythologischen oder königlich barbarischen Wesen. Um ganz offen zu sein, muß ich gestehen, daß ich es nicht einmal in seiner Gesamtheit gesehen habe.«

Ich: »Das soll soviel heißen, daß Sie es sich nicht als Ganzes *vorgestellt* haben.«

Er: »Finden Sie solch ein Gespräch auf der Brücke nicht ein bißchen komisch?«

Ich: »Nein.«

Er: »Sie haben recht. Ich habe es mir nicht als Ganzes vorgestellt. Ich konnte es mir einfach nicht als Ganzes vorstellen. Aber die Teile, die Bruchstücke dessen, was ich mir vorgestellt habe, flammten in einem so herrlichen Glanz, daß sie den ganzen unsichtbaren Teil der ungewöhnlichen Gestalt mit einem blendenden Schimmer von solchem Widerschein erfüllten, daß ich ihn, ohne die ganze Ausdehnung des Zaubergebildes zu sehen, für ebenso bedeutsam halten konnte wie die Teilstücke, die ich sah.«

Ich: »Ebenso bedeutsam oder noch bedeutsamer.«

Er: »Das Gesamt lag unter dem Widerschein, der mich eben hinderte, zu sehen, was darunter lag, wie vorhin das Meer, das von den Sonnenstrahlen getroffen wurde.«

Ich: »Das haben Sie sich also, indem Sie von der Ochsenfährte ausgingen, vorgestellt.«

Er: »Danke. Sie haben gesagt ›vorgestellt‹, ohne sich auf das zu versteifen, was ich mir vorgestellt habe. Genau auf diese Weise möchte ich verstanden werden. Es wäre zum Lachen, glaube ich, daß ein großer Kerl, wie ich es damals schon gewesen bin, sich auf Grund einer Ochsenfährte irgend etwas vorstellte. Doch wie Sie gesagt haben: ich habe mir nun einmal etwas vorgestellt. Und daran, glaube ich, ist nichts Lächerliches.«

(Schweigen.)

Er: »Darf ich weitersprechen?«

Ich: »Bitte. Ich bin nur still gewesen, damit Sie die Möglichkeit hatten, es sich wieder vor Augen zu führen.«

Er: »Sie haben eine sehr freundschaftliche Art, mich zu verstehen.«

Ich: »Natürlich.«

Er: »Ich weiß nicht, ob es natürlich ist; aber wenn es denn schon natürlich ist, dann bin ich außer Ihnen noch nicht vielen natürlichen Menschen begegnet. Denn es geschieht mir zum erstenmal, daß ich nicht ausgelacht werde. Ich sage noch, daß Sie eben etwas gesagt haben, das mich innerlich angerührt hat; denn in dem gleichen Augenblick, da Sie mit mir sprachen, hatte ich die Empfindung, als seien Sie in mir gewesen, und ich war drauf und dran, es wiederzusehen. Es ist kindisch, wenn ich Ihnen sage, das, was ich wiedergesehen habe, sei schön gewesen; wir wollen einmal das, was ich in der picardischen Senke gesehen habe, mit einem richtigeren Wort bezeichnen. Es war das Unbekannte, und wenn ich es jetzt eben auch zum zweitenmal gesehen habe...«

Ich: »Oder zum tausendsten Mal.«

Er: »Richtig, ich habe es häufig wiedergesehen, ja, und dennoch bleibt es nach wie vor etwas Unbekanntes. Auf diese Weise habe ich plötzlich an jenem Abend eine Art neuen Begleiter bekommen. Ich weiß noch, daß zu beiden Wegseiten die Apfelbäume in Blüte standen, daß nach etwa hundert Metern Geschlängel der Weg mich zu etwas wie einem alten befestigten Hof aus schwarzem Gemäuer geführt hat, in dessen Scheune ich schließlich auf trockenem Heu genächtigt habe. Aber alles Wirkliche, was ich gesehen habe, nachdem ich mir auf Grund meiner Ochsenfährte das Unbekannte vorgestellt hatte, wurde durch meinen neuen Begleiter zerstört oder neu geformt.«

Ich: »Das widerfährt einem für gewöhnlich abends in den großen, einsamen Ebenen.«

Er: »Deshalb habe ich Ihnen gesagt, ich könne sehr wohl die Gründe verstehen, aus denen heraus Sie mir geantwortet haben, Ihre Mutter stamme aus der Picardie.«

Ich: »Man braucht nicht unbedingt Bretone zu sein, um Engel zu erschaffen.«

Er: »Bevor ich Sie genau kannte, hätte ich es nicht über mich gebracht, Ihnen so etwas anzuvertrauen.«

Ich: »Sie kennen mich nicht allzugenau.«

Er: »Nein; aber ich mag Ihre Art der Befehlsgebung: darf ich mir erlauben, Ihnen das zu sagen?«

Ich: »Ich bitte Sie: jeder Befehl kostet mich ein gut Teil Selbstüberwindung.«

Er: »Das merkt man Ihnen aber nicht an! Ich bitte nochmals um Entschuldigung; ich sage für gewöhnlich Vorgesetzten keine Schmeicheleien.«

Ich: »Ich möchte Ihnen leichtmachen, was Sie sagen wollen. Ich will es selber sagen. Sie müssen gemerkt haben, daß das, was ich befohlen habe, in der Mehrzahl der Fälle mit Ihren geheimen Wünschen in Einklang gestanden hat.«

Er: »Ja.«

Ich: »Dazu zwinge ich mich aus Höflichkeit.«

Er: »Aber man muß dahin kommen, die Wünsche der Menschen zu erkennen, die einem doch fremd sind; schließlich fahre ich noch nicht lange mit Ihnen.«

Ich: »Warum haben Sie eigentlich mit mir fahren wollen? Ich stehe in ziemlich schlechtem Ruf in wissenschaftlichen Kreisen: meine Expedition nach Sala y Gomez ist immer als ein Witz betrachtet worden.«

Er: »Sie haben von Ruhm und Gewinn gesprochen. Nach Gewinn und Ruhm wird im allgemeinen nur getrachtet, weil sie den Herzen und den Sinnen Befriedigung gewähren. Aber jetzt habe ich Angst, daß Sie sich über das lustig machen, was ich sagen möchte. Ich bin zu jung, um von Desillusion zu sprechen. Ich will es Ihnen ganz offen sagen: wenn ich geglaubt hätte, daß es diese Befriedigung des Herzens und der Sinne überhaupt gebe, und daß es nichts als sie gebe, ich meine die, die man sich durch Ruhm und Gewinn verschaffen kann, so glaube ich ganz ehrlich, daß ich mein Bündel geschnürt haben würde.«

Ich: »Welches Bündel?«

Er: »Na, dies Bündel von Fleisch und Geist, mit dem ich heute abend neben Ihnen stehe.«

Ich: »Sterben? Um es ganz genau zu sagen?«

Er: »Richtig. Hoffnungslosigkeit gebiert Helden, wenn Sie so wollen. Gar nicht so übel: das Hotelzimmer, der Browning, oder der Strick, oder das Gift, oder die künstlichen Paradiese; aber ein Held bleibt man trotz alledem. Mich auf heroische Weise beiseite schaffen, in den Augen der Welt und in meinen eigenen, weil ich ja doch nichts von meinen Taten erwartet hätte, abgesehen eben vom völligen Verschwinden des Bündels von Fleisch und Geist, das zu nichts nütze ist. Sie hätten es vielleicht Feigheit genannt.«

Ich: »Nein, das Wort höre ich nicht gern im Munde von Männern. Meiner Meinung nach hat man kein Recht dazu. Ich hätte es eher als Armut, als Not und Entblößtsein bezeichnet.«

Er: »Auf diese Weise wäre ich aus Armut, Not und Entblößtsein ein Held geworden.«

Ich: »Darf ich annehmen, daß Ihr Entschluß, mit mir zu kommen, von dieser Art Heroismus beeinflußt worden ist?«

Er: »Ganz und gar nicht. In Wirklichkeit trage ich noch sehr viele Hoffnungen in mir; ich glaube nicht, daß die Freuden der Welt sämtlich in dem Katalog verzeichnet stehen, den in allen Fällen zu befragen man uns beigebracht hat. Ich bin auf andre begierig. In diesem Sinne habe ich vorhin gesagt, ich sei weder selbstlos noch weise.«

Ich: »Auch nicht ehrgeizig?«

Er: »Ehrgeiz ist Rechtfertigung.«

Ich: »Ich will nicht weiter in Sie dringen.«

Er: »Sie sehen: ich bin kein Engel.«

Ich: »Glauben Sie nicht, daß ein Engel die Gestalt, die Erscheinungsform jenes ungeheuerlichen Fisches haben könnte, wie er neulich vor uns aufgetaucht ist? Sie haben ihn alle für einen Rochen gehalten, Hour eingeschlossen; haben Sie übrigens beobachtet, daß Hour in seine Kabine hinuntergegangen ist und seine Pistole geholt hat, als habe er ein bißchen den Kopf verloren?«

Er: »Ich muß gestehen, daß auch ich ein bißchen den Kopf verloren hatte. Es war das erste Mal, daß ich mich einem so ungeheuerlichen Wesen gegenübergesehen habe. Was glauben Sie, daß es in Wirklichkeit gewesen ist?«

Ich: »Oh, in Wirklichkeit würde ich es mir lange überlegen, bis ich eine Hypothese vom Stapel ließe. Hour seinerseits behauptet stotternd, er habe Zeit genug gehabt, sich Klarheit zu verschaffen und gewisse besondre Merkmale festzustellen, durch die der Fisch in die Familie der Rochen eingegliedert werden müsse. Ich habe ihn darauf hingewiesen, daß er keinen Schwanzsporn gehabt habe, wozu wir uns beglückwünschen können; denn wir wären sehr übel dran gewesen, wenn er sich's hätte einfallen lassen, uns damit aufzuspießen. In Wirklichkeit (aber Sie werden sehen, daß diese Wirklichkeit nicht mehr wissenschaftlichen Wert hat als die reinste Imagination) glaube ich, daß es ein Tier der mittleren Tiefen gewesen ist.«

Er: »Ich hatte, ganz im Gegenteil, den Eindruck, daß eine dermaßen ungeheuerliche Gestalt nur aus den tiefsten Tiefen des Abgrunds auftauchen könne.«

Ich: »Altes Sichauswirken unsrer christlichen Erziehung und der Heiligen Schrift. Von Kindheit an sind wir daran gewöhnt worden, daß Ungeheuer nur aus den tiefsten Tiefen der Abgründe aufsteigen könnten. Unser Abenteuer, so seltsam es immer sein mag, denn ich gebe zu, daß ich selbst noch niemals irgendwo ein solches Tier gesehen habe, ist, glauben Sie mir, noch nicht das wahre, das eigentliche Abenteuer. Aber wenn ich Ihnen nun nicht länger erklären soll, was dieses Tier vielleicht in Wirklichkeit ist, sondern was es in der Vorstellung, in der Phantasie ist, wenn ich also mit ihm tun darf, was Sie mit Ihrer Ochsenfährte getan haben, dann will und muß ich Ihnen sagen, daß ich mir, indem ich von solcherlei Gestalten ausgehe, ein Bild der Engel mache, von denen wir seit vorhin immerfort gesprochen haben.«

Er: »An so etwas habe ich nicht gedacht; ich bin bestürzt über das Auftauchen jenes Tieres gewesen, das sich auf so seltsame Weise von den Tieren unterscheidet, die zu sehen wir gewohnt sind. Ich bin, ich gestehe es ihnen, kurze Zeit sehr in Sorge um das Schiff gewesen. Wir hatten ziemliche Fahrt, und ich habe die ganze Zeit Angst gehabt, wir könnten ihm mit dem Steven in die Flügel fahren.«

Ich: »Ja; genau wie Sie das sagen, und selbst mit dem Seemannsakzent, könnte das sehr wohl ein von einem Prediger gebrauchtes Bild sein, der über die Engel spricht. In jedem Augenblick hat der Mensch ... ich bin jedesmal verlegen, wenn ich ›der Mensch‹ sage, ich komme mir vor wie ein alter Rousseau; doch es ist nun mal ein bequemes Wort; und was ich bezeichnen will, ist einfach das Gewimmel der dunklen Massen auf den Kontinenten, von denen wir jetzt geschieden sind. Sobald also diese Massen in tiefster, jäh verblüffter Bestürzung vor sich die Fittiche eines Engels auftauchen sehen, fürchten sie, gleich Ihnen, zuviel Fahrt zu haben und ihnen den Bug ins Gefieder zu jagen.«

Er: »Die Sache würde sehr einfach gewesen sein, denke ich mir, wenn wirklich Hours Ansicht richtig wäre und wenn das Tier tatsächlich zur Familie der Rochen gehörte; denn dann müßte es im Verhältnis zu seiner Größe über eine ziemlich gefährliche elektrische Kraft verfügen. Zu allem Überfluß haben Sie wohl bemerkt, daß es eine Haut wie Leder hatte, und wenn man dann noch seine Tonnage einbezieht, hätte ein hinlänglich kräftiger Zusammenstoß mit dem Tier uns sicherlich absaufen lassen. Engel oder Fische, wenn ich mir diesen Scherz erlauben darf, sind meiner Meinung nach ziemlich kitzlig. Ich kann mir sehr gut vorstellen, wie das Tier seine großen Hautflügel zusammenschlägt wie eine von einem guten Schuß getroffene Schnepfe, und ganz zusammengeklappt in seine geliebten Abgründe hinabtaucht. In all dem Gischt, dem Gestrudel und der Zusammenquetscherei wäre es ziemlich rasch mit uns aus gewesen.«

Ich: »Ich mache kein Hehl daraus, daß ich gleich Ihnen auf diese Möglichkeit gefaßt gewesen bin. Was ich dagegen zu sagen habe, ist trotz alledem ein Beweis von guter Gesundheit. Und eben darauf baue ich, um mir den gesunden Hunger auf Begegnungen mit noch größeren Engeln zu erhalten. Doch wenn das Mögliche tatsächlich eingetreten wäre, dann würden wir heute jedenfalls in der Herzensmitte des Geheimnisses weilen. Fest steht, daß wir, Sie und ich, uns bei dem Vorfall verhalten haben wie normale Menschen gegenüber einem Engel.«

Er: »Wäre es Ihnen lieber gewesen, wenn wir uns anders verhalten hätten?«

Ich: »Noch nicht.«

Er: »Ich fürchte, ich verstehe Sie nicht ganz.«

Ich: »Wir kennen einander nur oberflächlich; aber ich darf Sie wohl um Ihr Vertrauen bitten, ohne daß ich verpflichtet wäre, Ihnen zu antworten?«

Er: »Das dürfen Sie vollauf; aber darf ich Sie meinerseits um die Beantwortung gewisser Fragen bitten, die ich Ihnen wahrscheinlich eines Tages einmal stellen werde?«

Ich: »Einverstanden. Haben Sie besondere Feststellungen über den Geruch gemacht, den der Fisch ausgeströmt hat?«

Er: »Ich habe festgestellt, daß er schon ein paar Tage vor dem Auftauchen des Fisches aufgetreten ist; der Fisch muß damals wohl schon hinter uns hergewesen sein...«

Ich: »Oder aber wir müssen damals über die seltsamen unterseeischen Wiesen hinweggeschwommen sein, in denen er sich versteckt gehalten hat.«

Er: »Sie nehmen also an, daß der Geruch des Tieres nicht sein eigener war. Ich hatte vermutet, es habe an den Flügelgelenken oder, genauer ausgedrückt, an den Gelenken der Flossen Duftstoffdrüsen gehabt, wie sie sich bei gewissen im Wasser lebenden Säugetieren finden.«

Ich: »Es war kein Säugetier.«

Er: »Vogel oder Fisch.«

Ich: »Fisch in Vogelgestalt. Was uns erlaubt, ihn mittels der Imagination sowohl in die *Abgründe des Himmels* als auch in die *Abgründe des Meeres* zu versetzen.«

Er: »Ihre Theorie von der duftenden Wiese...«

Ich: »Ich verstehe unter unterseeischer duftender Wiese seinen Weideplatz. Wo das Tier haust und wo es frißt. Wo es gerne ist. Seine Maiwiese, wenn Sie so wollen.«

Er: »Diese Art zu sehen bringt mich einstweilen noch ein bißchen aus dem Konzept. Sie ist natürlich sehr einleuchtend; ich wundere mich sogar, daß ich selber nicht darauf gekommen bin. Sie erklärt auf eine vernünftige Weise die Entstehung des seltsamen Geruches lange vor dem Erscheinen des Tieres. Aber vom Standpunkt der Imagination aus setzt sie seine Bedeutsamkeit herab. Es wäre weit dramatischer gewesen, wenn das unsichtbare Ungetüm uns ein paar Tage lang das Geleit gegeben hätte. Natürlich, ich weiß, daß man behaupten könnte, es würde sich durch Wirbel oder das dumpfe Klatschen des aufgewühlten Wassers verraten haben. Das hindert nicht, daß ich ziemlich hingerissen war von dem Gedanken, wir hätten es angezogen, es habe uns in den Tiefen der Abgründe, über die wir dahinsegelten, begleitet, lange bevor es uns erschienen sei.«

(Schweigen.)

Er: »Wenn wirklich alles in allem der Gedanke an die unterseeischen Wiesen die Maße und die Bedeutsamkeit des Ungetüms vermindert, so gestattet er andrerseits den Gedanken an eine entsprechende Größenordnung, darin das Ungeheuer keine Ausnahme bildet, sondern etwas Normales ist. Das ermöglicht eine Fülle von Folgerungen.«

Ich: »Ich habe Sie nicht unterbrochen, damit Sie diese Folgerungen ganz allein zögen. Sie haben meiner Erwartung vollauf entsprochen: eben das hatte ich Sie selber finden lassen wollen. Aber ist Ihnen an dem Geruch sonst nichts aufgefallen? Ich weiß, daß er höchst widerlich war, obwohl ich zu Anfang den Eindruck hatte, er sei recht angenehm und fein.«

Er: »Ich habe getan, wie alle andren auch: ich habe mir meine Nase und meinen Mund mit dem Taschentuch zugehalten und die Augen weit aufgerissen. Ich gebe zu, daß vor allem der Geruch mich erschreckt hat.«

Ich: »Hat er nicht anfangs dem ein bißchen süßlichen Geruch geähnelt, den blühende Narzissenfelder ausströmen?«

Er: »Anfangs, selbst als er noch ganz fein und leicht war, als man sich tatsächlich irren und sich vorstellen konnte, man gehe durch Frühlingswiesen, habe ich bemerkt, daß er die Süße und das Ekelerregende bereits in sich trug, das dann späterhin unerträglich geworden ist.«

Ich: »Sie haben also nicht bemerkt, daß er psychologisch auf Sie wirkte, daß er bei Ihnen einen mechanischen Reflex, einen Impuls auslöste?«

Er: »Im Gegenteil. Genau das ist es gewesen: der Körper hat ihn a priori abgelehnt.«

Ich: »Darf ich Ihnen etwas von den Ergebnissen meiner persönlichen Beobachtungen in bezug auf diesen Geruch sagen?«

Er: »Bitte.«

Ich: »Selbst wenn es Sie... erschrecken sollte? Das heißt, wenn es zum Teil auf das antwortete, was ich Sie, wie ich vorhin gesagt, erst später hatte fragen wollen?«

Er: »Ich glaube, wir verstehen einander jetzt gut genug, so daß Sie mich mit vollem Recht erschrecken können, wenn Sie es für notwendig halten.«

Ich: »Sie haben nicht am Kriege teilgenommen?«

Er: »Doch, am letzten; ich habe zu Lande in Belgien gekämpft und bin bei Dünkirchen mit genauer Not davongekommen.«

Ich: »Das genügt hoffentlich. Das war ganz zu Sommersanfang, nicht wahr?«

Er: »Ja.«

Ich: »Es hat da, denke ich mir, eine ziemliche Anzahl von Leichen in der Sonne gelegen?«

Er: »Mehr als genug.«

Ich: »Erinnert Sie das an nichts?«

Er: »Mir ist es so.«

Ich: »Wir wollen uns von allem Gefühlsbetonten und Gefühlsverhafteten frei machen; das hindert uns nur, offen über Dinge zu sprechen, die für widerlich gehalten werden und denen wir dennoch alle unterworfen sind. Haben Sie nicht bemerkt, daß der Leichengeruch sich anfangs (wenn man noch nicht weiß, daß man es mit Leichen zu tun hat) durch ein süßliches Aroma auszeichnet, ähnlich dem von

Narzissen? Es ist wie eine Art Sirup, dessen Klebrigkeit einem widerlich wird, sobald man sich über ihren Ursprung klargeworden ist.«

Er: »Ich sehe, daß Sie in Ihren Beobachtungen des Phänomens sehr viel weiter gegangen sind als wir alle.«

Ich: »Wollen Sie auf die Leichen anspielen?«

Er: »Das hätte ich mir nie erlaubt. Ich hätte es als eine Unziemlichkeit, eine Unverschämtheit betrachtet. Ich hatte nur sagen wollen, daß Ihnen der Fisch ganz besondere Gründe zur Furcht verursacht habe.«

Ich: »Oder zur Hoffnung.«

Er: »Ich freue mich mehr und mehr, daß ich die Expedition, die Sie führen, mitmache.«

Ich: »Es ist manchmal weit leichter, ein ganzes, gezwungenermaßen doppeldeutiges und hintergründiges Gespräch zu erhellen, vor allem, wenn es das Geheimnisvolle behandelt und wenn es, wie das unsre, aus jener Folge von Annäherungen, Vorgaben und Finten besteht, zu denen zwei wohlerzogene Menschen immer ihre Zuflucht nehmen müssen: es ist leichter zu erhellen, sage ich, wenn man sich der Methode der zerbrochenen Stäbchen oder des Mosaikhaften, wie die Maler sagen, bedient. Wissen Sie, auf welche Weise die alten Heilkünstler das, was wir innere Blutungen nennen, behandelten? Der Arzt saugte einfach die Wunde mit dem Munde aus, er sog das Blut ein und spie es mechanisch wieder aus. Wir sind natürlich nur zu geneigt, uns über diese primitive Saugpumpe lustig zu machen; aber bei dieser Methode besteht auf alle Fälle *der unmittelbare Kontakt zwischen dem Mund des Retters und der Wunde des Verwundeten,* was ein großer natürlicher Vorzug und in gewisser Weise eine Nachahmung Gottes durch den *Affen Gottes* ist.«

Er: »Hat diese Methode zu guten Ergebnissen geführt?«

Ich: »Zu keinen besseren als unsre heutigen Methoden;

sie hatte nur den Vorteil, daß sie auf diese Weise die beiden getrennten Wundlippen der Wahrheit wieder vereinigte.«

Wir sind dann noch eine Weile schweigend beieinander geblieben, und kurz darauf habe ich durch einen kleinen Schritt nach seitwärts das gleichmäßige Stampfen unterbrochen, mit dem wir beide das Schiff geritten hatten; dann habe ich ihm gute Nacht gewünscht und bin wieder hinunter in meine Kabine gestiegen.

Ich habe eben nach Quéréjéta gesehen; ich habe ihm ein Bett außerhalb der Krankenstube aufschlagen lassen, unten, in einer Ecke des Magazins. Er hat mir wohl die Wahrheit gesagt; er hat den gelben Vogel aufgegessen. Ich bin anfangs recht besorgt gewesen. Ich habe, wie alle übrigen auch, beim ersten Blick geglaubt, er habe einen Blatternanfall. Obwohl die ersten Symptome einigermaßen abgewichen wären von denen, die bei dieser Krankheit auftreten. Aber da ich willens bin, alle Winke des Unbekannten hinzunehmen, habe ich zwei Tage lang gemeint, ich dürfe nicht unbedingt auf meine Wissenschaft bauen und es handle sich hier möglicherweise um eine Krankheit, die mir zum erstenmal vor Augen käme. Und so ist es in der Tat; sie gehört nicht im mindesten zur Familie der Blattern und ist gewiß nicht ansteckend. Sofern nicht ihre Ansteckung einem völlig unbekannten Rhythmus unterworfen ist; denn seit ich den Kranken dort unten habe betten lassen, habe ich ihn allabendlich besucht, und obwohl ich ihn am ganzen Körper abgetastet habe, um ihn sorgfältig zu untersuchen, habe ich nicht bemerkt, daß der Ausschlag auch auf meiner Haut ausgebrochen wäre, wenngleich ich mich absichtlich nicht desinfiziert habe.

Was er mir gesagt hat, entspricht vollauf der Wahrheit: der gelbe Vogel hat eine sinnliche Anziehungskraft auf ihn ausgeübt, und als er ihn aus dem Ausstopfungslaboratorium geklaut hatte, hat er ihn gegessen, nachdem er ihn, wie er sich ausdrückte, *ein bißchen hatte abhängen lassen, wie eine Schnepfe.* Ich habe Hour ausgefragt, ob er den Vogel in der Zwischenzeit präpariert habe, damit er sich halte. Das habe ich auf Grund von ein paar Andeutungen Quéréjétas getan, der mir nämlich gesagt hatte, der Vogel sei trotz der Hitze und der verflossenen Zeit dem Anschein nach unverweslich gewesen. Hour hat mir versichert, er habe keinerlei Präparierungsmittel angewandt, da er selbst von der steinernen Dauerhaftigkeit des Fleisches, das er unter den Federn ertastete, überrascht gewesen sei. Und zwar habe er den Vogel um so weniger präpariert, hat er hinzugefügt, als es sich für ihn lediglich darum gehandelt habe, ihn abzuzeichnen und die Zeichnung dann mit Wasserfarben auszutuschen; es hätten also nach den ersten Tagen ein paar Federn genügt, ihm auf Grund der ersten Skizze die Farben anzugeben. Somit habe er sich vorgenommen, den Vogel ganz einfach ins Meer zu werfen, wenn er angefangen hätte, übel zu riechen.

Als ich ihn darauf aufmerksam machte, daß er als Naturwissenschaftler ein bißchen leichtfertig gehandelt habe und daß es vielleicht gut gewesen wäre, sehr aufmerksam die besonderen Merkmale dieses Tieres zu untersuchen, das weder er noch ich kannten, hat er mir versichert, er kenne es sehr gut: es sei eine Tropenracke. Er hat mir versichert, daß er in einem Fall, wie ich ihn andeute, es schwerlich unterlassen haben würde, ein Exemplar, das er für einzigartig und für bislang unbekannt gehalten hätte, sorgfältig zu konservieren und zu klassifizieren.

Ich fragte ihn, ob er schon einmal davon habe reden hören, daß diejenigen, die etwa das Fleisch dieses Vogels gegessen hätten, an Vergiftungserscheinungen erkrankt wären. Er sagte, das sei in der Tat mehrfach gemeldet worden, vor allem von den aus Guyana ausgebrochenen Sträflingen, die nach ihrem Entkommen, hilflos auf hoher See, gezwungen gewesen seien, sich mit dem Fleisch dieses Vogels zu ernähren. Seines Wissens sei jedoch keiner dieser Fälle tödlich verlaufen, und er sei auch nicht imstande, mir zu sagen, ob die Symptome der Vergiftung durch den Vogel die gleichen seien, wie Quéréjéta sie aufweise.

Quéréjéta ist am ganzen Körper mit regelrechten Brandwunden bedeckt. Und an gewissen Teilen seines Körpers, die ich behandelt habe, wie man eben Brandwunden behandelt, habe ich unverkennbar die typischen Rückgangserscheinungen wahrgenommen.

Der Kranke leidet regelrecht an mangelnder Hautatmung, als sei er aus einer Feuersbrunst gerettet worden. Manche seiner Wundstellen hatten sich nach der Behandlung mit Wasser entzündet und sind jetzt verschorft.

Glücklicherweise ist es mir ziemlich rasch gelungen, die Brandstellen zu heilen, die sich in der Höhe der Schultern und des Halses zeigten.

Durch eine seltsame Laune des Übels ist Quéréjétas Gesicht völlig gesund geblieben. In der Gegend um den Bauch und die Hüften sind die Stellen am tiefsten und dichtesten.

Da ich es hier mit einem unbekannten Leiden zu tun habe, für das ich das Heilmittel erst erfinden muß, kann ich noch nichts über die künftige Entwicklung der Krankheit voraussagen. Indessen ist der Kranke jetzt ruhiger, und nachdem ich ihn heute abend verbunden hatte, habe ich mich ein Weilchen mit ihm unterhalten können. Zwei- oder dreimal während dieser kurzen Unterhaltung hat er sogar ein bißchen gelächelt. Als ich zunächst versuchte, ihm verständlich zu machen, wie lächerlich es sei, eine Racke wie eine Schnepfe zu behandeln, hat mir Quéréjéta einige Worte auf baskisch geantwortet, und als er sie mir dann ins Französische übersetzte, hat er zu lächeln angefangen. Sie bedeuteten lediglich: *Alles macht Bauch.* Ich habe ihm zu verstehen gegeben, daß zum erstenmal in der Geschichte der Seefahrt ein Koch sich über Mangel an Nahrung beklage. Ich sagte ihm, daß er meiner Meinung nach, was Lebensmittel betreffe, sozusagen an der Quelle sitze. Da ist Quéréjéta denn auf die Farbe des Vogels zu sprechen gekommen, und ich habe zu verstehen geglaubt, daß eben die Farbe ihn verlockt habe.

Auf meine Frage, welchen Geschmack denn das Tier gehabt und ob es tatsächlich gut geschmeckt habe, hat er mir geantwortet, der Vogel habe nach nichts geschmeckt, aber, hat er hinzugefügt, und das hat er mehrmals wiederholt, er habe sehr gut geschmeckt. Ich glaubte zu verstehen, daß ihm immer noch die Farbe im Kopf herumgehe. Ich habe ihm gesagt: »Aber du hast doch nicht die Farbe gegessen? Sie ist auf den Federn. Du hast doch sicher die Federn ausgerupft? Das Fleisch hat doch nicht etwa die Farbe der Federn gehabt? Nicht wahr, du meinst doch die Farbe?«

Es war tatsächlich die Farbe. Er hat es mir mehrfach wiederholt, und da ich ein erstauntes Gesicht machte, hat er wieder zu lächeln angefangen und mit seiner verbundenen Hand eine kleine Geste vollführt, als wolle er andeuten, es sei schwierig, mir das verständlich zu machen. Gleichzeitig hat er mehrere Male die Wörter »argain« und »arrutza garay« gesagt.

Ich habe Jaurena gefragt, was diese Wörter bedeuten. »Argain« ist soviel wie »hoher Stein«, und »arrutza garay« hat nahezu die gleiche Bedeutung; denn »arrutza« heißt »steiniger Ort« und »garay« »Höhe«. Es ist möglich, daß Quéréjéta ganz einfach ein bißchen phantasiert hat, was in dem Zustand, in dem er sich befindet, sein gutes Recht ist.

Ich muß indessen anmerken, daß der gelbe Vogel, zwölf Tage nachdem wir außer Sicht der Insel Santiago gekommen waren, durch westliche Böen auf unser Deck geworfen worden ist. Während dieser zwölf Tage haben wir stets geraden Kurs nach Süden gehalten und die Linie passiert.

In dem Augenblick, da der Vogel auf unser Deck gefallen ist, hatten wir nach keiner Himmelsrichtung hin im Umkreis von zehntausend Kilometern Land außer Santiago, das wir nördlich hinter uns gelassen hatten. Ich habe keinerlei Absicht, hier irgendwelche Andeutungen zu machen.

Nachdem ich bei Quéréjéta gewesen war, bin ich zu meinem alten Noël Guinard gegangen, um ein paar Worte mit ihm zu reden. Er saß unter der Petroleumlampe und war dabei, in einem alten Heft der »Nautischen Instruktionen« zu lesen. Er meint, das sei etwas sehr Poetisches. Ich habe zu ihm gesagt: »Komm doch herauf in die Messe; ich will dir Bücher leihen.« Er hat mir geantwortet, die, die er habe und lese, genügten ihm und enthielten alles Nötige zwischen den Zeilen. Ehe wir uns trennten, hat er mich mit seinen buschigen Brauen durch seine stahlgerandete Brille angesehen und mir gesagt: »Es könnte diesmal sehr wohl sein, daß wir weiter reisen als bis Sala y Gomez.«

Larreguy behauptet, »argain« bedeute »Sonne«.

V. Logbuch
geführt von Larreguy und Jaurena

Jedesmal, wenn der Bootsmann oder jemand anders hier etwas Besonderes einträgt, wird der Name angegeben.

2. Oktober. – Den ganzen Tag über haben wir nur sehr schwache Brisen aus OSO und SO gehabt. Es ist eine große Anzahl von Mollusken gefangen worden, wie Blasenquallen, Meernesseln, Propiten; ein kleiner Haifisch und sogar ein paar neue Tiere. Ich habe eine Weile zwischen zwei Kielwellen eine riesige, zylindrische Molluske beobachtet, mindestens anderthalb Meter lang, zehn Zentimeter dick und von hellblauer Farbe.

Hour hat gemeint, es müsse eine Beroë-Qualle gewesen sein.

5. Oktober. – Um 9 Uhr morgens haben wir in SSO einen Schoner mit Kurs Nord gesichtet, der um zehn in etwa zwei Meilen Abstand an uns vorübergezogen ist, ohne seine Flagge zu zeigen. Seit gestern ist die Hitze drückend, vor allem, wenn der Wind sich legt. Der Passat, der schon seit drei Tagen weniger regelmäßig wehte, hat heute unter dem 18. Grad südlicher Breite und dem 16. Grad 30 Minuten westlicher Länge völlig ausgesetzt, um tollen Süd- und SW-Brisen zu weichen. Der Regen ist in Strömen niedergegangen; zeitweilig hat er jede Sicht gehindert, bei schwarzer, hohlgehender See und großer Hitze. Was wir festgestellt haben, als wir die Passatgrenze erreichten, widerspricht vollauf den Angaben Horsburghs, die den 12. Grad nördlicher Breite als durchschnittliche Ausdehnung bezeichnen. Ich habe indessen gewichtige Gründe für die Annahme, daß nichts dabei herauskäme, wenn man sich westlicher hielte, um die Passatwinde länger auszunutzen. Andrerseits wäre es noch unvorteilhafter, sich zu nahe an der afrikanischen Küste zu halten.

10. Oktober. – Wir haben eine von 12 Uhr mittags bis 3 Uhr nachmittags dauernde Flaute ausgenutzt, um eine Temperaturmessung in sehr großer Tiefe durchzuführen. Zehn Lotleinen, jede von hundert Metern Länge, wurden an Deck vorbereitet. Der Thermometrograph Nr. 9 wurde in den Toulоner Kupferzylinder eingesetzt. Ich habe ein Fläschchen Olivenöl beigefügt, um festzustellen, ob es gefrieren würde. Ein Senkblei von 30 Kilogramm ist am Ende der Lotleine vier bis fünf Fuß unterhalb des Zylinders befestigt worden und etwas oberhalb des Zylinders eine Hohlkugel aus sehr dickem Glas.

Um 1 Uhr 52 wurde mit dem Loten begonnen. Und um 2 Uhr 48 waren alle Lotleinen im Wasser. Da sie ein wenig vom Heck abzutreiben schienen, ließ ich ein Boot zu Wasser bringen, um das Schiff in entgegengesetzter Richtung zu schleppen, und bald stand das Lot völlig senkrecht. Um 3 Uhr 24 wurde mit dem Einholen des Lotes begonnen. Die gesamte Mannschaft mußte bei dieser Arbeit mit Hand anlegen. Das Senkblei kam erst um 5 Uhr 12 wieder an Bord; es hatte den Grund nicht berührt. Der Wasserdruck hatte den Zylinder dermaßen zusammengepreßt, daß er ganz platt war. Die Kupferskala des Thermometrographen war gegen die Innenwand gedrückt und verbogen worden. Die Quecksilberröhre war in tausend Stücke zerbrochen und verschwunden, ebenso das Ölfläschchen. Die Glaskugel kam heil wieder herauf: kein Tropfen Wasser war hineingedrungen. Nichtsdestoweniger hatte sie einem Druck von hundertsechsundfünfzig Atmosphären standhalten müssen.

Ich bedaure sehr, daß das Experiment nicht besser geglückt ist, denn wenn es mit aller erdenklichen Sorgfalt durchgeführt worden wäre, so hätte es uns über die Temperatur des Meeres in jener Tiefe unterrichtet. Der Kapitän hat sich vor allem für das Zusammenpressen des Kupferzylinders interessiert. Er hat ihn mit in seine Kabine genommen.

Gestern war bereits ein Hai gefangen worden; heute wurden zwei weitere geangelt, die zwischen drei und fünf Metern lang sind. Schwerlich lassen sich die Freude, die Art Trunkenheit schildern, die bei solcherlei Fängen stets in der Mannschaft ausbrechen. Dieser Taumel läßt sich der rauschhaften Lust des Wilden vergleichen, der seinen grimmigsten Feind gepackt hat und sich anschickt, ihn aufzufressen. Der Anblick gibt eine Vorstellung von der Erhöhung des Genusses, die das Gefühl grausigster Rache bei Tier und Mensch, wenn sie unter der hemmungslosen Herrschaft der Leidenschaften stehen, der einfachen, naturgegebenen Eßlust hinzufügen kann. Die meisten unserer Männer haben stets mit besonderer Freude Haifischfleisch gegessen. Der Kapitän empfindet sogar eine höchst überraschende Gier danach. Ohne in einem Vorurteil befangen zu sein und ohne es geradezu als widerwärtig zu empfinden, ist es mir von je so vorgekommen, als habe das Fleisch einen eigentümlichen Geschmack, den ich nicht mag. Ich gebe gutem Pökelfleisch bei weitem den Vorzug.

14. Oktober. – Wind von S.W. und Süden mit bewegter, violetter See, die von langen weißen Zebrastreifen durchzogen ist. Zahlreiche Regenschauer, die Dunkelheit, Nebel und Gischt mit sich brachten.

Wir haben den endgültigen Entschluß gefaßt, fortan so weit wie möglich nach Westen hin an Höhe zu gewinnen, damit wir durch Kreuzen nach Süden vorankommen.

25. Oktober, – Seit ein paar Tagen nimmt der Himmel bei Sonnenuntergang eine höchst merkwürdige purpurne und violette Färbung an, während die Wolken, die auf diesem Untergrund dahinziehen, sich leuchtend grün tönen. Dieser Lichteffekt zeigt sich stets in der Richtung der untergehenden Sonne. Es tritt keinerlei Dämmerung mehr ein. Sobald die Sonne unter dem Horizont verschwindet, bricht die Nacht massig herein.

31. Oktober. – Um 2 Uhr 15 Minuten morgens ist mir gemeldet worden, daß voraus, ein paar Strich gegen Backbord, Land gesichtet worden sei. Bei Tagesanbruch haben wir deutlich drei schroffe Felsen in einer Entfernung von ungefähr drei Meilen in Luv ausmachen können. Um 6 Uhr 22 morgens passierten wir sie und konnten nun erkennen, daß sie einer wie der andre bis zu ungefähr hundert Metern aus einer See aufragten, die sich stürmisch an ihnen brach. Es ließen sich auf ihnen keinerlei Lebensspuren wahrnehmen, weder pflanzliche noch tierische. Der größte hat annähernd die Form eines unregelmäßigen Dreiecks mit einer Seitenlänge von etwa dreißig Metern.

3. November. – Die Hitze nimmt sehr rasch ab; am 3. November sichten wir unterm 22. Grad südlicher Breite die erste Kaptaube.

Am folgenden Tag passieren wir den Wendekreis des

Steinbocks. Himmel und Atmosphäre zeigen nicht länger die für die Äquatorialzone bezeichnenden Weißtöne, sondern sind jetzt von mineralischer Azurreinheit und lassen dem Horizont die feste Linienklarheit zuteil werden, wie sie bei schönem Wetter dem Süden eigentümlich ist.

Unterm 27. Grad südlicher Breite zeigt sich der erste Albatros. Kaptauben und braune Sturmvögel sind häufig geworden. Wir nehmen nach und nach unsere leichteren Segel weg und schlagen sie ab, um das Takelwerk zu entlasten und uns auf den hohen Seegang der südlichen Gewässer vorzubereiten.

Das Wetter ist herrlich, das Meer sehr schön; von einer netten kleinen Brise aus ONO getrieben, haben wir die Position von Sachsenburg angesteuert. Um 8 Uhr dreißig abends befinden wir uns genau an der, die ihm 1809 nach Horsburgh zugewiesen worden ist. Wir entdecken nichts, nicht einmal ein Anzeichen irgendwelcher Natur, sei es Vogel, Holz oder eine im Wasser treibende Pflanze. Dabei hätten wir tagsüber auf zwei Meilen Entfernung niedriges Land unbedingt ausmachen müssen, und während der Nacht, die sehr hell war, auf sechs bis sieben Meilen.

9. November. – Kaptauben in großer Zahl. Die Matrosen haben ein Dutzend mit der Angel gefangen. Dieser Vogel hat sehr elegante Formen und ähnelt unsern Haustauben.

11. November. – Unsre Reise ist im allgemeinen ruhig verlaufen, wenn auch oft durch ziemlich heftige Dünung, Böen, ungünstige Winde und große Hitze gehindert. Aber wir haben den 30. Grad südlicher Breite erreicht, und diese weiten Meeresgebiete der südlichen Hemisphäre sind sehr schlechtem Wetter unterworfen, vor allem im November. Auch ist der Wind, nachdem er eine Zeitlang ziemlich frisch von Westen her geweht hatte, am 11.

plötzlich nach Süden umgesprungen, von wo er bei gelindem Regenfall kräftig geweht hat. Die See geht sehr hoch; das Schiff schlingert stark. Wir haben beidrehen müssen. Die Böe ist nur von kurzer Dauer gewesen; aber der Wind fährt fort, kräftig zu wehen, und das Meer bleibt sehr bewegt.

13. November. – Schönes Wetter.

14. November. – Schönes Wetter. Um 9 Uhr 30 abends befinden wir uns genau auf der Position, die Sachsenburg von Galloway zugewiesen worden ist. Keinerlei Anzeichen von Land, soviel wir auch Ausschau halten. Man muß daraus schließen, daß die Insel auf dieser Position ebensowenig existiert wie auf der vorigen.

Es würde übrigens recht interessant sein, einmal zu untersuchen, was die Ursache für die von Lords und Galloway vorgebrachten befremdlichen Berichte über die Existenz dieser Insel gewesen sein könnte. Aber das ließe sich nur durch Nachprüfung ihrer Logtabellen durchführen.

15. November. – Notizen in der Handschrift des Segelmachers Gorri. – Ich bin nicht dieser und jener, und was ich sehe, sehe ich gut. Es war Punkt Mitternacht. Die zweite Wache, zu der ich gehörte, war eben an Deck gekommen. Bootsmann Baléchat war Wachoffizier. Auf Steuerbordseite waren ich, der Toppsgast Archigard und der Matrose Brodier. Baléchat, Toppsgast Marchais und der Matrose Libois waren auf der Backbordseite. Zuerst habe ich deutlich das Meer gehört, das gegen eine Küste brandete. Da die letzte Peilung ergeben hatte, daß wir uns unter dem 32. Grad südlicher Breite befanden, wunderte ich mich über dieses Geräusch. Ich habe den Toppsgast angerufen und zu ihm gesagt: »Toppsgast, hörst du was?« Der Toppsgast hat mir geantwortet: »Das ist Land.« Ich weiß, daß am Abend vorher um 8 Uhr Jaurena sich mit der Position von Sachsenburg beschäftigt hat. Ich habe zum Toppsgast gesagt: »Das muß die Insel sein, die Jaurena gestern abend gesucht hat.« Er hat zu mir gesagt: »Sie liegt fünf Meilen ostwärts.« Der Wind wehte steif direkt von Norden. Ich habe den Bootsmann Baléchat gerufen, der Wachoffizier war. Ich habe nach wie vor ganz deutlich die Wellen gehört, die gegen eine ziemlich zerklüftete Küste branden mußten. Jetzt ist es mir so vorgekommen, als hörte ich das Geräusch mehr von vorn kommen. Baléchat hat versucht, angespannt zu horchen; aber er hat mir gesagt, er höre nichts. Ich habe den Matrosen Brodier hergerufen. Die andern von der Wache, die uns sprechen hörten, sind herangekommen, weil sie sehen wollten, was es gebe. Der Matrose Libois hat es deutlicher als wir gehört; aber das Geräusch, das er hörte, ließ ihn die Brandung eine Meile weiter ostwärts vermuten. Der Matrose Brodier hat nichts gehört. Der Toppsgast Marchais hat es schwach gehört. Baléchat hat angezweifelt, daß wir überhaupt etwas hörten; aber er hat uns gesagt, wir sollten uns klar zum Manöver halten. In diesem Augenblick hat sich der Wind, der steif von Norden wehte, plötzlich gelegt, und wir bekamen Flaute. Da hörte ich, daß Archigard rief. Ich lief zu ihm und hielt gleichzeitig mit ihm Ausschau. Knapp eine Meile über Backbord war eben das Land aufgetaucht. Es war kein Mondschein, aber eine gewaltige Sternenhelle, die noch verstärkt wurde durch den Wind, der bis zu diesem Augenblick geweht hatte. Das Land war ganz deutlich zu sehen. Ich schätze, daß es ungefähr fünf Kilometer lang war; denn in der Entfernung, in der man es sah, war es länger als unser Schiff. Baléchat und die übrige Wache sahen es schließlich genau so wie wir. Zu Anfang war das Land ganz schwarz und hob sich lediglich im Osten vor den Sternen ab; aber wohl weil unsre Augen sich an die Dunkelheit gewöhnten, haben wir alle miteinander nach und nach die Einzelheiten der Küste immer deutlicher wahrgenommen, als ob helles Mondlicht geherrscht hätte. Wir haben zuerst geglaubt, wir trieben rasch darauf zu; aber dann ist uns schnell klargeworden, daß das Land immer gleich weit von uns entfernt blieb. Wir haben ganz deutlich am Ende der steil abfallenden Klippen im Süden einen sichelförmigen Strand gesehen, gegen den die rollenden Wogen anliefen, die wir alle hatten grollen hören. Kurze Zeit ist die Helligkeit so stark gewesen, daß wir die Farbe der grünen Pflanzen erkennen konnten, die oben auf den Klippen wuchsen, und eine Art Gebüsch, das im Halbkreis den Sandstrand umgab, gegen den das Meer anrollte. Die steilen Felsen waren schwarz. Man sah deutlich das Weiß der Brandung dagegen angischten. Wir waren fest davon überzeugt, daß die Flaute uns nicht vorankommen ließ, und alles war klar zum Halsen, wenn der Wind in die falsche Richtung umgesprungen wäre. Wir haben deutlich hinter dem Küstenstreif ein Vorgebirge in Form einer Rattenschnauze nach S.O. und dahinter die Masse von zwei oder drei ziemlich hohen Bergen ausmachen können, auf denen in einem gewissen Augenblick Lichter aufschimmerten, wahrscheinlich von Eingeborenen angezündete Feuer. Mehrmals sind Vögel, die wir nicht gesehen, aber deren Flügelschläge wir ganz deutlich gehört haben, um die Mastspitzen gekreist. Einer muß in den Ausguck geraten sein, wo wir ihn einen Augenblick haben flattern und mit den Flügeln schlagen hören. 40 Minuten nach Mitternacht hat der Wind von der Insel hergeweht; aber das Großsegel hat nach wie vor geflappert. Nur das Oberbramsegel fing den Wind auf, wie es die Regel ist, wenn sich ein Hindernis zwischen den Wind und die Segel schiebt. Ich bin nach unten gegangen, um den Kapitän zu benachrichtigen. Ich habe ihm auseinandergesetzt, was geschehen sei, und er schien nicht weiter überrascht. Als ich in seine Kabine kam, war er wach und las; er hat kaum aufgesehen, als er mir sagte, es sei unnötig, die Offiziere zu wecken, und nach Ablösung der Wache solle ich die Sache im Logbuch vermerken und unterzeichnen. Als ich wieder an Deck kam, merkte ich, daß in der Zwischenzeit der Wind wieder ganz nach Norden umgesprungen war und daß wir unsern Kurs hielten, ohne daß auch nur das mindeste in irgendeiner Richtung in Sicht geblieben wäre.

16. November. – Auf Anordnung des Kapitäns hat der Segelmacher Gorri die Vision, die er in der Nacht vom 15. gehabt hat, ins Logbuch eingetragen. Ich bedaure, daß ich nicht geweckt worden bin; aber ich bleibe dabei, daß die Insel Sachsenburg nicht in den angegebenen Positionen existiert und daß es das beste wäre, sie endgültig von den Karten zu streichen, wie es die Engländer bereits getan haben. Es könnte sein, daß Segelmacher Gorri durch die niedrigen Wolken am Horizont getäuscht wurde. Am 16. abends haben wir stürmischen Wind aus OSO mit hochgehender See gehabt. Er springt in der Nacht nach Süden um und wechselt nach SO über; am folgenden Tag hat seine Heftigkeit sich bedeutend gemäßigt. *Bemerkung.* – Bei diesen Windstößen hat das Thermometer keinerlei Veränderung gezeigt; im Gegenteil: der Stand der Quecksilbersäule hat sich auf ziemlich hohen Graden gehalten: 28,4, 28,5 und sogar 28,6.

20. November. – Böiger Wind von SW und gleich darauf Sturm aus SSW, mit Regenschauern, sehr starken Böen und sehr bewegter See. Die Wellen sind ungeheuer hoch. Das Schiff krängte bis zu 33 Grad. Es hält sich gut und läßt kein Wasser eindringen.

23. November. – Im Lauf des Tages klärt das Wetter sich ein bißchen auf. Wind von NW Wir scheinen wieder zu uns zu kommen. Wir genießen ausgiebig eine kurze Ruhepause.

24. November. – Steifer Nordwind. Diesmal sinkt das Thermometer bis 27,9,5. Die Dünung ist so hart und so unangenehm, wie wir sie noch nie erlebt haben. Das Schlingern, das sie verursacht, ist außerordentlich stark und heftig. Die schwimmenden Bündel der *Laminaria pyrefera* haben sich zu zeigen begonnen. Der langen Nächte wegen ist ab heute die Mannschaft in drei Wachen eingeteilt worden, damit übermäßige Ermüdungen ausgeschaltet werden. Das Segelzeug muß mehr denn je geschont werden.

29. November. – Abermals heftiger, böiger Wind aus NNW Er hält die ganze Nacht hindurch an, und am 30., am Tage, ist er zu einem schrecklichen Sturm geworden. Die Wellen bilden wahre Berge und wachsen zu mindestens 25 bis 30 Metern Höhe an. Glücklicherweise brandet nur der Kamm; sonst hätten sie das Schiff sehr rasch verschlungen. Niemals habe ich eine so ungeheuerliche See gesehen. Ich hätte es nicht einmal für möglich gehalten, daß das Gleichgewicht der Wasser auf solcherlei Weise gestört werden könne. Da wir alle Segel eingeholt haben, müssen wir lediglich unter dem kleinen Focksegel laufen. Das Schiff hat sich gut gehalten, ist aber arg mitgenommen, und ein paar Sturzwellen, denen es nicht hat ausweichen können, haben ein paar Fugen geöffnet; denn es hat zum erstenmal seit seiner Ausfahrt Wasser eingelassen.

Bemerkungen. – Die Seen, die über Bord gingen, kamen uns sozusagen lauwarm vor. Der Sturm hat mit gleichmäßiger und ausdauernder Stärke bis 6 Uhr abends geweht;

dann haben die Böen nachgelassen, und der Wind hat sich zwei Tage lang frisch aus NW und WNW gehalten, was für uns einen Glücksumstand bedeutete; denn die grauenhafte Dünung hätte uns über die Maßen mitgenommen, wenn nicht bald Ruhe eingetreten wäre.

1. Dezember. – Schwache, wechselnde Brise. Um 10 Uhr 30 fast Windstille. Wir nutzen sie aus, um den Thermometrographen mit einem Senkblei von vierundzwanzig Kilo Gewicht völlig senkrecht bis zu einer Tiefe von fünfhundert Metern hinabzulassen. Er kommt in gutem Zustand wieder herauf, obwohl der Zylinder bis zu fünf Zentimetern unter dem Rand voll Wasser ist; in dem Augenblick, da er geöffnet wurde, machte sich ein deutlich wahrnehmbarer Luftzug bemerkbar, ein leichter Dunst stieg daraus auf, und im Innern perlte das Wasser wie Schaumwein.

2. Dezember. – Kurs nach OSO bei schwacher Brise aus NO und ziemlich ruhiger See. Um 8 Uhr bemerke ich im Süden in geringer Entfernung ein Fleckchen Meer, wo die Wellen sich merklich brechen. Nach aufmerksamer Prüfung scheint es sich um einen Felskopf oder einen Schiffsrumpf zu handeln, der nur ein oder zwei Meter aus dem Wasser ragt. Bläuliche, scharf umrissene Flecken geben Grund zu der Annahme, daß es vielmehr eine kleine Felseninsel sein muß. Überdies tummeln sich mehrere Seeschwalben und Wolken von kleinen, aschfarbenen Sturmvögeln über der Stelle. Um aller Ungewißheit ein Ende zu machen, lasse ich unmittelbar darauf zuhalten. Sogleich bemerke ich, daß die vermeintliche Brandung die Position wechselt; schließlich verschwindet sie ganz und gar. Ich bescheide mich zu der Annahme, daß es ein großer, mit Muscheln und Maceporen bedeckter Walfisch gewesen sei. Auch Horsburgh meint, daß sehr große, an der Wasseroberfläche schlafende Wale gelegentlich dergleichen Täuschungen hervorgerufen haben.

3. *Dezember.* – Unregelmäßige Brise aus NO, in gewissen Abständen Regen. Zwei oder drei ausgiebige Hagelschauer.

4. *Dezember.* – Heftiger Wind aus SSO

5. *Dezember.* – Stetige Winde aus OSO, ONO und NO, im allgemeinen frisch und von schönem Wetter begleitet. Da wir über Backbordbug hart am Wind segeln, kommen wir nur langsam voran.

8. *Dezember.* – Während der Nacht steifer Wind von Norden, dann und wann Böen; Wetter bedeckt, starke Dünung. Um 1 Uhr 30 hatte ich das Großsegel aufgeien lassen, und ich schlief ziemlich fest, als ich 6 Uhr 15 durch unheilverkündende Schreie und ein überstürztes Manöver aufgeschreckt wurde. Nur in meinen Mantel gewickelt, stürzte ich an Deck und erkannte sogleich, daß ein Mann über Bord gegangen war. Der Wachoffizier Jaurena hatte schon alle in solchem Fall nötigen Maßnahmen getroffen: er hatte zwei Hühnerkäfige über Bord geworfen, beigedreht und Vorkehrungen getroffen, um das kleine Boot zu Wasser zu lassen, was auf der Stelle geschah. Da ich den in den Wellen treibenden Unglücksmenschen noch an seinem roten Hemd erkennen konnte und da er nur ungefähr zehn Meter vom Schiff weg war, glaubte ich fest, daß er gerettet werden könne, und war nur um das kleine Boot besorgt, dessen Fugen sich während des heißen Wetters geweitet hatten. Um mich so wenig wie möglich zu entfernen, nahm ich die Segel herum, und es gelang mir, steuerbord aufgebraßt unter dem Wind ungefähr fünf-

zehn oder zwanzig Meter von der Stelle liegen zu bleiben, wo der Mann zu schwimmen schien. Gleichzeitig näherte sich das Boot der Stelle, so schnell es konnte; doch innerhalb dieser Zeitspanne, die höchstens sechs bis acht Minuten gedauert hat, war er verschwunden. Er konnte nicht schwimmen, wie mir seine Kameraden sagten, und nachdem ihn seine Kleidungsstücke ein paar Augenblicke über Wasser gehalten hatten, hat ihn wohl eine Welle hinabgezogen. Nach einer halben Stunde erfolglosen Suchens und Mühens, als wir überzeugt waren, daß keine Hoffnung mehr sei, rief ich das Boot an Bord zurück, und wir setzten, tief erschüttert über diesen Unfall, unsere Reise fort. Der Mann, der auf so unselige Weise ums Leben gekommen ist, hieß Jacques Benoit, war zweiundzwanzig Jahre alt und Hilfszimmermann. In dem Augenblick, da er über Bord ging, war er mit dem Toppsgast Archigard dabei, einen in den Ketten der großen Rüsten hängengebliebenen Eimer loszumachen, als ihn eine ziemlich starke Welle erfaßte und über Bord spülte. Wenn er sich nur etwas länger hätte über Wasser halten können, so wäre er unfehlbar gerettet worden. Trotz des Windes, des heftig bewegten Meeres und der Gefahr, die sie selber liefen, entfalteten Baléchat, Gorri, Roland und Larreguy einen Mut, der über jedes Lob erhaben ist. Kaum war das Boot wieder an Bord, als der Wind stärker wurde, und drei Stunden später wehte er sehr heftig aus NNW mit Böen und hochgehender See.

Trotz unserer Sorgfalt und unserer Vorkehrungen beginnt die hartnäckige Folge von Unwettern sich auf die Segel, den Rumpf und vor allem auf die Takelage auszuwirken. Ich beschließe, stracks nach Osten abzubiegen und zu versuchen, irgendeinen Punkt der Tristan-da-Cunha-Gruppe zu erreichen. Ich empfinde großes Verlangen, an Land zu kommen, und die Gruppe ist das einzige Land, das sich in der Nähe befindet. Freilich weiß ich, daß uns jene felsigen Inseln kaum von großem Nutzen sein werden. Aber es ist unbedingt erforderlich, daß ich dem Schiff und seiner kleinen Mannschaft eine Ruhepause verschaffe. Die Gewässer von Guinea sind arm an Inselmassiven, obwohl die Seekarten bislang immerfort mit chimärischen Inseln übersät worden sind. Wolken, die die Seeleute am Horizont gesehen und die sie für Inseln oder Riffe gehalten haben. Ich habe Larreguy und Jaurena eingeschärft, nach Möglichkeit trotz des Wetters geradesten Kurs auf Tristan da Cunha zu halten. Ich fürchte, daß die geringe Sicht, die seit geraumer Zeit herrscht, uns sonst unter Umständen diesen uns so nötigen Zwischenhafen verfehlen läßt.

Bemerkung. – Am Abend hat der Himmel sich verdüstert; das schlechte Wetter hat abermals eingesetzt.

11. Dezember. – Von 8 Uhr morgens bis 10 Uhr abends haben wir nur mit dem kleinen Focksegel laufen können. Der Wind weht wütend aus WSW, begleitet von ungestümen Böen, Regen, Hagel. Wir können nur schwer manövrieren, um nach Osten voranzukommen; wir müssen in die Gewässer des 35. Grads südlicher Breite zurückgetrieben worden sein.

Obgleich weniger aufgewühlt als am Vortage, war die See grausig und um so gefährlicher, als sie härter war; sie brandete über das ganze Schiff hinweg. Wir haben ein paar Sturzseen durchstehen müssen, die uns jedesmal unter Wasser zu drücken drohten und die überallhin eingedrungen sind. Der Wind brüllte nicht gerade; aber er heulte im Takelwerk.

14. Dezember. – Die Wut des Windes läßt am 13. abends leicht nach, um schon am 14. morgens mit neuer Kraft wieder einzusetzen. Aber diesmal ist die Temperatur höher; die Böen sind trocken und führen weder Regen noch Hagel mit, was sie erträglicher macht. Ein paar Matrosen haben Magenbeschwerden, und der Toppsgast Hervéou ist beim Überholen des Schiffs an Deck hingefallen und hat sich am Kopf verletzt.

19. Dezember. – Der Wind fährt fort, ununterbrochen heftig von WSW zu wehen, bei sehr grobem Seegang und düsterem Wetter. Am 19. abends läßt die Heftigkeit des Windes nach, als sei er müde geworden, und gönnt den Wogen eine kurze Ruhepause. Wir können endlich manövrieren, um das Kap von Tristan da Cunha anzusteuern. Augenblicklich ist der Seegang weniger unregelmäßig; die Wellen sehen aus wie bewegliche, von Tälern durchschnittene Hügelketten, auf deren Rücken unser Schiff friedlich dahingleitet. Ein wahrhaft majestätisches Schauspiel, von dem auch die geschickteste Feder nur eine schwache Vorstellung zu vermitteln vermöchte.

20. Dezember. – Neuer Sturm aus NNW, heftiger als irgendeiner der früheren und noch dazu unter bedecktem Himmel und bei fortgesetztem Regen. Die Nacht ist fürchterlich und die Finsternis sehr dicht gewesen. Da ich nun endlich auf dem Breitengrad von Tristan da Cunha segle und fürchte, infolge einer unvorhergesehenen Strömung oder einer nach so langer Seefahrt durchaus möglichen Abweichung unserer Uhren unversehens aufzulaufen, beschließe ich zu kreuzen, ohne von jenem Breitengrad abzukommen. Mehrere Schiffsplanken haben sehr gelitten, vor allem auf der Backbordseite.

21. Dezember. – Um 6 Uhr steure ich das Kap von OSO aus an. Larreguy, der Wache hat, sichtet um 7 Uhr 30 das erste Bündel *Laminaria pyrefera,* das an der Bordwand entlanggleitet, und von diesem Augenblick an schwimmen sie überaus zahlreich vorüber, bis 4 Uhr nachmittags, wo sie ganz aufhören. Diese Tangpflanze, und dazu die Albatrosse, die uns in großer Zahl umkreist haben, sind die einzigen Anzeichen, aus denen wir auf die Nähe der Gruppe Tristan da Cunha schließen könnten; denn gesichtet haben wir nicht das mindeste. Nachdem wir jedoch unsern Kurs durch die am Vorabend aufgenommenen Breiten berichtigt haben, ergibt es sich als wahrscheinlich, daß wir uns am 21. um 6 Uhr morgens höchstens fünfzig Kilometer nördlich von Tristan da Cunha befunden haben müssen. Wären wir nicht in eine Strömung geraten, oder hätte sie uns nach Süden abgetrieben, wie es der Wind anzudeuten schien, dann würden wir genau auf die Gruppe zugesegelt sein. Im übrigen ist es bei dermaßen abscheulichem Wetter und bei dermaßen bedecktem Himmel nicht weiter verwunderlich, daß wir nichts gesehen haben. Unser Horizont erstreckte sich in den Augenblicken größter Klarheit bis zu einer Meile.

25. Dezember. – Wir fangen einen Albatros, der sechs Kilo wiegt und 1 Meter 80 Flügelspannweite hat. Mittags esse ich von diesem rußfarbenen Vogel, dessen Fleisch mir gut und weit besser als das der Kaptaube schmeckt, an dem ich wirklich nichts auszusetzen fand.

27. Dezember. – Um 3 Uhr nachmittags ist der Sturm auf dem Höhepunkt seiner Kraft; die ungeheuerliche See und die abermals zu wahren Bergen aufgewühlten Wellen martern unser armes Schiff grausam. Gegenwärtig macht es im Laufe von sechs Stunden 25 Zentimeter Wasser. Das Wasser dringt vom Heck her in meine Kabine, so daß alle meine Bücher, meine Karten, meine Wäsche usw. … durchnäßt und in keinem allzu erfreulichen Zustand sind.

29. Dezember. – Obwohl noch immer heftig, ist der Wind doch umgänglicher geworden; wir können die seit längerer Zeit eingeschlagenen Toppsegel wieder setzen. Wir sichten auch einen riesigen Sturmvogel.

30. Dezember. – Endlich können wir aufatmen, und trotz der nach wie vor hohen Dünung verfolgen wir einen beständigen Kurs.

31. Dezember. – Wir steuerten mit einer angenehmen Brise aus NW als Rückenwind und bei leidlich ruhiger See das Kap von Ost ein Viertel SO an, und ich ließ sorglich Ausschau nach dem sich nähernden Land halten. Um 1 Uhr mittags sichtete der junge Brodier von der Spitze der Bramstenge aus die Küste in SO in ungefähr 50 Kilometer Entfernung. Um 2 Uhr 30 etwa konnte man sie von Deck aus sehen. Sie zeigte sich jetzt in der Form eines regelmäßigen, schneebedeckten Kegels, der nach und nach immer höher wuchs, deutlich sichtbar, aber vom Horizont durch Nebelmassen getrennt, so daß es aussah, als sei er in der Luft aufgehängt. Beim Loten ergab sich eine Tiefe von 150 Metern; grobkörniger, weißer Sand.

Wir gingen dichter unter Land, um besser ausmachen zu können; der Augenschein ergab unwiderleglich, daß Tristan da Cunha tatsächlich vor uns lag.

Anderntags um 6 Uhr morgens lag das Land in geringer Entfernung in NO; wir konnten deutlich die gleichförmigen, steil zum Meer abfallenden Basaltklippen erkennen, gegen die die Flut tosend brandete. Ich steuerte den ganzen Tag nach SO ein Viertel Süd, um die Sandbänke in weitem Bogen zu umsegeln, die in der Nähe dieser Insel angegeben sind. Um 2 Uhr am gleichen Tag sichteten wir die Insel Inaccessible, die 32 Kilometer von Tristan entfernt liegt. Wir segelten in geringer Entfernung an dem wilden

Geklipp vorüber, wo zu landen unmöglich gewesen wäre. Alles, was man vom Lande sah, glich völlig einem steilen, über dem Meere thronenden Berggipfel. Gegen diesen Felsen schlug eine Brandung von außerordentlicher Heftigkeit, die Gischt zu einer ungeheuren Höhe aufschleuderte. Wir sahen weder Vögel noch die geringste Spur von Vegetation. Da die Insel Inaccessible als steil bekannt ist, steuerte ich so, daß wir in einem Abstand von weniger als hundert Metern daran entlangsegelten. Die hohe Steilküste, die aus einfarbigem Basalt besteht, war so eindrucksvoll, daß man sich angesichts ihrer beengt fühlte wie in einem Brunnenschacht. Kein einziges Mal habe ich beobachten können, daß der Steilhang Nester trüge, und auf der ganzen Küste, an der wir entlangfuhren, habe ich in dem aufragenden Klippenufer weder Schluchten noch Spalten wahrgenommen, durch die man sie hätte erklettern können. Auf der Hochfläche oberhalb dieser Klippenwand lagerte eine riesige bläuliche Wolke, deren Enden reglos über den Steilabfall hinabhingen. Als wir die Felsenmauer hinter uns hatten, sichteten wir auf eine Entfernung von 20 Kilometern die Nightingaleinsel mit ihrem Kranz von Riffen, an denen das Meer sich donnernd brach; das Grollen scholl bis zu uns her. Unter kleinen Segeln versuchte ich, die runde Masse von Tristan zu umfahren, um in NW nach dem einzigen zugänglichen Teil zu gelangen, wo Falmouth-Bay gelegen ist.

Die endlosen Basaltklippen, die Tristan da Cunha umschließen, senkten sich um 6 Uhr abends, nachdem sie ungeheure Massen von schroffen Felsen emporgestellt hatten. Wir sind dann in einer Entfernung von einer Meile an einer sandigen, bogenförmigen Einbuchtung vorübergefahren, die ich als Flindersbucht ausmachte; schließlich bin ich auf den Sandstrand von Falmouth-Bay zugesteuert.

Eine Böe von Norden, die nur von kurzer Dauer war,

zwang uns indessen, die Nacht zum Teil mit Kreuzen, zum Teil aufgebraßt liegend zu verbringen, wobei ich bedacht war, mich in sechs bis sieben Meilen Entfernung vor dem Eingang der Bucht zu halten, um bei Tageslicht desto leichter einfahren zu können. Aber der Wind, der von Westen her wehte, sprang während der Nacht nach SW und sogar nach Süd um. Im übrigen stellte ich bei Tagesanbruch mit Bedauern fest, daß wir uns im Süden von Kap Falmouth befanden. Die Strömung hatte uns innerhalb von acht Stunden mindestens 15 Kilometer nach Osten abgetrieben. Als gegen Mittag der Wind nach Osten umgesprungen war, benutzten wir diesen Umstand, um einen Schlag nach Westen zu segeln und wieder vor die Einfahrt der Bucht zu gelangen. Von 12 bis 4 Uhr trat Flaute ein. Wir befanden uns gerade vor dem mächtigen Gürtel riesiger Algen, die rings um die Insel wachsen. Schwere Wellen, rollende Seen brandeten überall gegen den Klippengürtel, dessen beide Verschlußhaken wir über Backbord und über Steuerbord sahen. Vor uns dämpfte der Algenwall die Dünung. Wir haben einen dieser Pflanzenstränge, die dick wie ein Bierfaß sind, aus dem Wasser gezogen; sie scheinen bis zu 300 Metern lang zu sein. Um 6 Uhr segelten wir mit Hilfe einer leichten Brise aus NW auf das Kap im Hintergrund der Falmouth-Bay zu. Um 7 Uhr hatte ich das Glück, den Anker in voller Sicherheit durch acht Meter Sandgrund schleppen zu lassen.

Die letzten Stürme haben uns tüchtig mitgenommen; die ganze Mannschaft hat Magenbeschwerden und Kopfschmerzen. Während der ununterbrochenen Stürme, die uns seit dem 30. Breitengrad zu schaffen machten, haben wir uns oder der Mannschaft keinerlei Ruhe gönnen können. Das Meer hat an manchen Tagen dermaßen grausig ausgesehen, daß es alle Tapferkeit und alle Kaltblütigkeit zum Wanken gebracht hat. Die meiste Zeit haben wir völlig mechanisch manövriert. Zwei Drittel der Manöver wurden rein instinktiv ausgeführt, fast ohne Kommando. Meine Beine sind bis zu den Knien geschwollen. Gegenwärtig finde ich nicht die mindeste Ruhe, nicht einmal im Liegen. Ich beabsichtige, an Land ein kleines Zelt aufschlagen zu lassen, worin wir uns, denke ich, ausruhen und erholen können.

In dem Augenblick, da ich diese Notiz ins Logbuch eintrage, hat die Dunkelheit es uns noch nicht gestattet, festzustellen, ob Falmouth-Bay noch besiedelt ist. Was ich in dieser Beziehung mit dem Fernglas um 4 Uhr nachmittags während des Kreuzens vor der Bucht wahrnehmen konnte, läßt mich nicht hoffen, daß außer uns hier noch Menschen sein könnten. Die vier oder fünf Hütten, die ich im Schutze der ersten Klippen und des rötlichen Steilhangs gesehen habe, ungefähr vierhundert Meter von unserm Ankerplatz entfernt, schienen unerhört verfallen zu sein. Trotz der Geräusche beim Ankerwerfen und trotz der Positionslampen, die ich habe anzünden lassen, hat an Land bis jetzt nichts darauf schließen lassen, daß unsre Ankunft die Aufmerksamkeit eines menschlichen Wesens erregt hätte. Ich habe vorhin ungefähr zehnmal die Bordglocke anschlagen lassen; nichts hat darauf schließen lassen, daß sie gehört worden sei. Eben hat Bootsmann Baléchat Akkordeon gespielt. Wir haben vom Ufer her weder Schritte noch Rufe gehört. Die letzten Nachrichten besagen, daß es auf der Insel hundertzwölf Einwohner gebe, die sämtlich in der kleinen Niederlassung an der Falmouth-Bay wohnten.

Unser Ankerplatz ist für diese Jahreszeit vortrefflich. Die Bucht ist vorzüglich gegen NW-Winde geschützt, die einzigen, die wir im Dezember in dieser Gegend zu fürchten haben. Der Grund besteht aus weißem Sand, und ich nehme mir vor, morgen früh gleich einen Anker an Land ausbringen zu lassen, von dem wir nur ungefähr 15 Meter entfernt liegen, um das Schiff zu vertäuen. Vor zwei Ankern kann die »L'Indien« hier allen Unwettern trotzen, die möglicherweise zu erwarten sind.

Quéréjéta ist gesund und dürfte ab morgen seine Arbeit wieder aufnehmen können. Er hat am ganzen Körper Narben, die genau wie die von Brandwunden zurückgebliebenen aussehen. Aber in dem Maße, wie er genas, haben sich, wie ich beobachtete, Wandlungen in seinem Gesicht vollzogen, das bislang von der Krankheit unberührt geblieben war. Als ich ihn zu wiederholten Malen fragte, um herauszubekommen, ob jene Veränderungen ein Symptom der Krankheit seien, hat er jedesmal geantwortet, er habe keinerlei Schmerzen und fühle sich genauso munter wie vor seinem Abenteuer.

Wenn übrigens noch Zweifel an seiner Gesundung bestünden, so würden sein Appetit, seine gute Laune und seine wiedergekehrte Kraft genügen, um sie zunichte zu machen. Dennoch notiere ich hier, daß sich zwei seltsame und widerspruchsvolle Phänomene in Quéréjétas Gesicht zeigen. Er hatte spitzige, hagere Züge und war dunkelhäutig wie ein Baske von guter Rasse. Gegenwärtig nun aber wird sein Gesicht durch zweierlei Phänomene umgestaltet. Das erste trachtet danach, seine Gesichtsform zu runden. Sein Kinn, das spitz und knochig war, ist bereits in der Rundung verschwunden. Da ich meinte, daß das eine Wirkung des Fettes sein könne, das er während seiner Untätigkeit angesetzt hat, habe ich ihm sorgfältig die Backen abgetastet und bin mir darüber klargeworden, daß die Rundung durch eine Veränderung seiner Backenknochen und Kinnbacken hervorgerufen worden ist. All das vollzieht sich, als hätten die Backenknochen und Kinnbacken sich völlig umgebildet. Er hat jetzt ein beinahe vollkommen rundes Gesicht. Seine braune, nahezu olivene Gesichtsfarbe spielte früher ins Schwärzliche. Jetzt ist die Haut kupferfarben geworden, und man kann beobachten, wie sie von Tag zu Tag mehr und mehr golden wird. Sein früher schwarzes Kraushaar wird glatt und fließend. Ich würde mich nicht weiter wundern, wenn es weiß oder hellblond würde. Spuren davon habe ich bereits an den Haarwurzeln wahrgenommen.

Das zweite Phänomen, das Quéréjétas Gesicht verwandelt, äußert sich folgendermaßen: seine Augen sind kleiner geworden und haben sich mandelförmig verlängert. Wenn er die Lider voll aufschlägt, und wenn er ganz ruhig daliegt, was einige Male geschehen ist, während ich bei ihm war und ihn unter dem Vorwand einer Pulsuntersuchung dazu brachte, so wirkt sein Blick absonderlich tief und ruhig, was früher durchaus nicht der Fall gewesen ist. Sein Mund, der natürlich durch die Ausdehnung der Kinnbacken in die Länge gezogen wurde, ist unverwüstlich platt geworden, und ich kenne kein Gesicht, das heiterer wirkte und von einer ähnlichen inneren Ruhe zeugte.

Mir fällt ein, daß wir vergessen haben, Weihnachten zu feiern.

VI. Noël Guinards Abenteuer

Wenn Sie mir Ihren Dudelsack schickten und all die kleinen Teile, die dazugehören, so würde ich sie zusammensetzen und ein paar sehr traurige Weisen spielen, die, möchte ich sagen, vollauf zu meiner qualvollen Lage als Gefangener passen.

Aus einem Brief Audl Reckies

Am Morgen des 1. Januar erhob sich die Sonne wie mit einem jähen Sprung. Es war der reine, volle Frühling jener Breiten. Fern im Süden zog das schlechte Wetter in einer dicken, violetten Wolkenbank von dannen, darin bisweilen Blitze boshaft und stachelig aufzuckten, und die lautlos ein kupfernes Beben durchzitterte. Aus NW wehte eine sehr schwache Brise; zugleich mit dem Salzhauch der Weiten, über die sie hinweggestrichen war, trug sie ein leichtes, laues Gewoge heran. Im Norden kräuselte die See sich kaum. Das Wasser der Falmouth-Bay war glatt wie das eines Sees. Längs der hohen Basaltklippen, deren Steinwände wärmer und wärmer wurden, begann der Morgen sich laut zu bekunden. Die anrollenden Wellen, die sich an den die Falmouth-Bay schützenden Armen brachen, spritzten Gischt auf, darin die Sonne alsbald irisierende Lichter entfachte.

Noël Guinard klopfte an die Tür des Kapitäns. Beim Eintreten schaute er sich aufmerksam nach allen Seiten um, bevor er fragte: »Bist du allein?« – »Wie du siehst«, sagte der Kapitän. Guinard schloß die Tür und setzte sich auf den Pritschenrand. »Wie gehts?« fragte er. – »Wie du siehst«, sagte der Kapitän. Guinard rieb sich lange das Kinn. »Ich möchte ganz gern mal an Land. Was meinst du dazu?« – »Das möchten wir alle ganz gern«, sagte der Kapitän. – »Ich will da drüben eine Feldschmiede aufbauen lassen.« – »Bist du schon an Deck gewesen?« – »Nein.« – »Dann weißt du also nicht, ob die Küste bewohnt ist?« – »Die Handbücher sagen ›ja‹.« – »Was bedeuten hier Handbücher, bei viertausend Kilometern Wasser nach allen Himmelsrichtungen!« – »Ich möchte ganz gern mal an Land. Ich habe dir gesagt, daß ich ein Zelt aufschlagen lassen und da drüben eine Feldschmiede aufbauen will.« – »Dann mußt du eben Materialanweisungen ausstellen.« – »Hab ich schon«, sagte Guinard. – »Dann kannst du abhauen.«

Noël Guinard stieg mit in das Boot, das Larreguy, den Matrosen Libois und den Zimmermann Braibant an Land brachte. Die drei Männer hatten den Auftrag, die kärglichen Behausungen zu untersuchen, die am Fuß der rötlichen Felsmauer zu sehen waren. Nachdem sie den Strandstreifen überschritten hatten, entdeckten sie eine Wegspur, die aussah, als sei sie erst vor sehr kurzer Zeit eingetreten worden; der Weg führte nach den vier ersten Hütten. Sie waren aus alten Planken erbaut, und sämtliche Türen standen offen. Die Männer gingen hinein. Nichts ließ darauf schließen, daß die Hütten bis vor kurzem bewohnt gewesen seien; alle Nägel waren aus den Wänden gerissen; auf den Fußböden lagen alte, leere Konservendosen herum.

Sie gingen weiter, bis an den Fuß des Steilhangs heran, wo sie an die fünfzehn weitere Holzhütten erblickten. Aber sie waren alle genauso kahl, nackt und verlassen. Bis auf eine, an deren Fenster, wie es schien, ein Stoffvorhang hing, der sich bewegte. Sie klopften an die Tür; aber alles blieb stumm, und nach einigem Warten stieß Larreguy mit dem Fuß gegen die Tür, und sie sprang auf. Der Raum war klein; er maß etwa vier zu fünf Meter. In der Mitte stand ein Tisch, auf dem Küchengerät lag und zumal eine riesengroße, ganz schwarze Bratpfanne, auf deren Boden Libois, der mit dem Finger darüber hinstrich, ein bißchen frisches Fett fand. In einem Winkel war eine Lagerstatt aus getrocknetem Tang, und darauf lagen alte, aufgeschlitzte Konservenbüchsen. Neben dem Fenster entdeckte Larreguy auf einem Wandbrett zwei verstaubte Bücher. Es waren ein »Don Quijote« in spanischer und Miltons »Paradise Lost« in englischer Sprache. Braibant besah mit Kennerblick den schwarzen Tisch, der offenbar aus als Strandgut angetriebenem Holz gefertigt war. Noël Guinard indessen machte den seltsamsten Fund.

Hinter der Tür stand eine übergroße Kalebasse aus Spartofasern mit Tangstricken. Aus dieser Kalebasse zog er einen Frauenrock und eine Bluse hervor. Auf dem Boden der Kalebasse fand sich noch eins der großen Messer mit festem Griff und fünf Zentimeter breiter und zwölf Zentimeter langer, ein wenig gekrümmter und sehr scharfer Klinge, wie sie die Walfischfänger gebrauchen. Ein großes Hinundhergerede über die Frauenkleidungsstücke hub an; sie sahen nicht eben alt aus. Vielmehr schienen sie noch vor kurzem getragen worden zu sein. Es fand sich keine Spur von andern Kleidungsstücken in dem Raum und auch keine Spur von Lebensmitteln oder Vorräten irgendwelcher Art. Indessen vergewisserten sich Libois und nach ihm Braibant noch einmal über das Vorhandensein einer leichten Fettschicht auf dem ganzen Boden der Bratpfanne. Der Herd, der eingehend untersucht wurde, enthielt nur zu Staub zerfallene weiße Asche, aber keine Spur von Kohle. Der übrige Raum war kahl, abgesehen von einer Art grob zusammengezimmerter Kiste, die eine Unzahl mehr oder weniger verrosteter Nägel enthielt; sie waren sämtlich krumm, woraus geschlossen werden konnte, daß sie mittels einer Zange ausgerissen worden waren. Larreguy entschied, daß dem Kapitän Mitteilung von alledem gemacht werden müsse, und Noël Guinard verabschiedete sich überaus höflich von den andern.

Gleich hinter dem Hause ragten die Klippen an die hundert Meter steil auf; aber ein Spalt zwischen zwei mächtigen, bröckelnden Wänden ermöglichte ein Erklettern bis zum oberen Rande. Noël Guinard machte sich daran, durch das Geröll hinaufzuklimmen. Er war ein dürres Männchen, das rasch außer Atem kam. Alle zehn oder zwanzig Meter machte er halt, um Luft zu schnappen, und wenn er Umschau hielt, entdeckte er keinerlei Spur von Gras oder von einem Vogelnest. Endlich gelangte er oben an; er schwang sich auf die ebene Fläche, und es bot sich ihm ein überwältigender Anblick. Da war zunächst eine Art kleiner Vorplatz, zweihundert bis dreihundert Meter breit, zwischen dem Saum der Steilküste und dem stufenförmigen Anstieg eines mächtigen Gebirgsmassivs, das vom Fuß bis zum Gipfel ganz und gar aus nacktem Gestein bestand. Jenseits der ersten Ausläufer konnte Noël Guinard, wenn er fast senkrecht nach oben schaute, über sich den dreieckigen, schneebedeckten Gipfel des Vulkans von Tristan sehr hoch im Himmel verschwinden sehen.

Um sieben Uhr morgens hatte die zu einem Viertel über den östlichen Horizont emporgetauchte Sonne alle Winde beschwichtigt, und es herrschte auf jener Höhe eine große Windstille. Tiefstes Schweigen umbreitete rings das Gebirge. Nicht einmal das stoßhafte Anprallen der Brandungswellen war mehr zu hören, die in der Tiefe unablässig grollten und bisweilen losdonnerten wie Kanonenschüsse, wenn sie in die unterseeischen Basalthöhlen rollten. Als Guinard sich vorsichtig über den Abgrund beugte, sah er tief unten den Gischt brodeln; aber bis zu ihm scholl kein Laut herauf.

Eine schier unendliche Meeresweite zog von dannen, verschmolz mit einem Himmel von gleicher Farbe, kehrte zurück, ohne den Übergang von Himmel und Meer anzudeuten, und bildete sich abermals in den großen Höhen hinter dem scharf umrissenen Vulkangipfel. Das von der Sonne beleuchtete Gebirgsgestein begann in grünlichen Tönen zu spielen, und Guinard brauchte eine ganze Weile, bis ihm bewußt wurde, daß das, was er dort oben für das krause Auf und Ab eines Waldes gehalten hatte, nur das felsige Gehäuf schwärzlicher, von höheren Bergstufungen herabgestürzter Serpentinblöcke war; er ging weiter, überquerte das kleine Basaltplateau und gewahrte mehrere Male Stellen, die zum Aufstieg lockten.

Doch ehe er sein Abenteuer in dieser Richtung weiter zu verfolgen versuchte, untersuchte er mit lässig-kleinen Spaziergängerschritten jene nach Westen hin sich erstreckende Bergstufe. Längs eines Felsvorsprungs, der abgeschliffen wie Uferkiesel war, was durch den scharfen Wind geschehen sein mußte, wanderte Guinard alsdann über eine Art Tischplatte aus reinem Basalt, die so eben war, daß er die Hände auf dem Rücken verschränkte und in aller Gemütlichkeit in westlicher Richtung weiterschritt.

Es war beinahe Mittag, als er so weit vorgedrungen war, daß er das entgegengesetzte Ufer der Insel sehen konnte. Jetzt vermochte er zu erkennen, daß die Insel nahezu rund war und sich nach oben verjüngte wie der Rock einer sich drehenden spanischen Tänzerin. Die riesigen Felsfalten, die von oben her bis zum Meer hinabliefen, glichen den Falten weiter, im Tanz sich kreisrund bauschender Röcke.

Hier nun aber befanden sich die Füße der Tänzerin viertausend Meter tiefer, und ihre Rockbänder umschlossen den Kraterrand, anstatt sich um eine Mädchentaille zu schlingen.

Die Basaltstufe endete jäh in einem dunklen Schlund. Jenseits zogen sich mehr als hundert tiefe, parallele Felsfalten, zwischen denen mehr als hundert schwarze Schlünde klafften, unmittelbar vom Meer herauf. Noël Guinard trat bis an den Rand des Abgrunds heran. In der Tiefe sah er den gleißenden Gischt der Brandung brodeln. Nach wie vor hielt er die Hände auf dem Rücken verschränkt. Er beschaute sehr lange dieses Sichemporsträuben von Felsen. Die Sonne begann schon, auf die andre Seite der Insel hinüberzuwandern, als auch er beschloß, kehrtzumachen und auf dem Wege zurückzuschlendern, auf dem er gekommen war. Er blickte aufmerksam nach dem Gebirge hinüber und vergegenwärtigte sich nach und nach die Aufstiegsmöglichkeiten. Vor jedem Felsspalt, der ihm als dazu geeignet erschien, blieb er lange stehen; er prüfte die Haltegriffe, einen nach dem andern, so hoch hinauf sein Blick reichte, und schließlich befand er sich wieder an seinem Ausgangspunkt oben auf dem Felsabsturz, an dessen Fuß die Hütten lagen. Gegen jene Seite der Insel begann jetzt der Nachmittagswind anzuwehen. Es war eine leichte, trotz ihrer Schwäche überaus stetige Westbrise. Sie traf auf die nackten Gebirgswände. Sie erweckte im Gestein mannigfache Geräusche, die bisweilen sanft, geschmeidig und nachgiebig waren wie das Rauschen von Baumgezweig. Zugleich erscholl dann und wann ein leises, knisterndes Knacken, das von der die Schieferplatten erwärmenden Sonnenhitze herrührte.

Wenn man die Augen schloß, konnte man sich vorstellen, der Wind streiche über dürre Palmen; doch wenn man nach dem Gebirge hinschaute, machte einen die außerordentliche, ungebrochene Nacktheit des Gesteins betroffen. Noël Guinard schloß zu wiederholten Malen die Augen; dann öffnete er sie wieder, um über sich und um sich die unerbittliche Einöde zu gewahren, die jene über Tausende von Kilometern hinweg ungehindert wehende Brise streichelte. Mehrmals war ihm, als höre er regelmäßig wiederkehrende Laute, die an Vogelgesang denken ließen; sie erklangen auch von links her. Behutsam ging er näher an die Stelle heran, von wo jene Laute erschollen. Er erkannte, daß sie von einer ganz kleinen Felsspalte her ertönten, über die der Windhauch hinstrich wie über das Mundstück der tönernen Lockvögel, mit denen man die Krametsvögel täuscht. Weiter weg zu seiner Rechten begann sich, zunächst unterbrochen, dann gleichmäßig ausgehalten, ein Baßgrollen zu erheben, das, wenn es bis zum höchsten Überschwang angeschwollen war, in einer samtenen Gurgel zu röhren schien. Das Fließen des Windes leitete jenes Grollen; es folgte all seinen Rhythmen. Es wurde, wie Guinard nach ein paar Schritten erkannte, von einer etwas größeren, muschelförmigen Felsspalte hervorgebracht, durch die der Wind Rufe gen Osten über das Meer hinweg auszustoßen schien. Etwas höher zwitscherte der unmittelbar von der Brise getroffene Fels wie ein ganzer Lerchenschwarm, und in den großen Höhen, wo Guinard die dreieckige Schneegestalt des Vulkans erblickte, mußte der Wind ein noch weit mächtigeres Lied singen, das dann und wann als ein brausendes Heulen, ähnlich dem großer Orgelpfeifen, bis zu Noël Guinard hinabklang.

Ihn wunderte vor allem, daß der Wind nirgends Staub aufwirbelte. Bis in die verborgensten Gesimse hinein war der Wind von je dermaßen stetig gerieselt, daß die Basaltwände glatt abgeschliffen und wie lackiert waren. Keine Pflanze, nicht die mindeste Spur von wildem Gras oder von Moos oder Flechten ließ der Wind sichtbar werden. Guinard hielt systematisch nach Bestätigungen dieser unbedingten Einsamkeit Ausschau. Nichts wies auf das Bett des Windes hin. Sein Vorhandensein kündigte sich einzig durch seine mannigfachen Gesänge im Durchwehen des Gesteins, durch sein kühlendes Vorüberstreichen an Guinards Körper und durch den Salzhauch an, den er mit sich trug. Daß dem so war, machte die Einsamkeit noch schöner.

Noël Guinard blieb lange Zeit völlig reglos stehen und ließ den Blick aufmerksam Zoll für Zoll umherschweifen, bis er sich der absoluten Unbeweglichkeit der Welt, darin er sich befand, zutiefst bewußt geworden war. Aus der Höhe, von wo er das Meer betrachten konnte, wirkte es, obwohl die hohe, grüne Dünung der südlichen Meere es durchlief, ebenfalls völlig bewegungslos, und der wolkenlose Himmel, der vom Saum des Horizonts bis zur Scheitelhöhe die gleiche Farbe wies, vollendete schließlich die Bewegungslosigkeit der Welt. Lange und langsam suchten die nach wie vor ruhigen Augen Guinards ringsum nach der leisesten Spur einer Bewegung. Nach und nach wurde es ihm zu einer unumstößlichen Gewißheit, daß alles tatsächlich bewegungslos war.

Da begann er sich langsam zu regen.

Bis zu diesem Augenblick hatte er alles ringsum angeschaut, ohne sich selber zu rühren; er hatte lediglich die Augäpfel von einem Lidwinkel zum andern wandern lassen. Sobald er indessen erkannt hatte, daß nichts sich rege, und daß sich hinfort auch nichts regen könne, entschloß er sich, den Kopf zu drehen, um zunächst dem Himmel, alsdann dem Meer endgültig ihre Stätte anzuweisen, und nachdem er den Gebirgswall betrachtet hatte, der sich vor ihm erhob, ging er langsam darauf zu, suchte sich die wenigen Vorsprünge aus, die ihm den Anstieg ermöglichten, setzte bedächtig Hände und Füße ein und begann sehr langsam aufwärts zu klimmen.

Die Basaltmauer stieg nicht völlig senkrecht, sondern in leichter Schrägung an und war ziemlich zerklüftet, so daß Noël Guinard ohne allzu große Beschwer und ohne besondre Erfahrung daran emporklettern konnte. Auch tat er es mit jener urbanen Lässigkeit, die auf seinem ganzen Morgengang oben auf der Steilküste in ihm gewesen war. Zumeist sicherte er sich nur teils durch den Einsatz der Zehen, teils durch den Einsatz der Hände, und so gewann er bei diesem Aufstieg hinlänglich Muße, geruhsam nach rechts und nach links zu schauen und bisweilen gar zu träumen. Die Basaltwand mochte etwa fünfzig Meter hoch sein; er erkletterte sie nach und nach und ließ sich dabei Zeit, indem er nicht nur hastlos nach rechts und nach links Ausschau hielt, sondern auch lange über sich in die Leere blickte, was er nur mit Bedauern zu unterbrechen schien. So gelangte er auf eine erste Stufe; sie war kaum ein paar Meter breit, und sobald er Fuß gefaßt hatte, klopfte er sorgsam den Staub von seinen Knien und der Vorderseite seines Pullovers.

Von hier aus konnte er sich über den Grat der Klippenreihe beugen, und er gewahrte eine große Mondsichel des Gischts, der unaufhörlich wider die Steilufer von Tristan anwogte. Da glaubte er endlich in der Welt, die um ihn war, Spuren einer Bewegung in jenen aufspritzenden Schaummassen wahrzunehmen; doch als er ob dieser Feststellung verächtlich das Gesicht verzog, erkannte er, daß von dieser Höhe aus auch der Gischt, der tief unten immerfort längs der Klippen aufsprang, bewegungslos zu sein schien wie die Schneefelder des Vulkans. Da überkam ihn wiederum die alte Heiterkeit, und seine Augen wurden schmal wie die einer Katze, die sich nach einigem Hin und Her in die warme Asche gekuschelt hat. Selbst die gestreckten Brandungswellen, die wider Tristan anstürmten, muteten von hier aus bewegungslos und wie aus mehreren konzentrischen, düster-grünen Wasserkreisen bestehend an, die bis in alle Ewigkeit an der Meeresoberfläche erstarrt waren. Als er dessen völlig innegeworden war, schloß Guinard gänzlich die Augen und war längere Zeit tief zufrieden. Wie er es zuvor am Fuß des Felsabsturzes, den er erklettert, getan hatte, begann er wieder, sich so langsam wie nur möglich zu bewegen, und hier, auf dieser hohen Felsstufe, bewegte er sich womöglich noch lässiger. Er wandte sich nach den Felswänden um, die er jetzt zu erklettern gedachte, und blieb beträchtliche Zeit dicht davor stehen, ehe er den Arm über den Kopf hob und behutsam tastend einen winzigen Halt erfaßte und dann seinen schwerelosen kleinen Körper nachzog. Er setzte bedachtsam die Zehen auf ein vorspringendes Stück schwarzen Serpentingesteins, darauf die Sonne flüchtige Blitze entfachte, und langsam begann er die Besteigung der zweiten Wand.

Sie war an die hundert Meter hoch und auf eine noch bequemere Weise schräg als die erste, und von rund zwölf Metern oberhalb der Plattform an brauchte Guinard sich nicht mehr mit den Händen festzuhalten. Das nutzte er aus, um sich hinzusetzen und sich alsdann auf dem Rücken auszustrecken. Auf diese Weise kam er sich vor, als klebe er unmittelbar am Himmel. Im Rücken hatte er eine Basaltwand, dicht vor sich eine Himmelswand. Durch einen raschen Blick vergewisserte er sich, daß weder zur Linken noch zur Rechten die Felsen den Himmel seinem Blick verdecken konnten; dann stieß er einen langen Seufzer tiefer Befriedigung aus und begann mit unendlichem Genuß die unbedingteste Leere anzuschauen, die auf Erden vorstellbar ist.

Er hatte sich jetzt dermaßen an das Stöhnen der Brise gewöhnt, daß er es nicht mehr hörte, und nur an einer winzigen Veränderung des Azurs erkannte er, daß die Sonne begonnen habe, nach Westen hinabzusteigen. Er stand wieder auf, und da der Schräghang es zuließ, verschränkte er getrost abermals die Hände auf dem Rücken und vollendete den Anstieg. Der Grat, den er auf solcherlei Weise erstiegen hatte, war, wie Guinard jetzt wahrnahm, vom Hauptmassiv des Gebirges durch einen schmalen Spalt getrennt, auf dessen Grund zu allen Zeiten seit der Entstehung der Insel Schatten schlafen mußte: so steil und eng war er. Guinard stand mit den Händen auf dem Rücken und suchte zunächst einmal nach einer Möglichkeit, in diesen Abgrund hineinzuklettern. Das schien recht schwierig zu sein. Der Grund der Schlucht lag im Ungewissen, schattenverhüllt. Die Wand gegenüber, darauf die Nachmittagssonne prellte, war völlig senkrecht und ganz glatt. Der Grat indessen, auf dem Guinard stand, verlief als ein halbmondförmiger Kamm, dessen Enden rechts und links hinter den Bergschultern verschwanden, wo sich vielleicht Möglichkeiten zu weiterem Aufstieg finden mochten. Der Anblick, der sich von hier aus bot, war erschütternd ob seiner Großartigkeit; da er auf schroffer Höhe inmitten dieses grenzenlosen Meeres stand, erblickten Noël Guinards Augen nichts als das gleichmäßige Grün des Himmels und der See. Die Insel Inaccessible und die Nightingale-Insel lagen in S.W. hinter dem Vulkanmassiv verborgen, und dort, wo sich Noël Guinards Blicken das weite Meer auftat, konnte er nichts als Meer und Himmel sehen. Da setzte er sich geruhsam nieder und kramte aus der Hosentasche einen kleinen Spiegel und eine Schere hervor.

Er machte es sich bequem; er klemmte den Spiegel zwischen die Knie, und nachdem er den Kopf nach rechts und nach links gedreht hatte, um sich zu vergewissern, ob es auch wirklich windstill sei, fing er in aller Ruhe an, sich den Bart zu schneiden. Sein Bart war sehr stark und struppig; Guinard durchkämmte ihn mit den Fingern, und da der Spiegel zu klein war, als daß er sein ganzes Gesicht aufgefangen hätte, wandte er den Kopf nach allen Seiten, um die Form zu überlegen, die er seinem Bart geben könne. Er schnitt ihn zunächst unten eckig, wobei er die abgeschnittenen Strähnen sorgsam in die Tasche steckte. Er schaute in den Spiegel, um festzustellen, wie er sich mit diesem neuen Bart ausnehme. Dann rundete er die Ecken ab, und schließlich ließ er die Schere sacht seine Backen hinaufsteigen. Er zog die Mundwinkel in die Länge, damit die Haare hervorstachelten. Jedesmal, wenn er ein paar Strähnen abgeschnitten hatte, steckte er sie sorgsam in die Tasche, und als ihm ein paar hingefallen waren, sammelte er sie sorgsam wieder auf.

Als er fertig war, nahm er den Spiegel in die Hand, und nachdem er sich von allen Seiten betrachtet hatte, mußte er noch einmal damit anfangen, seinen Rundbart noch mehr abzurunden, wobei er ihn jedesmal mit den Fingern kämmte, bis er so vollkommen war, als habe ein Friseur ihn bearbeitet. Er pustete auf die Schere, um sie sauberzumachen, wischte sie am Hosenboden ab und steckte sie wieder in die Tasche. Er hielt sich von allen Seiten her den Spiegel vor und unterzog sich auf diese Weise einer letzten Überprüfung, die ihn zufriedenstellte. Dann wickelte er den Spiegel in sein Taschentuch und steckte ihn in eine eigens dafür vorbehaltene Tasche seiner Bluse. Die Sonne war im Begriff unterzugehen; sie stand noch sehr hoch am Horizont; bald aber mußte sie niederstürzen wie ein Stein. Daß dieser Augenblick nahe war, ließ sich aus kaum wahrnehmbaren Farbänderungen erwittern, erst violetten, dann schwarzen, die den Himmel zu durchfurchen begannen; sie stiegen gebündelt von einem Punkt im Westen auf, und von dort aus verbreiteten sie sich jäh im Himmel, wie die halbverwischten Strahlen einer tiefschwarzen Sonne.

Nachdem Noël Guinard sich vergewissert hatte, daß seine Schere und sein Spiegel wohlverwahrt in seinen Taschen steckten, richtete er sich auf und beschloß, sich Klarheit darüber zu verschaffen, ob es möglich sei, über den Spalt hinwegzukommen, der ihn vom Hauptmassiv des Gebirges schied. Zu diesem Zweck zog er aus einem Täschchen am Hosenbund ein kleines, stahlgerandetes Doppelglas, das er auseinanderklappte und sich auf die Nase setzte. Er wandte sich zunächst nach rechts; aber er war noch keine hundert Meter gegangen, als er erkannte, daß der Spalt nach dieser Seite hin stetig breiter wurde und jegliche Verbindungsmöglichkeit mit der andern Seite vereitelte. Also ging er in umgekehrter Richtung, und kurz hinter der Biegung sah er, daß sich auf dieser Seite die beiden Lippen der schroffen Schlucht einander näherten und schließlich vereinigten, so daß er seinen Aufstieg ungehindert fortsetzen konnte. Er klappte sein Doppelglas wieder zusammen, und nachdem er es in seine Hosentasche versenkt hatte, begann er den nach wie vor steilen Hang zu ersteigen, auf dem er sich indessen aufrecht halten konnte.

Abermals hatte er die Hände auf dem Rücken verschränkt und stieg mit kleinen Spaziergängerschritten bergan, wobei er immerfort darauf bedacht war, Umschau zu halten und bei dem kleinsten Häuflein von Serpentingesteinsbrocken stehenzubleiben und wunderbare Beobachtungen anzustellen. So weit der Blick reichte, war, das stand fest, nicht die mindeste Spur von Vegetation vorhanden, nicht einmal ein Grashalm von der Spärlichkeit eines Altweibersommerfadens.

Mit einem Schlag tauchte die Sonne hinab. An der Stelle, wo sie das Meer berührt hatte, entstand ein riesiger Glutfleck, der mit großer Schnelligkeit sich von Blau in Rot und dann in Violett wandelte und sich immer mehr ausbreitete. Als das Violett die Küsten von Tristan da Cunha berührte, wurde es Nacht.

Am Himmel hatten ungeheure schwarze Strahlen sich mit der gleichen Schnelligkeit einander genähert, und mit einem Schlag strahlten in der plötzlich dichten Finsternis überall die Sterne auf.

Noël Guinard war in aller Ruhe immer höher gestiegen. Etwa alle zehn Meter machte er halt, um Atem zu schöpfen. Die Luft war köstlich scharf geworden. Es war völlig windstill. Zuvor, im Augenblick des Sonnenuntergangs, als die letzten Farben, die das Gestirn ausgesandt hatte, über das Meer hingeglitten waren, hatte sich Noël Guinard mit einem flüchtigen Blick davon überzeugt, daß in unermeßlicher Weite das Wasser flach wie ein See dalag.

Es war jetzt schier unmöglich, sich darüber klarzuwerden, ob man auch weiterhin auf einer wirklichen Erde wandere. Wäre nicht die Atemknappheit durch das Bergansteigen gewesen, die ihn zwang, von Zeit zu Zeit innezuhalten, so hätte er sich vorstellen können, er schreite über den Fußboden eines engen, geschlossenen Zimmers: so lastend war die Stille ringsumher.

Jedesmal, wenn er stehenblieb, schaute er weder nach rechts noch nach links, sondern verharrte wie ein Pferd, das sich zwischen zwei kräftigen Rucken ausruht, reglos und schöpfte Atem, indem er einfach den Kopf senkte. So war er denn rasch in eine Finsternis ohne den mindesten Widerschein gelangt. Selbst sein Schritt war geräuschlos, weil er Leinenschuhe mit geflochtenen Spartograssohlen trug und weil der von allem Schotter rein gefegte Gebirgsboden glatt wie ein Brett war.

Aber die Luft, die er atmete, duftete nach dem hohen Meere.

Nach einer Welle wurde der Anstieg steiler. Noël

Guinard mußte öfter stehenbleiben, um Atem zu schöpfen, und einmal tastete er mit einer instinktiven Geste nach der kleinen Tasche am Hosenbund, um sich zu vergewissern, ob sein Doppelglas auch tatsächlich in Sicherheit sei; schließlich gelangte er an eine Stelle, wo er, auch wenn er den Kopf senkte, in der Höhe seines Kinns und zu beiden Seiten ein Stück des gestirnten Himmels sehen mußte. Vor sich gewahrte er ungeachtet der Nacht die bleichen Schneefelder, die die höchste Erhebung von Tristan krönten. Trotz der Sterne, die sein Gesicht einzurahmen begannen, wühlte er, ehe er den nächsten Schritt tat, in seiner Hosentasche und holte eine kleine Rolle Kautabak hervor; er führte sie zum Munde, biß ein gehöriges Stück ab und fing an, es bedachtsam zu kauen. Erst als der Saft seine anfängliche Schärfe verloren hatte, entschloß er sich, mit den Händen die Stelle abzutasten, wo er sich befand, und nach einer kleinen Mulde zu suchen, weil er sich hinsetzen wollte. In dem Augenblick, da er es tat, sah er die Nacht. Sie war vom einen Saum bis zum andern ganz und gar mit Sternen bedeckt. Manche waren dick wie Erbsen, andre wie Schrotkörner, die übrigen wie wölkender Staub. Es gab keine Stelle, und hätte sie auch nur die Größe eines Daumennagels gehabt, die nicht bis zum überfließen mit diesem leuchtenden Staub angefüllt gewesen wäre. Durch die nördliche Brise, die den ganzen Tag über geweht hatte, war der Himmel so sehr von allem Dunst rein gefegt worden, daß die Sterne jetzt in unvorstellbarer, kühler Leuchtkraft strahlten. Unmöglich war die Stelle zu erkennen, wo der Himmel aufhörte und das Meer begann; denn es mußte von den tiefsten Tiefen des Horizontes bis zum Gestade von Tristan glatt wie ein Spiegel sein, und es trug den Widerschein aller Sterne. Auch das Gebirgsmassiv begann, wenigstens dort, wo Guinard saß, in ähnlichen Spiegelungen zu leuchten; sie entzündeten sich an den zahllosen Bruchflächen des frischen Serpentingesteins, dessen Kristall noch ganz jung war. Alles Irdische war ausgelöscht. Kaum daß sich tief unten inmitten der Spiegelungen aller Sterne die Positionslampen der »L'Indien« unterscheiden ließen.

Indessen nahm Guinard alsbald den kleinen roten Funken und den kleinen grünen Funken wahr, die Backbord und Steuerbord jener Welt bezeichneten, die er am Morgen verlassen hatte.

Hätte man nicht gewußt, daß dort einige fünfzehnhundert Meter unter einem ein Schiff vor Anker lag, so hätte man sich an jener Stelle unschwer ein paar farbige Planeten vorstellen können. Aber Guinard wußte nur zu gut, daß es die Positionslampen des Schiffes waren. Einstweilen aber kaute er lange Zeit verbissen seinen Priem, bis er in jenen Rauschzustand gelangt war, in den ein neuer Priem ihn stets unfehlbar versetzte. Da machte er seinen Blick schmal, indem er ganz sacht die Augenlider schloß, bis er die Positionslampen bedachtsam in die Welt der Sterne übergleiten lassen konnte.

Von diesem Augenblick an verharrte er in dermaßen starrer Reglosigkeit, daß binnen kurzem das Blut in seinen Fingern und seinen Füßen sich zu stauen begann. Er verspürte Stecknadelstiche in seinen steifen Gliedern; mühsam war er darauf bedacht, sich nicht zu regen, und so empfand er bald auch kein Verlangen mehr, sich zu bewegen: die Stecknadelstiche hatten nachgelassen, und seine Glieder waren eiskalt und fühllos geworden.

Sein ganzer Körper indessen, und zumal die Stellen, wo sein Herz, seine Lunge und sein Bauch waren, schienen von einer wunderbaren Wärme erfüllt. Ein durch und durch rotes Leben, das ihn anmutete, als sehe er es wie durch eine Glaskugel, war in ihm. Er konnte nach und nach die Augen öffnen, ohne Angst vor den dreckigen grünen und roten Flecken der Positionslampen haben zu müssen. Jetzt waren sie endgültig dorthin eingegangen, wo die Sterne waren.

Endgültig war es ihm gelungen, die Welt ringsum zum Verschwinden zu bringen. Er brauchte sich nicht einmal zu regen, um zu spüren, daß sein brennendes Blut wieder in seine Hände und seine Füße einzuströmen begann, und nach und nach fühlte er, wie es seine sämtlichen Finger entlangglitt und ihm die ganze Haut mit einem neuen Leben erfüllte, das bis an die entlegensten Gestade seines Herzens brandete. Er versuchte, und es gelang ihm, die Finger und Zehen auf eine sehr natürliche und sehr geschmeidige Art zu bewegen, und indem er sich auf diese Weise über die Stätte des Lebens, wohin er gelangt war, vergewissert hatte, atmete er tief und tat die Augen weit auf.

Sorglich umschlossen ihn die Sterne und hüllten ihn in eine vollkommene Kugel ein. Die Stille war so tief, daß er alsbald begann, das Sirren der Sterne zu hören. Es begann sich seinen Blicken darzustellen als ein Zucken, ein widerstrebendes Aufschnellen, darin alle Sternbilder keuchten, als habe ein Hauch der Tiefen sie getroffen, der langsam ferne Gluten entfachte. Nun aber, in der tiefen Stille, die seine Ohren wie ein Staub von äußerst fein gemahlenen Tönen füllte, begann er das Knistern jener fernen Gluten zu hören. Die größten Sterne prasselten dumpf und ließen bisweilen einen kleinen, kristallenen Schrei erschallen, zugleich mit den goldenen und blauen Flammen, die ihnen entstoben. Die Massen der glimmenden Stäubchen, die ringsum durch die Nacht schwirrten, ließen das erstickte Reibegeräusch eines Schneegestöbers ertönen. Manchmal erhob sich unmittelbar aus der Tiefe des dumpfen Geräusches, immer mehr anschwellend, das Knirschen eines gedehnten Goldstrahls, der den Himmel von Norden nach Süden in einem langen, langsamen Flammenzug durchfurchte, und in seine Kielspur stürzte sich die zusammenbrandende Nacht mit neuen Sternen. Während das kreisende Dunkel seine Sternenherden zum Zenith emporziehen, dann sie sich senken und ins Meer hinabsteigen ließ, scholl der grollende Sang des Horizontes mit dem tiefen Wohllaut neuer Sterne auf.

Alles war still; Guinard tat nicht die mindeste Geste; nur seine Kinnbacken mit dem Priem bewegten sich kauend.

Während der ganzen Zeit, die das Umladen der Sterne von Westen nach Osten erforderte, verharrte Guinard völlig reglos. Er lauschte auch den gelindesten Abstufungen und Wandlungen des den Himmel erfüllenden Knisterns der Glut. Er brauchte nicht den Kopf zu wenden; sobald ein Sternbild im Osten auftauchte, spürte er es sogleich wie das Aufklingen einer sehr schönen Einzelstimme in einem Chor. Er hörte es seine Stätte im großen Gesang der Sterne einnehmen, und die Abwandlung, die es hineinbrachte, gedieh schließlich zu einer neuen Melodie innerhalb der großen Ordnung aller Dinge. Jedesmal, wenn ein Sternbild im Westen unter dem Horizont verschwand, verstummte ein Teil des großen Gesanges, um neu aufsteigenden Sternbildern zu weichen. Doch allmählich wurde das sirrende Getön der fernen, gegliederten und geordneten Klänge schwächer; es war nur mehr ein leises Gemurmel, als die Nacht von milchigem Grau überronnen wurde. Mit einem Schlag war alles still; gleichzeitig erloschen alle Sterne, und es war Tag.

Noël Guinard stand auf und klopfte sich sorglich den Staub vom Hosenboden; er tastete nach der Schere, dem Spiegel und dem Doppelglas in seinen Taschen. Munter machte er sich daran, den Abhang hinabzusteigen. Als er auf dem ersten Grat ankam, gewahrte er sogleich zu seiner Linken einen Geröllhang, auf dem er leichter hinunterkam als über die Wand, die er am Vorabend erklettert hatte; dort stieg er ab, war bald wieder auf der Basaltfläche oberhalb der Steilküste, suchte die Spalte, die nach den Hütten hinabführte, fand sie, gelangte zum Strand hinunter und rief vom Ufer aus nach dem Boot. Libois holte ihn über. Er klomm die Strickleiter hinauf. Nun stand er wieder auf dem Deck der »L'Indien« und verschränkte die Hände auf dem Rücken. Er stieß auf den Kapitän. »Na, hat der Spaziergang sich gelohnt?« – »Sehr«, sagte Noël Guinard.

VII. Tristan

Die Schmiede war auf dem Sandstrand in der Nähe der ersten Hütte errichtet worden. Der Kapitän übernachtete manchmal in dem Haus, wo die Frauenkleider gefunden worden waren.

Hour hatte ein paar Pflanzen entdeckt. Er war vom Strand aus nach rechts gegangen, auf die zerklüfteten Felsen zu, und dort hatte er eine winzige Farnart, einen Bärlapp und eine Art stacheligen Grases gefunden, das er zu seiner Freude als die *Spartina drundinacea* erkannte. Er behauptete, er habe jenseits dieser unüberschreitbaren Felsenbarre im Geklüft der steil nach dem Meer hin abfallenden Klippe einen verkrümmten, wie eine Schlange sich dicht am Boden hinwindenden Baum gesehen, von dem er glaube, es sei eine Art Kreuzdorn *(Philica arborea)*. Er sprudelte über vor Begeisterung; er wollte sich mit aller Gewalt den Befehl über das kleine Walboot geben lassen, um die Felsen zu umfahren und an die Stellen zu gelangen, wo jener Baum herabhing. Schließlich gab der Kapitän Anweisung, das kleine Boot solle zu Wasser gebracht werden, und Bootsmann Baléchat und der Matrose Paumolle sollten mitfahren. Trocelier wußte nicht recht, ob er sich diesem Unternehmen anschließen solle, da er zwischen dem Wunsch, botanische Seltenheiten kennenzulernen, und dem Verlangen schwankte, mit ein paar andern die Besteigung des Vulkans zu wagen, mit der er seine geologischen und vulkanologischen Studien zu beginnen gedachte. Der Kapitän machte seinem Zögern ein Ende, indem er ihm nachdrücklich riet, an dem Unternehmen teilzunehmen, das am ehesten den ihm übertragenen Aufgaben entspreche.

Früh am Morgen, kurz nach Sonnenaufgang, brachen Hours und Troceliers Trupps auf, jeder in seiner Richtung. Der Toppsgast Hervéou, der Matrose Roland und der Matrose Brodier waren Trocelier als Begleiter zugeteilt worden.

Nachdem das Boot von der Bordwand freigekommen war, umfuhr Baléchat in flotter Fahrt das Kap in NW, jenseits dessen sich die kleine Bucht befinden mußte, über die der verkrümmte Baum hinabhing. Als das Kap hinter ihnen lag, gerieten sie in die wild sich bäumenden Brandungswellen, die unablässig gegen die Klippen anwogten. Obwohl das Wetter völlig ruhig war, wuchsen die Wellen, die sich an einer bestimmten Stelle, etwa zweihundert Meter vom Ufer entfernt, zu erheben begannen, beim Näherrollen an und schwollen bis zu einer Höhe von mehr als drei Metern auf, wenn sie, hohl aufgerichtet, gegen den schwarzen Klippenwall der Insel prallten. Ehe daran gedacht werden konnte, die Beschaffenheit der Küste im einzelnen zu untersuchen und auf die kleine Bucht zuzuhalten, deren Lage Hour angab, schrie Baléchat ihm zu, man müsse sich sofort tüchtig in die Riemen legen, wenn ihrer Mütter Söhne am Leben bleiben sollten. Alle drei ruderten aus Leibeskräften, um von einer Woge freizukommen, die sich gegen die Felswände anwälzte. Geschickt und rasend schnell riß Baléchat das Boot herum und schnitt die Welle genau mit dem Bug, und im gleichen Augenblick, da sie gegen die Klippenwand schmetterte, wurde das Boot mit toller Geschwindigkeit gegen den Basaltwall mitgerissen, als solle es daran zerschellen; doch der unmittelbar danach einsetzende Rückschwall trieb sie rasch in freies Wasser, just als das Heck den Felsen streifte. »Ran an den Speck!« schrie Baléchat. »Bloß weg von hier, meine Herren; dies ist die erbärmlichste Schweinerei, die ich im Leben gesehen habe.« Sie glitten noch über eine zweite Brandungswelle hinweg, dann über eine emporschwellende dritte, und als sie endlich die Stelle, wo die Brandung einsetzte, hinter sich hatten, gelangten sie in ruhigeres Wasser. Baléchat ließ die Riemen sinken und pfiff einen lang ausgehaltenen Ton. »Noch nie den Tod so aus der Nähe gesehen«, sagte er. – »Was war denn los?« fragte Hour. – »Elend in der Klemme gesessen«, sagte Baléchat.

Paumolle sah auf die Brandungswellen, die immerfort unter gewaltigem Getöse gegen die Felswand prallten, so daß Gischt und Sprühregen an die zehn Meter hoch aufspritzten. Das Boot lag hier vollkommen ruhig; Hour, dessen Blick den Klippenwall überflog, entdeckte die Stelle, wo sein Baum sich krümmte, und bezeichnete sie den beiden andern.

»Wenn Sie ihn mal anfassen wollen«, sagte Baléchat, »obwohl es sich meiner Meinung nach nicht recht lohnt, dann wäre es das beste, man bände Sie an ein Seilende und ließe sie von oben her hinunter. Auf dem Wasserwege, hols der Teufel, kann kein Mensch Sie ans Ufer bringen.«

Indessen ruderten sie noch ein Stückchen nach NW, konnten aber keinerlei Stelle ausfindig machen, wo eine Landung möglich gewesen wäre. Dabei war das Meer dort, wo sie sich befanden, also außerhalb der Stelle, wo die Brandungswellen sich bildeten, vollkommen ruhig. Nicht der mindeste Wind wehte. Sie kehrten zum Schiff zurück, wo sie des langen und breiten die Gründe ihres Fehlschlags auseinandersetzten. Nun aber war so ausgiebig von dem Kreuzdorn gesprochen worden, daß den drei Männern und Trocelier die Sache einigermaßen interessant vorkam; sie meinten, sie würden dergleichen Bäume schon erkennen, wenn sie noch andre Exemplare auf der Insel finden sollten. Gäbe es keine, so könne man ja als letzten Ausweg Baléchats Rat befolgen, Hour anseilen und ihn vom oberen Rand der Klippe aus bis zu seinem Baum hinunterlassen.

Larreguy, der gerade von einer Besprechung mit dem an diesem Morgen an Bord gebliebenen Kapitän kam, war recht froh über Baléchats Rückkehr. Es handelte sich darum, den Zwischenhafen von Tristan und die auffallend ruhige See auszunutzen, um zwei Meilen weiter nördlich eine Lotung vorzunehmen und ein weiteres Experiment mit dem Thermometrographen zu machen. Larreguy ließ das große Walboot fertigmachen, und um elf Uhr morgens waren sie fahrbereit. Larreguy nahm Baléchat und Gorri mit, und außerdem Marchais und Archigard.

Um nicht das gleiche Mißgeschick wie Baléchat zu erleiden, fuhren sie von der Insel aus geradewegs nach Westen, mitten durch das große Algenfeld gegenüber der Falmouth-Bay hindurch; eine gute Stunde lang mühten sie sich ab, aus diesem Pflanzenmoor herauszukommen. Ohne daß ihnen ein Unfall zugestoßen wäre, gelangten sie in ruhiges Wasser. Nun ruderten sie allmählich nach NW weiter, und gegen zwei Uhr nachmittags waren sie an der Stelle angelangt, wo gelotet werden sollte; sie machten sich daran, zweitausend Meter Leine auslaufen zu lassen. Der fünfzig Meter über dem Senkblei angebrachte Thermometrograph war durch zwei Bleigewichte von dreißig Kilo beschwert, die ihn in der richtigen Lage halten sollten.

Bis zu einer Tiefe von tausend Metern sank das Lot ohne Zwischenfall senkrecht hinab. In diesem Augenblick schien es den Grund berührt zu haben, und die Leine hing kurze Zeit so schlaff, daß man sie sich unter dem Boot schlängeln sah; schließlich trieben ein paar Seilschlingen im Wasser. Larreguy ließ das Auslaufen stoppen und die Meterzahl notieren. Doch während sie damit beschäftigt waren, wurden die paar Meter Seil, die im Kreis am Bootsbug trieben, plötzlich mit einem überaus merkwürdigen Sauggeräusch verschlungen.

Gleichzeitig begann sich die Lottrommel mit rasender Schnelligkeit zu drehen, so daß Gorri mehrmals eine Mütze voll Wasser darübergießen mußte, damit der Hanf, der zu rauchen begann, nicht in Brand geriet. Sie waren deswegen noch ganz verdutzt, als sie merkten, daß die Lotleine dermaßen heftig am Bootsbug zu ziehen anfing, daß er nur noch knapp eine Spanne aus dem Wasser ragte. Auf ein Zeichen Larreguys packten Marchais und Archigard die Riemen und hielten sich zum Pullen bereit. Baléchat hatte sein großes Messer gezogen, um gegebenenfalls die Leine zu kappen; Larreguy bedeutete ihm, damit noch zu warten. Gorri begoß nach wie vor die Lottrommel mit Wasser, das er mit seiner Mütze schöpfte. Auf ein Zeichen Larreguys versuchten Marchais und Archigard, durch Rudern die Lotleine, die noch immer sehr rasch ablief und bald zu Ende sein mußte, zu entspannen; aber auch als das Boot in die richtige Lage gebracht worden war, blieb die Lotleine straff und begann sogar, das Boot zu schleppen.

Larreguy beugte sich über die Bordwand und stellte fest, daß die Lotleine, so weit er in das tiefe, durchsichtige Wasser hinabschauen konnte, nicht mehr senkrecht stand, sondern sich vor ihnen schräg abwärts spannte. Keiner sprach; Baléchat war in steter Bereitschaft, die Leine mit seinem Messer zu kappen; so wurden sie eine gute halbe Stunde lang nicht etwa geradlinig vorwärts, sondern in einer Art großem Kreise geschleppt, der sie nach und nach wieder an ihren Ausgangspunkt zurückbrachte. In dem Augenblick, da die zweitausend Meter Leine abgerollt waren, bekam das Boot einen dermaßen heftigen Ruck, daß der im Bug stehende Larreguy Gorri in die Arme taumelte, der sich an der Bordwand festhielt. Das Boot kam außer Fahrt; sein Steven hatte sich wieder aufgerichtet; die Lotleine hing schlaff. »Verdammter Fisch!« sagte Baléchat. – »Ich weiß nicht, was das war«, sagte Larreguy.

Das Meer lag nach wie vor glatt. So blieb die Kielspur des Bootes als ein großer Kreis sichtbar, den sie beschrieben hatten. Das Lot wurde wieder eingeholt. Die ganzen zweitausend Meter waren abgelassen worden. An die tausend Meter wurden eingeholt, ohne daß sich etwas Besonderes bemerkbar machte; dann hatten sie fünfzehnhundert Meter aufgespult; es stieg noch immer herauf, aber das schwere Bleigewicht war nicht mehr zu spüren. Endlich erschien das Ende der Lotleine: sie war bei etwa siebzehnhundert Metern glatt abgerissen. Die Apparate und die Bleigewichte waren unten geblieben; die Bruchstelle wurde untersucht: der Hanf war einfach auseinandergerissen; aber an einem Knoten, etwas oberhalb der Bruchstelle, fand Gorri einen am Hanf haftenden weißen, faustdicken, kautschukähnlichen Klumpen, der nach Moschus roch. Larreguy legte ihn sorglich beiseite, und dann wurde aus Leibeskräften gerudert, weil sie vor Anbruch der Nacht wieder an Bord sein wollten.

Larreguy erzählte das Abenteuer sogleich dem Kapitän. Und als er ihm das faustgroße, weißliche Kautschukstück zeigte, das unten an der Lotleine geklebt hatte, wog es der Kapitän sehr interessiert in der Hand und beroch es.

»Aha«, sagte er; »da haben wir es; ich glaube, es ist das alte Biest.« Auf Larreguys Frage, ob er wisse, was los gewesen sei, tat der Kapitän nichts, als noch ein- oder zweimal das Kautschukstück zu beschnuppern und dabei zu wiederholen: »Es ist das alte Biest; Sie werden schon sehen, was das ist, das alte Biest. Ich erkläre es Ihnen noch«, sagte er »aber für heute abend gehen Sie ruhig in die Klappe, Larreguy; bitte, lassen Sie mir das Moschusstückchen da. Ich meine, daß Sie mit der Fingerspitze eins der alten Dreckviecher angetippt haben, an die die Menschen nicht gewöhnt sind. Ich habe zwanzig Jahre ozeanographischer Forschungen hinter mir. Lassen Sie's gut sein: es ist nicht jedem gegeben, solch einen kleinen Golfball in der Tasche zu haben wie Sie. Alle Erdgebiete, die wir kennen, Sie und ich«, sagte er und klopfte mit der flachen Hand auf eine kleine Weltkarte, die an seiner Kabinenwand hing, »all das«, sagte er, »Amerika, Asien, Afrika, das bißchen Gekrümel von Ozeanien schenke ich Ihnen obendrein, all das ist nichts als eine große Insel, die verloren inmitten von Ozeanen liegt, die viermal so groß sind. Wir sind an der richtigen Stelle. Sorgen Sie dafür, daß das Walboot morgen früh klargemacht wird.«

In der Dämmerung des nächsten Morgens stieß der Kapitän, der die gleiche Besatzung wie am Vortage mitnahm, mit dem Walboot nach der Stelle ab, wo die Lotleine abgerissen war. Dort ließ er stoppen und die Riemen einziehen. Nach kurzer Zeit lag das Walboot so still, als sei es ins Meer gepflanzt, und ringsumher breitete sich das faltenlose, spiegelglatte Wasser. Der Kapitän beugte sich dicht am Bug über die Bordwand und schaute lange in die Tiefe. »Verdammter Fisch«, sagte Gorri. – »Verdammter Fisch«, sagte der Kapitän. – »Wie weit sind wir nach NW von der Insel ab?« – »Zwei Meilen.« Er richtete sich wieder auf und klopfte sich an den Knien die Hose ab. »Wir sind hier über einem verdammt tiefen Graben«, sagte er. »Meiner Meinung nach besteht keinerlei Gefahr, daß Sie mit Ihrem Lot auf Grund kommen.«

»Dabei haben wir in ungefähr zwölfhundert Metern Tiefe Grundberührung gehabt«, sagte Larreguy. Und er berichtete den Zwischenfall mit dem Schlaffwerden und dem Treiben der Leine. »Freilich sind Sie auf etwas gestoßen«, sagte der Kapitän; »aber nicht auf den Grund. Sie haben das alte Biest angestoßen.« – »Die Seeschlange?« fragte Larreguy und lächelte leicht unter seinem Schnurrbart. – »Ich wollte, wir bekämen es zu Gesicht«, sagte der Kapitän, ohne unmittelbar auf die Frage zu antworten.

»Ich wollte, uns widerführe hier die erste Begegnung mit der wahren Welt«, sagte er. Er befahl, nach dem Schiff zurückzurudern.

»Wo haben Sie letzthin gewohnt?« fragte er Larreguy. – »In Saint Jean du Var bei Toulon, drei Monate lang.« – »Haben Sie in der Messe gegessen?« – »Nur mittags; abends hat die Aufwartefrau für mich gekocht.« – »Ich kenne Saint Jean du Var nicht«, sagte der Kapitän; »wie sieht es da aus?« – »Vorstädtisch; kleine, billige Villen, Gärten mit Salatköpfen; Kleinrentner.« – »Glaskugeln?« fragte der Kapitän. – »Wie?« – »Ich frage, ob in den Gärten Glaskugeln standen.« – »Das ist da nicht Sitte«, sagte Larreguy; »es gibt da genug zu sehen; solche Traummaschinen braucht man nicht.« – »Teufel«, sagte der Kapitän; »was gibt es denn da zu sehen?« – »Wunderbare Bronzeberge im Norden, und ein ganzes Parkett von Olivengärten, die seltsamer und schöner als die Zaubergärten der Armida sind.« – »Teufel«, sagte der Kapitän; »Zaubergärten der Armida? Das mag ich. Und«, sagte er, »war der Krämerladen weit von Ihrer Wohnung weg?« Larreguy lächelte: »Ich habe mich nicht allzusehr um den Krämerladen gekümmert; das war Sache der Aufwartefrau; aber wenn Sie ganz genaue Angaben brauchen, dann glaube ich, daß fünfzig Meter von meiner Wohnung ein Grieche nicht nur einen Krämerladen betrieb, sondern auch eine ›Casino‹-Filiale.« –

»Ausgezeichnet«, sagte der Kapitän. »Ihre Genauigkeit ist schlechthin bewundernswert. ›Casino‹-Filiale so was mag ich. Glauben Sie bitte nicht, daß ich unnützes Zeug redete; kleine Vorstadtgärten, Kohl- und Salatköpfe, pensionierte Arsenalbeamte, ›Casino‹-Filiale, und sogar die Zaubergärten der Armida: all das gibt einen Maßstab, an dem wir ganz genau die Größe des Anblicks messen können, der uns, wenn wir Glück haben, zuteil wird.«

Trocelier war nicht zurückgekommen. Aber man sah auf dem Vulkanabhang eine kleine blaue Rauchwolke aufsteigen, wie von einem Lagerfeuer.

Im Laufe des Nachmittags ließ sich der Kapitän an Land setzen und bat Jaurena mitzukommen. Als sie über den Strand gingen, auf die Hütte zu, in der die Frauenkleider gefunden worden waren, fragte der Kapitän Jaurena, ob er Zeit gehabt habe, mit seinem Freunde Larreguy zu sprechen. »Er ist sehr gespannt«, sagte Jaurena. »Sie haben ihm scheinbar gesagt, wir würden wahrscheinlich das Glück haben, etwas Besonderes zu sehen.« – »Nicht: das Glück«, sagte der Kapitän; »vielmehr: das glückliche Geschick; und ein glückliches Geschick widerfährt nicht jedem. Ich weiß übrigens nicht, ob dieses glückliche Geschick uns tatsächlich zuteil werden wird. Auf alle Fälle«, sagte er, »sind wir seit Beginn unsrer Reise durch glückliche Vorzeichen begünstigt worden, die anzukündigen scheinen, daß wir auf dem rechten Wege sind.« – »Wissenschaftliche Entdeckung?« fragte Jaurena. – »Sentimentale Entdeckung«, antwortete der Kapitän. »Habe ich vergessen, Ihnen zu sagen, Jaurena, daß ich ein Gefühlsmensch bin?«

»Nebenbei bemerkt«, sagte er, als sie vor der Hütte anlangten, »was halten Sie von Noël Guinards Fund? Kennen Sie sich in Damengarderobe aus?« – »Nicht so ganz«, sagte Jaurena; »aber ich glaube, daß ich, wenn die Bluse aus Europa stammt, sagen könnte, ob sie modern oder alt ist.« – »Na ja! Sehen Sie«, sagte der Kapitän, »ein Wissenschaftler muß sich eben mit allem befassen, und ich habe den Eindruck, Jaurena, daß Sie, wenn Sie schon Umgang mit der Haute Couture gehabt haben, uns jetzt bei der Aufklärung dieses kleinen Geheimnisses helfen können.« – Er langte in die Kalebasse und zog die Bluse und den Rock heraus. Jaurena wog die Kleider in der Hand und breitete sie aus. »Bescheiden«, sagte er, »aber gar nicht so übel.« – »Na«, sagte der Kapitän, »nun stellen Sie sich mal vor, daß eine Frau die Sachen anhätte, in Paris oder in Marseille, an einem sonnigen Nachmittag auf der Canebière zum Beispiel.« – »Famos!« sagte Jaurena; »sie ginge glatt durch wie ein Brief bei der Post. Vielleicht ein Tippmädchen auf dem Wege nach seinem Versicherungsbüro.« – »Frau oder junges Mädchen?« fragte der Kapitän. »Ihr Tippmädchen macht mich nachdenklich.« – »Junges Mädchen«, sagte Jaurena, »sofern es nicht eine ganz jung verheiratete Frau ist.« Jaurena, der die Kleidungsstücke von allen Seiten ansah, hob sie instinktiv an die Nase. »Sehr gescheit«, sagte der Kapitän; »ich wundre mich, daß Noël Guinard nicht darauf gekommen ist. Welches Parfüm?« – Aber Jaurena hatte große Augen bekommen. »Kein Duft, sondern ein Geruch. Es riecht *noch* nach Schweiß.«

Gegen Abend, bei Anbruch der Dunkelheit, wurde der Strand überwacht, für den Fall, daß Trocelier und seine Männer nach dem Boot rufen sollten; aber kurz darauf glomm am Hang des Vulkans das winzige rote Glutfleckchen ihres Lagerfeuers auf.

Sie kamen am nächsten Tag, kurz vor zwölf.

Erste Nachricht: sie hatten eine Süßwasserquelle entdeckt. Das war um so wichtiger, als sich alle bereits der Wasserversorgung wegen Sorgen machten, in Anbetracht der langen Fahrt ohne Zwischenhafen, die es noch zwischen Tristan da Cunha und Feuerland zurückzulegen galt. Die Quelle befand sich in einer schluchtartigen Senke zwischen den niedrigen Bergen, die sich im Westen der Insel an die Flanken des Vulkans lehnten. Soweit Trocelier sie hatte untersuchen können, floß die Quelle, die sie auf halber Höhe des Gebirges hatten entspringen sehen, als Bach dem Meere zu, in das sie mündete, wobei sie am Ufer ein winziges Fleckchen weißen Sandstrandes bildete; dort konnte gelandet werden. Trocelier hatte ein so exaktes Croquis davon aufgenommen, daß die Tonnen sogleich vorbereitet wurden. Sie sollten an Land geschafft und dort zuvor kalfatert und geschwefelt werden.

Die andern Dinge, die Trocelier und seine Männer mitbrachten, waren gleichfalls von Wichtigkeit. Da waren zunächst zwei wilde Schweine, die sie auf den Nordhängen des Vulkans geschossen hatten. Die Tiere waren zoologisch höchst interessant. Es waren nämlich keine Wildschweine, sondern sie ähnelten unsern Hausschweinen; Trocelier behauptete indessen, sie seien überaus wild. Die Seeleute hatten sie in einem sackgassenartigen Tal in die Enge getrieben, wo die Tiere, obwohl durch mehrere Schüsse verwundet, auch weiterhin den Jägern hartnäckig Widerstand geleistet und sogar dem Matrosen Roland eine ziemlich tiefe Bißwunde in der Wade beigebracht hatten.

Nachdem Hour sie gemessen, sie gründlich untersucht und in seinem Katalog registriert hatte, wurden sie Quéréjéta übergeben, der sie für die Mannschaft zubereiten sollte. Trocelier behauptete, sie hätten während der Nacht wiederholt Katzenmiauen gehört, wie das eines großen Katers. Im übrigen hatte Trocelier, der die nördliche, westliche und südliche Seite der Insel durchforscht hatte, sie stellenweise ziemlich kärglich, aber ganz allgemein mit einem stacheligen Gras bedeckt gefunden, das in dicken Büscheln wuchs und an manchen Stellen dermaßen verfilzt war, daß es wahre Dickichte bildete, die zu durchdringen unmöglich war. Auch hatte er ein paar leichter zu erreichende Exemplare des Kreuzdorns entdeckt. »Er bildete«, sagte er, »an gewissen Stellen Bäume von fünf bis sechs Metern, die aber meist tief gebeugt waren, sicherlich durch den andauernden Wind; die Stämme wanden sich am Boden hin wie Schlangen.« Er hatte für seinen Kameraden Hour Zweige und Wurzeln mitgebracht.

Trocelier glaubte im Übrigen, daß an einigen kleinen Abschnitten der Südküste noch andere Pflanzen als die, von denen er Proben mitgebracht hatte, wachsen müßten; denn beim Abstreifen mit dem Glas hatten jene Ufer ausgesehen, als seien sie mit grünen, dichtbelaubten Gewächsen bedeckt. Trocelier war bis zum Gipfel des Vulkans vorgedrungen, den er am Vorabend erreicht und wo er mit seinen Männern die Nacht über gelagert hatte. Der Gipfel werde von einem regelmäßig geformten Krater gebildet, der einen anscheinend sehr tiefen Süßwassersee von ganz reinem Königsblau enthalte.

Am Tag der Gipfelbesteigung, im Augenblick, da sie dort oben angelangt waren, hatte Trocelier das Mißgeschick beobachten können, das Larreguys Walboot während des Lotens zugestoßen war. Er sagte, daß er von dort oben aus zunächst höchst überrascht über die eigentümliche Färbung des Meeres an der Stelle gewesen sei, wo das Boot zum Loten gestoppt habe. »Überall längs der Inselküste«, sagte er, »ist die See rings um Tristan hellgelb. Eine Meile weiter nach dem offenen Meer hin wird das Wasser grün; aber an der Stelle, wo das Boot sich befand, war es tiefblau; von da an behielt es jene Farbe bis weit nach Westen hin.« Er hatte beobachtet, wie dicht hinter dem Boot das Wasser, in dem es lag, bedeutend dunkler geworden war. Von der Höhe aus konnte er beinahe senkrecht ins Wasser hinabschauen.

Er hatte mit dem Fernglas alle Bewegungen des Bootes verfolgt, als es von der Lotleine geschleppt worden war, und er versicherte, die Geschwindigkeit, mit der es gezogen worden sei, sei ihm von dort oben aus sehr erheblich vorgekommen. Er habe lange hin und her überlegt, welche Kraft das Boot mit solcher Geschwindigkeit habe schleppen können; durch Rudern sei sie keinesfalls zu erreichen gewesen.

Um ungehindert zu lagern, waren sie abends ein paar hundert Meter den Berghang hinabgestiegen und hatten auf einem kleinen Felsvorsprung ein Feuer angezündet; jener Vorsprung lag in beträchtlicher Höhe und beherrschte die Stelle, wo das Boot gelotet hatte. Gegen zwei Uhr morgens hatte Trocelier, der aufgewacht war, gesehen, daß ihr Feuer völlig niedergebrannt war; und er hatte eine ganze Zeit damit hingebracht, im Stehen das außerordentliche Flimmern und Funkeln des sternbedeckten Himmels bewundernd anzuschauen. In diesem Augenblick, sagte er, habe eine Folge von Phosphoreszenzen sein Augenmerk auf sich gelenkt, deren Aufleuchten ihn zunächst an die Blitze eines fernen Gewitters habe denken lassen. Nach und nach aber war er sich darüber klargeworden, daß jenes Leuchten aus dem Meere aufsteige; aber es sei anders als das Meeresleuchten gewesen, wie man es gewöhnlich in diesen Breiten beobachten könne. »Vor allem«, sagte er, »hat es nicht gleichmäßig fortgeleuchtet, sondern in Unterbrechungen; es sind Augenblicke tiefer Finsternis eingetreten. Das Leuchten flammte genau so auf wie ein Blitz in der Wolke, und dann leuchtete das Meer jedesmal weit hinaus in einem purpurnen Anflug und schwefelfarben.« Man habe deutlich erkennen können, daß das Leuchten nicht von der Meeresoberfläche ausgegangen, sondern aus der Tiefe gekommen sei, und zwar mit außerordentlicher Lichtstärke. Denn wenn es auch jäh und heftig wie Blitze gewesen sei, und wenn der Schein sich auch über mehrere Quadratkilometer hin ausgebreitet habe, so sei es doch weich und gedämpft gewesen wie Licht, das aus großen Tiefen aufdämmert und nach und nach in mannigfachen Brechungen und Spiegelungen bis an die Wasseroberfläche dringt.

Nachdem er sich dieses Schauspiel eine Zeitlang angeschaut, und da es immer erstaunlicher und immer seltsamer sich entfaltet, hatte er dem Wunsche nicht widerstehen können, den Toppsgast Hervéou, der mehr als er mit allem, was auf dem Meere geschah, vertraut war, zu wecken, um ihn zu fragen, ob er wisse, worauf dieses Phänomen beruhe.

Hervéou war eine ganze Weile mit offenem Munde stehen geblieben und hatte dann nichts getan, als laute Rufe auszustoßen, die die andern Matrosen geweckt hatten. Die vier Männer hatten dann immerfort das seltsame unterseeische Gewitter angeschaut. »Es hat sich«, sagte Trocelier, »genau an der Stelle ereignet, um die das Boot durch die Lotleine herumgeschleppt worden war.« Sonst habe auf dem Meer nur dichte Finsternis geherrscht, und die Sterne hätten sich schwach gespiegelt. Nur genau an der Stelle, wo das Lot ausgeworfen worden war, habe wie der Pulsschlag eines seltsamen Lichtlebens das flammende Funkeln angedauert und im Rhythmus eines alle zwei Minuten aufzuckenden Blitzes die Wasser durchstrahlt.

»Anfangs war es«, sagte Trocelier, »ein strahlenschleuderndes Aufschimmern von Purpur; obwohl das Wasser, aus dem es aufblitzte, wohl sehr tief war, schmerzten einen dann jedesmal die Augen. Kurz danach, ganz plötzlich, flammte das Meer weit hinaus auf, erbebte, zitterte in glühendem Rot, und dann schoß ein safrangelber Schein noch weit über die Bereiche hinaus, die das Auge umfassen konnte, und alles verlosch jäh, wie ein beschwertes

Netz, das untersinkt. Das Schauspiel war so seltsam, daß einem, solange es dauerte, der Atem stockte; daß man kaum Zeit hatte, ein- oder zweimal Luft zu holen, ehe das unterseeische Blitzen abermals anhub.« Das Geschehen wurde zu allem Überdruß durch den Toppsgast Hervéou, durch Roland und Brodier weitschweifig bestätigt. Die ganze Nacht hindurch hatten sie dagestanden und ununterbrochen die Erscheinung beobachtet. Beim Nahen der Morgendämmerung hatten sie sich nicht darüber klarwerden können, ob die Stärke des unterseeischen Leuchtens nachgelassen, oder ob das Sonnenlicht es im gleichmäßigen Aufstrahlen des Tages ausgelöscht habe.

Außerdem hatte Trocelier sich überaus tüchtig mit seiner ersten geologischen Aufgabe befaßt. Er hatte mehr als zwanzig Kilo unterschiedlicher Mineralien mitgebracht, die er unverzüglich in seinem Laboratorium untersuchte. Er vermutete, daß sich auf der Insel Kupfer, Schwefel und vielleicht sogar Zinnober finde; denn dort, wo er den Zinnober aufgelesen hatte, war er ziemlich heftig durch Quecksilberdämpfe belästigt worden. Er behauptete sogar, daß jene Ausdünstungen das Herankommen der Vögel verhinderten. Tatsächlich war seit der Landung weder auf dem Meer noch auf der Insel auch nur ein einziger Vogel gesehen worden. Es gab darüber eine ziemlich lebhafte Auseinandersetzung mit Hour.

Am nächsten Morgen ließ der Kapitän, der beschlossen hatte, die entdeckten Wasserstellen zu untersuchen, das Walboot klarmachen und stellte eine Mannschaft aus Jaurena, Baléchat, Archigard, Roland, Paumolle und Bernard zusammen. Er unterstellte das Schiff Larreguys Kommando; ehe er abfuhr, verteilte er Tabak und Angeln mit allem zum Fischen Nötigen; er befahl den Zurückbleibenden, sie sollten versuchen, im Laufe des Tages so viele Fische wie möglich zu fangen. Alle gefangenen Fische sollten zunächst durch Hour, der sie katalogisieren wollte, untersucht, und dann sollten sie Quéréjéta für die Küche übergeben werden.

Das Walboot fuhr morgens ziemlich früh ab, und bald darauf entschwand es den Blicken, da die Felsvorsprünge im Norden es verdeckten. Das Wetter war stets völlig ruhig, und die Riemenschläge der drei Matrosen, die Archigard mit wilden, rhythmischen Rufen antrieb, ließen das Boot rasch vorankommen; gegen Mittag hatten sie die von Trocelier angegebene Wasserstelle aufgefunden. Sie lag in einem Einschnitt der Steilküste, genau nach Osten. Auf dieser Seite waren die Brandungswellen, die so heftig gegen die Westküste anrollten, niedriger und schwächer und gestatteten es ohne weiteres, zu landen, wie das leichte Manöver bewies, das sie auf den schmalen, weißen Sandstrand gelangen ließ.

Das Wasser erwies sich als vortrefflich. Aber es wurden nur ein paar Flaschen damit gefüllt, weil es an Bord zunächst analysiert werden sollte.

Der Strand, auf den das Wasser in einer ein paar Meter hohen Kaskade hinabstürzte, war so breit, daß dort nicht nur die geschwefelten Fässer vor der Brandung geschützt aufgestapelt werden konnten, sondern eine vorgenommene Lotung ergab überdies, daß die Küste fünf Meter vom Ufer entfernt steil abfiel; so konnte denn das Schiff ziemlich nah herangebracht werden, und es ließ sich ohne besondere Schwierigkeiten eine Schlauchleitung zwischen der Quelle und dem Wassertank des Schiffes herstellen.

All diese Entdeckungen enthoben großer Sorgen. Die Bootsmannschaft frühstückte auf dem Sandsaum. Während die Männer aßen, wurden sie auf eine riesige weiße Masse aufmerksam, die die Brandungswellen ans Ufer trieben. Obgleich sie in einer ziemlich kurzen Brandung wogte, die sie auftauchen und wieder verschwinden ließ, spritzte das Wasser sprühend rings um das treibende Etwas auf, das zunächst der Kiel eines großen, gekenterten Bootes zu sein schien. Dabei war nur die weiße Farbe auffällig. Als es nahe herangetrieben war, und kurz bevor es hinter den südlichen Klippen verschwand, erkannte der Kapitän, daß es die Bauchseite eines toten Pottwals oder Schnabelfischs war. Da sich keinerlei übler Geruch bemerkbar machte, konnte angenommen werden, daß das Tier erst unlängst verendet war. Indessen gab der Kapitän zu bedenken, man habe keinen Walfänger in diesen Gewässern kreuzen sehen, und nach kurzem Überlegen befahl er, Mahlzeit Mahlzeit sein zu lassen und mit dem Walboot nach der treibenden Masse hinzurudern.

Der Kadaver, der um so gigantischer wirkte, je näher man herankam, war weiterhin nach Süden getrieben, und da der Rückschwall eines kleinen Kaps ihn erfaßt hatte, trieb er wieder aufs offene Meer hinaus. Er wurde jedoch ziemlich rasch eingeholt, und auf Anordnung des Kapitäns wurde zwei- oder dreimal darum herumgefahren, damit er von allen Seiten untersucht werden konnte.

Es war tatsächlich ein toter Pottwal, dessen zurückgeworfenen Kopf mit den klaffenden Kiefern man in der Wassertiefe sah. Der Kapitän zog sich in aller Hast aus, und als Jaurena ihn fragte, was er beabsichtige, sagte er ihm, er müsse die Todesursache des Pottwals feststellen. Er wolle unter dem Tier hindurchtauchen, um sich Klarheit zu verschaffen, ob es harpuniert worden sei; denn dann müsse er unbedingt den Harpunenschaft oder die Einschlagstelle der Harpunengranate auf dem Rücken des Tiers wahrnehmen; die betreffenden Stellen müßten unter Wasser geraten sein, als das Tier sich im Sterben herumgewälzt und den Bauch nach oben gekehrt habe. Aus der Farbe des Wassers, auf dem sie dahinruderten, konnte auf große Tiefe geschlossen werden. Jaurena schlug dem Kapitän vor, er wolle ihn begleiten, und fing sogleich an, sich ebenfalls auszuziehen; aber der Kapitän sagte ihm lächelnd, man dürfe nicht zwei Offiziere zugleich aufs Spiel setzen. Archigard, der vor Ungeduld kaum an sich halten konnte, bot sich seinerseits an; der Kapitän war einverstanden, und schon im nächsten Augenblick stand Archigard nackt da. Er tauchte als erster; der Kapitän folgte ihm, und man sah die weißen Körper der beiden Männer unter dem Ungetüm verschwinden. Schon ein paar Sekunden später waren sie auf der andern Seite wieder aufgetaucht und riefen. Das Boot fuhr herum, und sie hielten sich an der Bordwand fest. Sie hatten weder die Spur einer Harpune noch eine Verwundung auf dem Rücken feststellen können. Noch vom Wasser aus befahl der Kapitän, das Boot solle an dem Kadaver anlegen. Dort tauchten der Kapitän und Archigard zu wiederholten Malen und kamen bald am Kopf, bald am Schwanz des Tieres wieder zum Vorschein. Schließlich hängte sich der Kapitän abermals an die Bordwand und fragte, ob die Matrosen Messer bei sich hätten; Roland pflegte stets ein übergroßes im Gürtel zu tragen. Der Kapitän sagte, er möge es in das Tier stechen, etwas oberhalb der Stelle, von wo an es aus dem Wasser rage. Dann bediente er sich der Bordwand und des Messers wie einer Treppenstufe, stieg auf das treibende Tier und fing an, es nunmehr eingehend zu untersuchen. Es mochte, wie er durch Abschreiten feststellte, an die acht Meter lang sein; aber er bemaß auf diese Weise lediglich den Bauch des Tieres, das sich größtenteils unter Wasser befand; seine volle Länge mußte etwa das Doppelte betragen. Der Kapitän untersuchte mit angespannter Aufmerksamkeit große, rote, runde Spuren, die sich auf dem Bauch abzeichneten. Archigard, der im Wasser geblieben war, behauptete, es seien die Zitzen des Tieres; aber der Kapitän ließ ihn tauchen, um nachzusehen, ob das Tier nicht unter Wasser auf der Flanke und auf dem Rücken ähnliche Male habe. Als Archigard wieder auftauchte, sagte er, er habe tatsächlich nicht allzuweit unterhalb des Wasserspiegels die gleichen runden, rosaroten Male feststellen können. Sie seien tellergroß. Archigard sagte des weiteren, in der Nähe des Kopfes habe er große, tiefe, parallele Risse, wie Säbelhiebe, gesehen; sie wimmelten bereits, sagte er, von kleinen fleischfressenden Fischen. Der Kapitän sagte Archigard, er solle wieder ins Boot klettern; er selbst ließ sich das Messer geben, das tief in der Flanke des Tieres steckte, und schnitt ohne Mühe aus dem weißen Bauch des Tieres ein Stück Fleisch mit einem jener Male heraus. Die Matrosen meinten, man könne genügend Speck herausschneiden, um eine gute Tonne Tran zu kochen; aber der Kapitän bedeutete ihnen, sie seien keine Waljäger, und im übrigen halte er das Fleisch dieses Tiers für ungenießbar. Archigard, der schon des öfteren Pottwal gegessen hatte, bat flehentlich um die Erlaubnis, sich eine Scheibe Fleisch aus der Nähe des Schwanzes absäbeln zu dürfen. Aber der Kapitän gab strikten Befehl, den Kadaver unter keinen Umständen anzurühren. Er warf den Fleischlappen mit dem roten Mal, den er abgeschnitten hatte, ins Boot; sie stießen von dem treibenden Tier ab und kehrten nach dem Strand und der Wasserstelle zurück.

Bei eingehender Untersuchung ergab sich, daß das rote Mal demjenigen ähnelte, das ein großer Schröpfkopf hervorrufen kann. Während die Matrosen ihre Pfeife rauchten, gingen der Kapitän und Jaurena nach der Kaskade hinüber. Jaurena konnte nicht länger verheimlichen, daß all die Mühe, die der Kapitän auf die Feststellung der Todesursache des Tieres verwandt, ihn außerordentlich neugierig gemacht hatte.

»Könnte es nicht vorkommen, daß Pottwale, die an die Küste verschlagen worden sind, vor allem, wenn sie so steil ist wie diese hier, einfach an den Felsen zerschellen?« – »Der hier«, sagte der Kapitän, »ist nicht zerschellt, und ich warte, bis ich wieder heil und gesund an Bord bin, ehe ich den Männern sage, auf welche Weise er umgekommen ist.« Als Jaurena ihn mit großen Augen ansah, sagte er: »Selbst für Sie ist es, glaube ich, besser, wenn Sie es noch ein paar Stunden lang nicht wissen.« Sie stießen vom Strande ab, als die Sonne auf die andre Seite des Vulkans hinüberwechselte, und legten an der Bordwand an, als die Sonne jäh versank.

Der Kapitän bat die Offiziere, über Nacht an Bord zu bleiben, und er riet der Mannschaft, es genauso zu halten. Den wenigen jedoch, die sich noch nicht völlig erholt hatten und für die es bekömmlich war, wenn sie an Land schliefen, riet er, lieber in den ersten Hütten am Ufer zu schlafen, wo man sie leicht durch Rufe erreichen konnte. Vor dem Abendessen ließ der Kapitän die Offiziere in seine Kabine bitten. Trocelier, der sich nicht von seinen Untersuchungen im Laboratorium trennen konnte, mußte er besonders holen lassen.

Als sie in seine Kabine kamen, wanderte der Kapitän ruhelos auf und ab. Er ließ Larreguy in seiner Nähe Platz nehmen; dann zeigte er ihnen das Stück Pottwalfleisch, das er aus dem Kadaver geschnitten hatte, und hieß sie, es sich gründlich anzuschauen. »Sehen Sie sich das bitte mal an«, sagte er. »Ich glaube, ich werde Ihnen einen kleinen Hinweis geben müssen. Was halten Sie von dieser Angelegenheit?« sagte er. Sie wußten sämtlich von der Auffindung des gestrandeten Tieres. »Durch das hier ist das Tier getötet worden«, sagte er und sah Jaurena an. – »Krankheit?« fragte Hour. – »Nein«, sagte der Kapitän; »keine Krankheit, sondern Wundmale. Der Pottwal, den wir tot gefunden haben, ist jung. Er hatte weder die Größe noch die Kraft der alten Burschen, die bereits mehrfach den Pazifik von oben bis unten durchschweift haben. Aber er hatte Hunger. Sind Sie im Bilde, Hour, auf welche Weise der Pottwal sich nährt?« – »Ich bin vor allem Spezialist für Vögel und Landsäugetiere!« – »Gut und schön!« sagte der Kapitän; »sie ernähren sich auf eine ganz besondre Weise. Im wesentlichen von einer Kalmar-Art, einem Polypen, von dem angenommen wird, er lebe in tiefen unterseeischen Spalten. Der Pottwal kann nicht tiefer als hundertfünfzig bis zweihundert Meter tauchen. Es muß angenommen werden, daß der Kalmar aus der Tiefe von vier-oder fünftausend Metern, wo er für gewöhnlich haust, bis an die Grenzen emporsteigt, bis zu denen der Pottwal tauchen kann. Man darf sogar annehmen, daß der Polyp viel höher steigt, vielleicht bis zu fünfzig Metern unter dem Wasserspiegel. Vielleicht taucht er sogar manchmal auf. Ich muß gestehen, daß ich ihn niemals gesehen habe und daß ihn niemals irgend jemand gesehen hat.« Er wandte sich Larreguy zu, der schon zwei- oder dreimal Miene gemacht hatte, ihn zu unterbrechen. »Eins ist sonderbar und wundert mich«, sagte Larreguy. »Sie haben eben von *einem* Polypen gesprochen; man weiß zwar ganz genau, was ein Polyp ist, und ohne daß ich über den Appetit des Pottwals informiert wäre, vermute ich, daß, wenn er schon Polypen frißt, er ganze Tonnen davon fressen muß! Somit frage ich mich, warum Sie im Singular von dem Polypen sprechen, wenn es sich um ganze Berge von Polypen handelt?« – »Wollen Sie sich bitte mal das hier ansehen«, sagte der Kapitän und wies auf die Zinkwanne, in die er das Stück Pottwal gelegt hatte. »Diese Kleinigkeit hat einen Durchmesser von genau achtunddreißig Zentimetern. Sie hatten sich nicht geirrt, als Sie sich vorstellten, dies runde, rosarote Mal gleiche einer Schröpfkopfspur. Es ist tatsächlich die Spur eines Schröpfkopfs, eines Saugnapfs.« Ein Schweigen trat ein, und der ganze Stab beugte sich, ohne sich von der Stelle zu rühren, über die Wanne. »Sie haben recht«, fuhr der Kapitän fort, »wenn Sie behaupten, der Pottwal müsse Tonnen von Polypen fressen. Aber diese Tonnen brauchen ja nicht aus einer größeren Anzahl kleiner Polypen zu bestehen, sondern es könnte schließlich auch ein einziger Krake von mehreren Tonnen Gewicht sein.« – »Das grenzt ans Wunderbare«, sagte Larreguy. – »Wir sind noch nicht am Ende der Wunder. Dies ist nur das erste. Es sind uns Vorzeichen zuteil geworden, und zwei Dinge können uns als Vorbereitung dienen. Auf der einen Seite der kleine Golfball, der neulich an Ihrer Lotleine hängengeblieben ist« – und er zog das kautschukartige Stück aus der Tasche, das Larreguy ihm gegeben hatte – »und auf der andern Seite der Schröpfkopf hier.«

»Ich behaupte hier nichts in Blaue hinein«, fuhr er fort, »nichts, über was ich nicht genau Bescheid wüßte. Man hat bereits Gelegenheit gehabt, und ich habe bereits Gelegenheit gehabt, formlose Reste dieses Riesenkraken zu untersuchen: sie sind in den stinkenden Nahrungsüberbleibseln gefunden worden, die der Pottwal in dem Augenblick, da er verwundet wird, herauswürgt. Im allgemeinen sinken diese Reste sofort unter. Mir nun aber ist es geglückt, bei Sala y Gomez einen Fangarmstumpf zu untersuchen; er bestand ganz und gar aus dem gleichen kautschukartigen, weißen Stoff wie das hier, und solch ein Fangarm hat die netten, kleinen, runden, rosaroten Stellen verursacht, wie Sie sie auf dem Fleischstück da sehen. Wenn man sich nach jenem Stumpf die volle Länge solch eines Fangarms vorzustellen versucht, von dem er ein Teil ist, so kommt man auf eine Länge von über hundert Metern. Ich überlasse es Ihnen, sich die ganze Gestalt des Tieres vorzustellen, das solche Fangarme hat.«

»Reizendes Geschenk für ein Kind«, brummte Larreguy vor sich hin.

»Tatsächlich das schönste, was sich machen ließe«, sagte der Kapitän.

»Aber bitte, setzen Sie sich doch, meine Herren, und gestatten Sie mir, Ihnen ein Glas ganz besonderen Absinth anzubieten, einen Absinth, der beide Kriege miterlebt hat. Ich habe eine Flasche für eine bedeutsame Gelegenheit aufgehoben.«

Er entnahm seinem Wandschrank eine Flasche Pernod 1906, und als das Getränk verdünnt worden war, verbreitete es einen erfrischenden Duft, und alle fühlten sich bereits nach den ersten Schlucken völlig verwandelt.

»Komisches Gefühl«, sagte Hour. – »Sie sind nicht die ersten besten«, sagte der Kapitän, »vielmehr alt genug, um aus Ihrem Glas Erinnerungen zu trinken, um die es lohnt. Zu der Zeit, da dieser Pernod wohl auf allen Cafétischen zu stehen pflegte, hatten Sie noch nicht einmal angefangen, die Milch Ihrer Ammen zu kosten. Was uns widerfährt, meine Herren, oder wenigstens, wie ich hoffe, widerfahren wird und soll: das ist etwas, das sich der Überraschung vergleichen läßt, die durch diesen Absinth Ihren Herzen zuteil wird. *Es ist ein herrliches altes Gift, und für härtere Köpfe als die unsern bestimmt.* Jedenfalls lebt in mir die heimliche Gewißheit, daß das, was uns bevorsteht, schließlich und endlich eine prächtige Lösung für die Probleme der Armut, der inneren Verarmung bringen wird, darin wir uns nach und nach in immer stärkerem Maße verzehrt haben und daran die Welt nach und nach elend zugrunde gehen wird. Hier, so könnten wir sagen, wird durchdufteter Lotos gekeltert.

Ich glaube nicht, daß auch nur ein einziger unter Ihnen trotz seiner Jugend, trotz der Begeisterung, die, wie ich weiß, in Ihnen lebt, ohne Widerwillen dem Leben ge-

genübertreten könnte, das er bis heute gelebt hat. Könnten Sie behaupten, Hour, daß Ihre Tätigkeit, so schön sie immer sein möge, Ihnen hinlängliche Befriedigung gewährt habe, um ohne Furcht vor der Langeweile den, sagen wir, achtzig Jahren entgegenzusehen, die Sie noch zu leben haben?« — »Immer vorausgesetzt, daß ich nicht dem Kraken begegne«, sagte Hour lachend. – »Ich glaube nicht, daß er sich uns gegenüber als besonders blutgierig bezeigen wird«, sagte der Kapitän. »Dennoch rate ich Ihnen nicht eben, ihn auf den Mund zu küssen. Und ich glaube«, fuhr er fort, »daß weder Trocelier noch Jaurena, noch Larreguy mir widersprechen, wenn ich behaupte, wir gingen an innerer Verarmung und tödlicher Langeweile zugrunde.

»Aus eben diesem Grunde haben die Menschen, die weniger zivilisiert als wir sind, die jedoch (und ich sage in voller Absicht ›jedoch‹) naiver als wir sind, den Ursprüngen näher, fähiger, die unmittelbare Nähe der großen Geheimnisse zu spüren, sich *eine Art Vorratskammer an Ungeheuern angelegt.*

Niemand braucht in fremde Länder aufzubrechen; jeder kann in seinem Vaterlande bleiben; er braucht nur ein paar Jahrhunderte nach rückwärts hinabzusteigen, und er erblickt Ariosts Sturmfische, die Drachen der Artuslegenden, und im Zusammenhang mit dem kleinen Buche, das wir in der verlassenen Hütte gefunden haben, denke ich an Don Quijotes Höhle des Montesillo. Seither hat es den Anschein, als lasse unsre Vernunft, die unvernünftiger ist als die irrsinnigste Tollheit, uns eine dürre, armselige Welt bewohnen, darin die letzten Ungeheuer weder Ritterlichkeit noch Größe dulden, ganz abgesehen von den Flugzeugen und Kampfwagen, die mit Betriebsstoff vollgetankt sind und den Rasereien der Parteileidenschaften gehorchen. Nun hat die des eigenen Fiebers trunkene Menschheit angefangen, *mit Gesten und mit Worten zu schwatzen,* und trotz all unsres guten Willens sind Männer wie Sie und ich durch dieses *Geschwätz* aufs äußerste gelangweilt worden, dieses *Geschwätz,* darin sich keinerlei Nahrung mehr für *die kleinen Wünsche nach Größe* fand, wenn ich so sagen darf.

Ich glaube, es kommt vor allem darauf an, nicht in ein Tier verwandelt zu werden. Unser Geist braucht Weite und Licht, glühende, flammende Himmel und die Trunkenheit, die all diese Dinge wecken. Zu einer gewissen Zeit«, sagte er und langte nach der Pernodflasche, »ist das alles hierin gesucht worden, unter diesem Reklamezettel, der ja schließlich recht hübsch ist. Aber von Zeit zu Zeit läßt die Natur, auf die man längst nicht mehr gefaßt war, noch ein paar Menschen erstehen, die ebenso echt, ebenso rein sind wie jene, die kein Häppchen Fleisch essen konnten, ohne zugleich alle Nahrungen des Geistes in sich aufzunehmen. Solcherlei Menschen fordern immerfort das Paradies, *von dem sie natürlich glauben (und sie haben recht, es zu glauben), daß sie körperlich hineingelangten.* Den Teufel auch! Es ist durch und durch und von Grund auf wahr, daß sie mit diesem Glauben recht haben.

Ich bilde mir niemals ein, Sie wie ich seien so beschaffen, daß wir die Zeit, die zu leben uns vergönnt ist, verlieren müßten, indem wir lebten, wie man gegenwärtig auf der bewohnten Erde lebt, die wir verlassen haben.«

Er hielt inne und trank einen Schluck, um sich die Kehle frei zu machen. Das Schweigen der vier Männer brachte ihn dahin weiterzusprechen. »Daß man sich um sich selber dreht wie ein Kreisel«, sagte er, »daß man sich leidenschaftlich um politischer Systeme und Einrichtungen willen erregt, die zumeist von den infamsten Verbrechern ausgesonnen werden, den infamsten, weil sie sich selbst außerhalb jeder Züchtigung stellen und Gesetze einzig schaffen und erlassen, um sich herausnehmen zu können, ohne alle Gefahr zu handeln; daß man seine Wißbegierde, etwas so Junges und Appetitanreizendes, an die winzigen Dinge verschwendet, wie der sogenannte Fortschritt der Zivilisation sie darbietet; daß man sich in den endlosen, öden Gängen des geheimnisvollen kleinen Teils der Erde, der bewohnten Gebiete, im Kreise dreht, und vor allem, daß man bereitwillig den Kontakt mit der wahren Welt verliert: hat das alles Sie nicht zu jener mit Sarkasmus und angeekeltem Widerwillen gemischten Teilnahmslosigkeit geführt, hinter der Sie vielleicht (ich kenne Ihr bisheriges Leben kaum) Ihr großes Gefühl für Weite und Licht verborgen haben?«

Er wurde durch Quéréjéta unterbrochen, der sie zu Tisch rief.

»Darüber müssen wir noch einmal weitersprechen«, sagte der Kapitän und stand auf; »und ich wollte, Sie ließen mir Ihre Einsicht in die Dinge zugute kommen. Bedenken Sie indessen, daß sich auch in den eisigsten Regionen ein Swedenborg und ein William Blake finden, die uns *mit Engeln ohrfeigen, daß uns Hören und Sehen vergeht.* Also, meine Herren«, sagte er und schob sie zur Tür der Messe, »warum sollten wir nicht das Wirkliche in dem zu entdecken suchen, was von der Welt sonst noch übrig ist? Ehe wir verzweifeln, ist das, glaube ich, das einzige, was sich tun läßt.«

Quéréjéta trug ein höchst sonderbares Gericht auf. Auf den ersten Blick erfüllte es das Auge mit einer Art hoffärtig prunkenden Überschwangs von Gold und Purpur. Aber sobald die vier davon zu essen begannen, waren sie dermaßen überrascht von seiner Vorzüglichkeit, daß sie den Koch rufen ließen, um ihm zu gratulieren und ihn zu fragen, was das sei. Es sei weiter nichts dabei, sagte er. Nachdem Hour die im Lauf des Tages von den Matrosen gefangenen Fische untersucht, habe er ihm gesagt, er möge die

Balje für die Küche abholen lassen. Er habe Felsfische von ungewöhnlich bunten, zauberhaften Farben vor sich gehabt. Sogleich habe er lediglich auf Grund einer durch die Farben ausgelösten Gedankenverbindung Safran, Curry, Zwiebel, Knoblauch, Petersilie und Wein vor Augen gehabt (er wurde durch beifällige Rufe unterbrochen), alles, was zu den majestätischen Farben in der Balje paßte und sie steigern konnte.

Nachdem er die Fische abgeschuppt und ausgenommen, habe er sie mit allem soeben Aufgezählten (auf alle Fälle machte er jetzt genaue Angaben: es kamen noch vier Liter herber Wein, ein Liter süßer Weißwein, ein Liter reinstes Öl hinzu) in einen großen, gußeisernen Brattopf gelegt und dessen Deckel mit einer Handvoll feuchter Asche festgedrückt. Das Ganze, sagte er, habe er den ganzen Nachmittag über bei sanftem Feuer dünsten lassen. Aber, und das erklärte, daß er die Mahlzeit ein bißchen verspätet aufgetragen habe, weswegen er sich entschuldigte: während die Fische schmorten, sei ihm ein ganz neuer Einfall gekommen. Aus den Fischabfällen, die er fortgeworfen, hatte er die dicksten Lebern und das ganze Eingeweide der kleinsten Fische wieder hervorgeholt. All das habe nämlich, wie er bemerkte, einen bitteren, sehr einnehmenden Geruch gehabt; er habe wohl eine gute Stunde lang den vollen Strahl des Wasserhahns über die Lebern und über die Eingeweide der kleinen Fische laufen lassen, schließlich das Wasser ausgedrückt, das Ganze gehackt, es zu einer Paste verarbeitet und nach und nach vier Eßlöffel roten Weinessig dazugetan. Dann habe er eine oder zwei Stunden gewartet, und als er erkannt habe, daß der rechte Augenblick gekommen sei, habe er den Deckel seines Brattopfes gelüftet und die ganze Sauce daraus abgegossen. Mit großer Sorgfalt habe er sich darangemacht, das Fischfleisch von den Gräten zu lösen (er nannte sie Stacheln) und die großen Fleischstücke in eine sehr tiefe Schüssel zu legen, wobei er sie nach einer Vorstellung anordnete, die ihm unmittelbar durch die Farben der Fische eingegeben worden sei. Er habe die tiefe Schüssel für ein Weilchen in den Backofen gestellt und sich wieder an die Bereitung der Sauce gemacht, wobei er den Saft, den er aus dem Brattopf abgegossen, mit der essigdurchtränkten Paste aus den Lebern und Eingeweiden vermischt habe. Um ihre Fettigkeit zu steigern, habe er mit dem Stössel alle kleinen Fleischstückchen zerstampft, die nicht groß genug gewesen waren, um mit in die Architektur der Schüssel aufgenommen zu werden. Zum Schluß habe er die Sauce über das gegossen, was er in der tiefen Schüssel hergerichtet hatte, und da die Fischstücke mit vielem Vorbedacht gelegt worden waren, seien sie ganz von der dicken Sauce bedeckt gewesen, die er vorsichtshalber in seinem Bratofen kochend gehalten, ehe er sie aufgetragen habe. Weiter nichts!

»Sind Sie verheiratet?« fragte der Kapitän Hour, als Quéréjéta wieder draußen war. Nein, Hour war nicht verheiratet; seine Eltern lebten noch in Bois Colombes. »Sie leben von ihren Zinsen«, sagte er. Sein Vater betätige sich aus Liebhaberei im Garten. Trocelier war verheiratet; »aber«, sagte er, »meine Frau ist in Afghanistan.« – »Komische Gegend für eine Frau«, sagte Larreguy. – »Sie macht da«, sagte Trocelier, »archäologische Studien mit der Expedition Mitrot-Devesset.« – »Traurig«, sagte Trocelier, »wenn man etwas studiert hat, das einem so lange und weite Trennungen auferlegt.« Sie hatte ihr Examen über orientalische Sprachen gemacht. Larreguy und Jaurena waren selbstverständlich unverheiratet. »Aber«, sagte der Kapitän, »Jarreguy hat drei Monate in Saint Jean du Var gewohnt, in einem Vorort mit Gemüsegärten ohne Glaskugeln.« – »Ohne Glaskugeln«, sagte Larreguy; »aber in der Nähe von Olivengärten, von denen ich Ihnen gesagt habe, daß sie genauso schön seien wie die Zaubergärten der Armida.« – »Richtig«, sagte der Kapitän, »Sie haben es gesagt, und ich glaube es; aber fünfzig Meter von Ihrem Haus entfernt lag eine ›Casino‹-Filiale.« – »Die hat Armidas Zaubergärten nicht weiter gestört.« – »Ich gehe sogar noch weiter«, sagte der Kapitän. »Armidas Zaubergärten wären ohne sie einfach nicht denkbar. Eben das hatte ich Ihnen sagen wollen.« – »Ich glaube«, sagte Larreguy, »Sie wollen uns für das, was uns widerfahren ist, einen Maßstab geben.« – »Was für einen Maßstab denn?« fragte Trocelier. Nun erzählte Larreguy von dem Gespräch, das er vor ein paar Tagen bei der Rückkehr von der Stelle, wo er an der Lotleine herumgeschleppt worden war, mit dem Kapitän geführt hatte. »Gerade«, sagte er, »wie es gut ist, wenn auf Photos vom Eiffelturm vorn ein kleiner Mensch steht, der einem den Maßstab gibt, hat der Herr Kapitän«, sagte er, »mir tatsächlich die Möglichkeit gegeben, mir mittels einer Krämerladenfiliale und Glaskugeln, wie sie in den Gärten aufgestellt werden, über den vollen Umfang dessen, was uns widerfahren ist, klarzuwerden.«

»Ich«, sagte der Kapitän, »bin verheiratet. Ich habe sogar zwei Töchter, und die sind es auch. Meine Frau muß in diesem Augenblick in Périgueux sein, bei ihrem Lieblingsschwiegersohn, und vielleicht tätschelt sie gerade die rosigen Popöchen ihrer Enkelkinder. Und eben diesen Enkelkindern will ich, wie ich zu Larreguy gesagt habe, das Schönste schenken, was ich überhaupt schenken kann. Die meisten, wenn sie wertvolle Menschen werden, können künftig nur noch in der Imagination leben. *Sie sollen und müssen aber wissen, daß die Wirklichkeit noch viel phantastischer als die Imagination ist.* Daß sie in einer Welt leben, die bunter ist als eine Spielkarte und köstlicher als Quéréjétas Fischsauce. Ich will sie von ihrem Gemüsegarten, der Glaskugel, der Krämerladenfiliale, dem

Eisenbahnschalter, von allem, was ihren Armida-Garten bedingt, frei machen.

Es gibt auf Erden nichts Unbekanntes mehr: jede Generation, die etwas Besonderes will, muß es sich durch Kriege und große, streitbare Kirchen fabrizieren. Und damit sind wir bereits in das Zeitalter der Häßlichkeit eingetreten, der Frucht all der Langeweile, des Verdrusses und Kummers, und es ist uns nichts andres übriggeblieben, als, wie die Azteken, politische Gottheiten zu erschaffen, die wir mit lebendigen Kindern füttern, um uns ein bißchen Aufregung zu verschaffen. Doch da es uns an Imagination fehlt, (sie ist von uns abgefallen, wie im Bereich des Zoologischen ein unnütz gewordenes Glied abfällt), sind wir außerstande, diesen Ungeheuern die Kräfte und die Farben der gefiederten Schlange oder etwas von dem glühenden Eisen des Molochs zuteil werden zu lassen. Wir langen uns irgendeinen Menschen her und räumen ihm vermöge unsrer Dummheit so viel Recht über uns ein, daß er uns daraufhin verschlingt, aber auf eine häßliche Weise. Um Ihnen die Wahrheit zu sagen: ich bin keineswegs zu einer wissenschaftlichen Kreuzfahrt ausgezogen.«

Er ließ ein ziemlich langes Schweigen entstehen und fuhr dann fort: »Ich bin ausgezogen, um mich auf den Gefilden zu ergehen, die zu ihrer Zeit ein wunderbares Paradies gewesen sein müssen; ich will uns zu Zeugen machen, die bekräftigen können, daß wir noch *das Recht auf den Taumelrausch haben, der das längste Leben bereichern und selbst das Nahen des Todes liebenswert machen kann.*

»Ich will, daß wir als die ersten trunken von dem heiligen Absinth sind, der die Gärten der Erde erfüllt hat.«

Darauf wies Larreguy auf die seltsame Verwandlung in Quéréjétas Gesicht hin. »Seine Stimme«, sagte er, »ist dieselbe geblieben; aber ich zweifle, ob ihn in Esparaze auch nur ein einziges Mädchen wiedererkennt, wenn er heimkehrt. Dabei«, sagte er, »wenn ich ihn so, wie er jetzt ist, in den Straßen irgendeiner Stadt getroffen hätte, sei es selbst eine chilenische Stadt, so würde er mich einzig durch sein Gesicht an meine Heimat erinnert haben. Bei Londaïsbehere«, sagte er, »steht ein Stein, der ›der behauene Stein‹ genannt wird; er zeigt die alte Grenze der Gemeindeweide an. Auf den vier Seiten ist ein in den Stein gehauenes Gesicht, das ganz rund und golden ist wie jetzt seins.« Jaurena stimmte ihm bei, meinte aber, genau solche Grenzsteine gebe es bei Olcomendy, und im Dorf Landarretche hätten alle alten Häuser über den Torbogen einen zu genau solchem Gesicht gerundeten Schlußstein. Er sagte noch, Landarretche bedeute »Haus des Armen«. Aber der Kapitän meinte liebenswürdig, man solle nicht weiter über diese Dinge sprechen, und sobald die Mahlzeit beendet war, legte er sich schlafen.

Der Kapitän, der wie gewöhnlich die Nacht hindurch gelesen hatte, war erst gegen Morgen eingeschlafen; durch Rufe und hastiges Fußgetrappel der Mannschaft an Deck wurde er geweckt. Es war heller Tag; aber das Licht war diffus und zweideutig. Er sah nach der Uhr: es war sieben. Jemand klopfte an seine Tür, und er fragte gerade, ob schlechtes Wetter sei, als Larreguy ihm zurief, er möge schnell nach oben kommen, wenn er ein sonderbares Schauspiel sehen wolle.

In seinem roten Schlafrock hastete er an Deck. »Ich hatte Ihnen die Wolke zeigen wollen, die da aus S.W. aufsteigt«, sagte Larreguy; »sie bewegt sich ganz merkwürdig.« – »Bitte glauben Sie nicht«, sagte der Kapitän, »daß ich Ihnen alles erklären könne.« Aber er sah sich das Phänomen genau an, und es war in der Tat verwunderlich.

Die Wolke, die beträchtlich finsterer war als gewöhnliche Gewitterwolken, hatte den ganzen Himmel überzogen, und zwar dermaßen dicht, daß unter ihr nahezu völlige Nacht herrschte. An ihrem Rande stahl sich ein Bündel Sonnenstrahlen hervor, das sich fern in NW verlor. Sie hatte über Hunderten von Quadratkilometern das Licht verdeckt; der Ozean war pechschwarz geworden. Aber das seltsamste waren das eigenartige Keuchen, das die Wolke durchbebte, und ihre Bewegung am Himmel, die jetzt nicht mehr gleichmäßig und unpersönlich wie die vom Wind hervorgerufene war, sondern anmutete, als sei sie mit Einsicht begabt; denn sie schwenkte bald nach rechts, bald nach links, als wolle sie sich auf die Luft stützen, um schließlich mit ungeheurer Geschwindigkeit in nördlicher Richtung vorwärts zu schießen.

Die von der Sonne beleuchteten Ränder der Wolke schimmerten bisweilen weiß auf und schienen etwas wie Dunst und Sprühregen von blendender Weiße unter ihren schwarzen Bauch zu werfen; jene Helligkeit jedoch verlosch sogleich, wenn sie tiefer in den Schatten eindrang, den sie warf. Die Wolke glitt so rasch heran, daß man bald das Geräusch hörte, das sie machte. Es war eine Art weichen Grollens. Endlich wurde in diesem Grollen ein Geräusch vernehmlich, demjenigen in der Pfanne brutzelnden Öls vergleichbar.

Dabei wehte nicht der mindeste Wind, und das Wasser war in beträchtlicher Weite völlig glatt, selbst unterhalb der heranziehenden Wolke; das Wasser war dermaßen reglos, daß man fern im Süden den weißen Bauch des verendeten Pottwals erkennen konnte, der ohne die mindeste Spur von Brandung weiter dahintrieb, als schwimme er in Öl. Selbst die Brandungswellen, die auch bei ruhigstem Wetter unaufhörlich gegen die Felsküste schlugen, waren eingeschlafen, und zum erstenmal wurde das Ohr nicht mehr durch das Donnern der Wogen gestört, die gegen die Höhlenöffnungen prallten.

Jedenfalls bewegte sich die Wolke unablässig mit beständiger, außergewöhnlicher Schnelligkeit, und sie hatte beinahe den Vulkangipfel erreicht, als alle erkannten, daß es eine riesige Wolke von Vögeln sei. Zwei- oder dreimal sah man sie ihre erschreckenden schwarzen Schleierschärpen um die Inselküste wickeln; dann schmetterten sie eine grausig schwarze Nacht auf das Schiff nieder und zogen geräuschvollen Fluges schreiend hundert Meter über den Masten dahin, um sich, alle zugleich, eine oder zwei Meilen voraus auf das Meer hinabzusenken, das sich sogleich mit ihnen bedeckte.

Noch immer zogen Fetzen des seltsamen Geschwaders quer über den Himmel; doch jetzt füllten die Sonne und der Azur die Risse der Vogelwolke aus, und die Strahlen eines sehr schönen Tages begannen auf die riesige Fläche von auf dem Meer liegenden Flügeln und Federn zu treffen.

Nach einer halben Stunde lagerten alle Vögel stumm auf dem Wasser; am leeren Himmel brach das junge Licht eines sehr schönen südlichen Frühlingstages an. Es waren beinahe ausnahmslos Albatrosse, Polarsturmvögel. Der Kapitän verbot ausdrücklich, auf sie zu schießen, und empfahl mehrfach der Mannschaft und den Offizieren, darauf bedacht zu sein, daß sie sämtlich in Reichweite seiner Stimme blieben. Er ordnete an, man solle getrost mit dem Fischen fortfahren, das tags zuvor begonnen worden war; aber er riet, es nur vom Schiff aus zu tun.

Er fragte Trocelier bis in alle Einzelheiten über die Zugangswege aus, auf denen man nach den ersten Felsstufen gelangen könne, die die Klippen beherrschten. Er teilte eine Schiffswache ein, sie bestand aus dem Bootsmann Baléchat als Wachoffizier, sowie dem Segelmacher Gorri und dem Toppsgast Marchais. Zu seiner besonderen Verfügung behielt er sämtliche Offiziere und drei Matrosen, darunter den Schiffszimmermann Braibant. Zu den auf diese Weise eingeteilten sieben Männern gehörten überdies Archigard und Paumolle; hinzu kam er selbst. Er forderte Larreguy auf, eine Ausrüstung zusammenzustellen, die Nahrung und Trinkvorrat für zwei Tage enthalten sollte. Er schärfte dem Sonderkommando ein, dessen Befehl er, wie er betonte, übernahm, sich mit Waffen und Munition auszurüsten: die Offiziere mit der Dienstpistole, Archigard mit einer Maschinenpistole und Munition, die die anderen Matrosen trugen. Er ordnete an, daß das kleine Boot ständig bereitliegen solle, um das Kommando, zu dem er gehörte, an Land überzusetzen. Er fragte Trocelier, wieviel Zeit man seiner Meinung nach brauche, um auf die Basaltstufe oberhalb der Steilküste zu gelangen, und danach sagte er, nun könne in aller Ruhe zu Mittag gegessen werden. Alle diese Vorsichtsmaßregeln waren unnötig. Im Laufe des Tages konnte beobachtet werden, daß der riesige Vogelschwarm auf dem Meer liegen blieb wie der Schnee auf einer Heidefläche. Er tauchte nicht und ließ sich vom Rückschwall der Brandung wiegen, ohne daß ein Schrei aufscholl. Die Vögel bewegten sich nicht einmal, um zu tauchen und zu fressen. Sie waren sicherlich durch den Flug, den sie unternommen hatten, um hierherzugelangen, dermaßen erschöpft, daß sie sämtlich mit einem Schlag auf das Meer niedergefallen waren wie kraftlose Flocken. Aber trotz der Brandung und der Wellenbewegungen blieben sie immer an der gleichen Stelle. Sie paddelten wohl alle mit ihren Schwimmhautfüßen, um nicht von der Stelle abzutreiben, wo sie sich niedergelassen hatten. Der Tag wurde einer der friedlichsten von allen, die das Schiff in der Falmouth-Bay verbrachte. Nach allen Richtungen hin war das Wasser in beträchtlicher Weite spiegelglatt, und bald hörte unter dem riesigen Vogelfeld sogar der wiegende Rückschwall der Brandung auf.

Während des ganzen Tages warfen die Matrosen ihre Angeln aus, und es wurde mühelos eine Menge kleiner, grüner Fische von Sardinengröße gefangen, die einen dicken, haarigen Kopf hatten, groß wie eine Männerfaust. Sie waren abscheulich häßlich. Mehrere Stunden lang konnte man sie nicht loswerden, wie Fliegen, und sobald sie gefangen worden waren, sahen sie dermaßen widerwärtig aus, daß sie so weit wie möglich ins Meer zurückgeworfen wurden. Man konnte den Platz wechseln, sooft man wollte: überall war das Wasser bis in sehr große Tiefen hinab wie verschlammt. Erstaunlicherweise versuchten die Albatrosse und Sturmvögel überhaupt nicht, diese Fische zu fressen. Archigard kam schließlich darauf, sie sähen ganz manierlich aus, wenn man ihnen den Kopf abschneide. Auf diese Weise konnte ein Faßvoll gefangen werden; sie wurden sofort eingesalzen. Die Köpfe wurden in einem Loch im Sand eingegraben. Alle freuten sich, als eine Art Meerbarbe gefangen wurde, und schließlich sogar mit einer Grundangel, die Paumolle an einer steilen Stelle des Klippenwalls gelegt hatte, ein mittelgroßer Seeaal, der das Wasser heftig peitschte.

Gerade das Gezappel des Fisches führte die ungewöhnliche Friedlichkeit des Tages auffällig zu Bewußtsein. Als das Tier an Bord gezogen und getötet worden war, nahm man wahr, daß der ganze Schaum, den es bei seinem Kampf aufgerührt hatte, bereits in dem glatten Öl des Meeres zerschmolzen war, das die Felsen faltenlos wie ein Teppich umschloß.

Das Seltsamste war das Schweigen der Vögel. Den ganzen Tag über ging der Kapitän unermüdlich vom einen der Fischer zum andern und hielt rings um die Bucht herum Ausschau: er machte sich sogar daran, auf die nördlichen Felsen zu klettern; zunächst schirmte er die Augen mit der vorgehaltenen Hand, damit er gegen die Sonne sehen konnte, und dann tastete er sorgfältig mit dem Fernglas den ganzen Wasserlagerplatz der Vögel ab.

Es sah aus, als schliefen sie; nur von Zeit zu Zeit tauchten sie mit einer raschen Bewegung den Kopf ins Wasser; dann hoben sie ihn wieder; sonst bewegten sie sich nicht; sie waren über eine sehr weite Fläche verteilt. Da sah man, daß der Kapitän sein Fernglas wieder wegsteckte. Er sprang von seinem Felsen herunter auf den Sand, lief mit großen Schritten über den Strand, nach dem Boot hin, um wieder an Bord zurückzukehren.

Dort hatte er Paumolle auf dem Ausguck postiert. Der rauchte dort oben seine Pfeife genauso friedlich, als sitze er auf einem in der Erde wurzelnden Baum. Das Meer war so glatt und der Mast so unbewegt, daß der Pfeifenrauch als leichtes Wölkchen sein Gesicht umzog, ohne zu verwehen. Der Kapitän kletterte in die Pardunen und sah einen Augenblick wie ein Semaphor aus, als er sein Fernglas hervorholte und abermals nach den Vögeln hinübersah.

Am Abend nahm er seine sämtlichen Befehle zurück, und alle gingen schlafen. Nur eine kleine Wache blieb an Deck; sie bestand aus dem Toppsgast Hervéou, Brodier und Archigard, der gebeten hatte, dabeisein zu dürfen, weil er, wie er behauptete, nicht schlafen könne.

Der Nachthimmel bedeckte sich mit Sternen wie gewöhnlich; die Dunkelheit wurde rasch sehr dicht. Die drei Männer hatten sich, um soviel frische Luft wie möglich zu schnappen, ganz vorn auf den Bug gesetzt. Außer den beiden Positionslampen und einer Laterne, die in Mannshöhe am Großmast aufgehängt worden war, hatten sie eine Stocklaterne, deren rötlicher Lichtschein auf ihre nackten Füße fiel.

Mitternacht war vorüber, als das Schiff eine kleine Bewegung machte. Es hatte sich langsam vorn gehoben, als habe es ein leichtes Hindernis überritten. Archigard beugte sich über das Schanzdeck und schwenkte ausgestreckten Armes seine Laterne. Er sah einen stummen Saum von dunklem Wasser, der langsam klatschend sich am Bug teilte, ehe er zwei- oder dreimal mit einem leichten, schnarrenden Geplätscher den Sandstrand streichelte. Zweimal wiegte sich das Schiff geräuschlos und lag dann wieder unbewegt da.

Voraus waren die Vögel ungeachtet der Dunkelheit aufgeflogen. Sie hatten sich nicht eben hoch in die Lüfte geschwungen, sondern sich nur ein paar Meter über den Wasserspiegel erhoben, und dort kreisten sie sämtlich; nur das gedämpfte Rauschen tausender von Flügelschlägen war vernehmlich; und nachdem sie die Bucht umrundet hatten, fielen sie alle zusammen auf der Stelle nieder, von wo sie sich erhoben hatten.

Alles war bis zu diesem Augenblick so seltsam ruhig gewesen, daß das gedämpfte Rauschen des Fluges genügte, um den Kapitän, Larreguy und Jaurena aus dem Niedergang auftauchen zu lassen. Die Wache meldete, was sich zugetragen hatte. Das Schiff lag wieder ganz ruhig. Doch hörte man jetzt ein paar hundert Meter voraus das Meer unter den Vögeln brodeln. Es ließ sich nicht erkennen, was dort vor sich ging. Aber es schien etwas durchaus Friedliches zu sein, und so konnte angenommen werden, daß die endlich ausgeruhten Vögel ganz einfach anfingen, von den vielen grünen Fischen mit den dicken Köpfen zu fressen.

Gegen fünf Uhr morgens wurde die Wache abgelöst, und zwar durch Gorri und Baléchat. Archigard blieb weiterhin auf den Beinen und rauchte seine kleine, schwarze Pfeife. Von Zeit zu Zeit hob er die Laterne gegen das offene Meer hin und versuchte den Blick zu schärfen, um das Dunkel zu durchdringen, das jetzt nach und nach grau wurde. Gorri und Baléchat wollten gerade Kaffee holen, als Archigard ihnen verkündete, es sei Eis. »Was ist Eis?« fragten sie. Das, worauf die Vögel säßen: eine Art langer Eisscholle, die kaum einen Meter aus dem Wasser rage, und darauf säßen sie alle.

In Anbetracht der Morgendämmerung war es schwierig, sich Klarheit darüber zu verschaffen: aber tatsächlich sah es so aus, als säßen die Vögel auf einer grauen, perlmutterartigen Masse, die an gewissen Stellen die goldbraunen Glanzlichter des südlichen Polareises wies. Aber es mußte eine Eisscholle sein, an der schon seit langem laues Wasser geleckt hatte; denn sie hatte keine scharfen Kanten mehr, sondern war, soweit man es vor lauter Vögeln sehen konnte, rund wie der Rückenschild einer riesigen Schildkröte. Je mehr es Tag wurde und je mehr Vogelmassen sich in langen, flatternden Standarten erhoben, konnte man sehen, daß die Eisscholle ungefähr zwei- bis dreihundert Meter lang und gut hundert Meter breit sein mußte. Doch ohne daß das nach wie vor diabolisch ruhige Wasser sich auch nur im mindesten bewegt hätte, sah man dann und wann, als geschehe es durch irgendwelche Umwälzungen in den Tiefen, Eisspitzen auftauchen, und zwar sehr weit entfernt von der Stelle, wo die Vogelscharen saßen; und nach und nach mutete die Eisscholle, wie wenn sie von unten her angehoben worden sei, als sehr viel länger an denn zuvor.

Es bedurfte geraumer Zeit, bis die drei Matrosen wahrnahmen, daß die weiße Masse, über der die Vögel kreisten und auf die sie sich niederließen, Eigenbewegung habe. Nicht nur, daß sie sich dann und wann drei oder vier Meter über ihre ursprüngliche Lage hinaus aus dem Wasser hob und alsdann wieder weich zurücksank, bis sie ganz und gar untergetaucht war, wobei kurze Wellen und Wirbel über ihr zusammenschlugen: sie dehnte sich vielmehr aus und ließ sehr weit vor sich Buckel und wellige Gebilde auftauchen, gezackt wie Sägen, die über das Meer hinglitten wie die Windungen einer kriechenden Schlange.

Immerfort, mehr als hundertmal, mußten sie das ölartige Wasser, das faltenlos, furchenlos den Schiffsrumpf umschloß, und das zinnene Schimmern der glatten Wasserfläche anschauen, um sich jäh bewußt zu werden, daß die Eisscholle etwas Lebendiges sei. Im gleichen Augenblick aber hob sich ein seltsamer weißer Riemen, dick wie ein Pökelfaß, in die Luft, wie eine riesige Peitschenschnur, teilte pfeifend einen dichten Sturmvogelschwarm und schlug mit dumpfem Klatschen unter aufspritzendem Schaum und Dampf ins Wasser zurück. Mit einem Satz verschwanden die drei Matrosen im Niedergang. Eine ganze Weile lag das Deck wie ausgestorben. Die Laterne am Großmast war nicht ausgelöscht worden. Das erste, was der an Deck kommende Kapitän tat, war, jene Laterne auszublasen; dann ging er weiter und stieg auf den Bug.

Er hatte seinen roten Schlafrock und Pantoffeln an. Hinter ihm knöpfte sich Larreguy den Regenmantel zu. »Na ja«, sagte der Kapitän; »da haben wir, glaube ich, die schönste Schweinerei von der Welt.«

»Kadaver?« fragte Larreguy. – »Ich glaube nicht«, sagte der Kapitän. »Aber desto besser; denn er würde schleunigst anfangen zu stinken. Und zwar viel zu toll, als daß wir uns dem Gestank leichterhand entziehen könnten. Übrigens ist gar nicht einzusehen, weshalb das Tier da tot sein sollte. Ich glaube, es geschieht zum erstenmal, daß man eins an der Oberfläche sieht. Übrigens, sehn Sie doch bloß!«

In diesem Augenblick ließ das weiße Tier wieder einen seiner riesigen weißen Fangarme durch die Luft zischen. »Das ist ungeheuerlich«, sagte Larreguy. – »Was suchen Sie?« fragte der Kapitän; »bitte vergessen Sie nicht, daß ich mich geweigert habe, die kleine Harpunenkanone mitzunehmen, die uns vor dem Auslaufen angeboten worden war. Gut, daß ich sie nicht mitgenommen habe. Wir hätten jetzt bestimmt nicht übel Lust, auf die weiße, mit Vögeln bedeckte Masse da zu schießen. Sie haben doch nach einer Möglichkeit dazu Ausschau gehalten, nicht wahr?« – »Ja«, sagte Larreguy; »wenn wir bloß eine Waffe hätten!« – »Na«, sagte der Kapitän, »haben wir denn keine? Pulver, Knall, Kanonen und Granaten: so etwas brauchen wir nicht. Sehen Sie sich die Geschichte an, und dann wollen wir sie uns zunutze machen. Denken Sie an Ihre Engel. Haben Sie noch immer Lust, mit Kanonen auf Engel zu schießen?«

Während die Sonne stieg, begann das Tier, sich auf der Meeresoberfläche langsam zu regen. Nach und nach breitete es rings um seinen Kopf vier große Fangarme aus und schleuderte sie vorwärts. An ihnen entlang ließen sich sogleich in wirrer Hast die Vögel nieder und begannen zu picken, wie sie es bereits unter Gezeter und Kampf auf dem großen Käferkörper des Tieres taten, der so unermeßlich war, daß er einer Insel glich.

»Auf diese Weise«, sagte Larreguy, »läßt er sich bei lebendigem Leibe von den Vögeln auffressen.« – »Das glaube ich nicht«, sagte der Kapitän. »Hier handelt es sich um nichts als um eine Reinigungsprozedur. Der Gute ist an die Oberfläche gestiegen, um sich saubermachen zu lassen. Nur eins ist mir noch nicht klar, nämlich: wer diese Zusammenkunft zwischen dem Kraken und den Vögeln veranlaßt hat. Es wäre interessant, das herauszubekommen. War er es, der durch eine geheimnisvolle Ankündigung, der gegenüber wir völlig unempfindlich sind, den Vögeln über Tausende von Kilometern hinweg von hier aus Nachricht gegeben hat, sie sollten in hellen Haufen nach der Stelle kommen, wo er auftauchen werde? Oder hat er dort unten in seinen finstern Tiefen den Ruf der Vögel und die unter ihrer Wolke hängende Dunkelheit wahrgenommen?

Was man vor allem wissen müßte, und was mich jetzt geradezu leidenschaftlich erregt, das ist, herauszubekommen, auf welche Weise der gigantische Tiefseebewohner die Vögel hat benachrichtigen können. Denn sehen Sie sie an: es sieht aus, als wäre das Ganze ein Spiel!«

Es war in der Tat ein ungeheuerliches und herrliches Spiel, das da zwischen dem gewaltigen, weißen Kraken und den Schwärmen der Vögel, die ebenso weiß waren wie er, gespielt wurde. Er bewegte sich mit der Schwerfälligkeit einer riesigen Masse, wenn er seine langen Fangarme regte oder die Bartfasern hin und her bewegte, mit denen er sich ganz langsam im Wasser vorwärts schob. Die auf ihm versammelten Vögel bepickten ihn am ganzen Körper. Von Zeit zu Zeit stoben sie in einer Wolke auf, und an der Stelle, die sie verlassen hatten, war die Haut des Tieres weiß und rein wie Schnee. Bisweilen erhob sich nach einem der fliegenden Vogelschwärme hin einer der langen Fangarme, und während der Schwarm kreiste, schien der riesige weiße Riemen ihn zu suchen, als wolle er ihn streicheln, als wolle er ihn bezaubern. Sobald der Fangarm auf das ruhige Wasser niederklatschte, fielen die Vögel, ohne sich um den Schaum und den Sprühregen, die er aufgischten ließ, zu kümmern, mit ihm zugleich nieder; mit glühendem Eifer machten sie sich auf der Stelle daran, auf ihm zu picken. Wenn man das Spiel mit dem Fernglas betrachtete, bemerkte man, daß die Vögel sich von einer Kruste von Algen, Muscheln und kleinen Krabbentieren ernährten, die den Kraken ganz und gar bedeckte.

An den Stellen, die sie gesäubert hatten, begann die Haut des völlig weißen Tieres im Sonnenlicht zu irisieren und an den Neigungsflächen nach dem Wasser hin spiegelnd zu blitzen und zu funkeln.

»Und jetzt kommt der Geruch«, sagte Larreguy. – »Ich merke ihn schon lange«, sagte der Kapitän. »Aber ich bin außerstande, zu sagen, woran er erinnert. Schon an dem Tag, als ich den Magenauswurf des Pottwals untersuchte, ist mir die Neuartigkeit dieses Geruchs aufgefallen. Man kann nicht sagen, er sei unangenehm; er wirkt sogar beim ersten Anflug recht angenehm. Aber man ist außerstande, zu sagen, woran er erinnere.« – »An den Frühling«, sagte Larreguy. – »An den Frühling«, sagte der Kapitän, »freilich; aber an was vom Frühling? Weder an das Veilchenhafte, noch an das Narzissenhafte unsres Riesenrochens. Diesmal erinnert er nicht an das Leichenhafte des Frühlings. An eine Blume? Einen Baum? Ein Kraut? An was? Was haben Sie dabei im Kopf?«

»Nichts«, sagte Larreguy; »es ist ein neuer Geruch. Wenn es nicht vielleicht die allgemeine Idee des Frühlings ist.« – »Dabei hat doch dieser ungeschlachte, schneeweiße Bursche, der sich das Fell von hunderttausend Sturmvögeln kratzen läßt, nicht das mindeste Frühlingshafte an sich. Sehen Sie sich das nur mal an, ob das ein Frühlingsanblick ist.«

Tatsächlich begann jetzt das weiße Ungetüm, dessen Rücken fast gänzlich gesäubert war, sich im Meer auf die Seite zu wälzen, wobei es knorplige Wammen auftauchen ließ, deren Klebrigkeit man vom Schiff aus schimmern sah. In einer Art krampfigem Behagen schien das Tier sich auszurecken, und immer häufiger schwang es seine langen Fangarme durch die Luft. Aber anstatt sie hochzuschnellen und dann wie einen Peitschenhieb wieder ins Wasser zu klatschen, ließ es sie jetzt nachlässig im Sonnenschein schweben, wobei es sie beinahe senkrecht in die Luft stieß, sie drehte, so daß man die riesigen Reihen von rosa Saugnäpfen sehen konnte; und hin und wieder verfolgte es träge und höchst verständig die Vogelschwärme, die es umkreisten. Einmal schnellte aus der äußersten Spitze der Fangarme etwas wie Büschel langer, goldener Finger hervor, die sich plötzlich krümmten, einen Albatros ergriffen und ihn eine Welle gefangenhielten, während er sich anfangs sträubte, dann aber Hals und Flügel schlaff hängen ließ, worauf die sich öffnenden Finger den Vogel tot ins Meer fallen ließen. Bei jeder dieser Bewegungen (und jetzt hatte sich das Tier im Wasser fast auf den Rücken gewälzt) sank der Geruch sehr dicht und gleichsam gebündelt auf das Schiff.

»Möge dem sein, wie ihm wolle: mir wird bei diesem Geruch nur eins klar bewußt, nämlich der Frühling«, sagte Larreguy. – »Ich muß gestehen«, sagte der Kapitän, »daß das auch mein Eindruck ist. Aber ich bekomme nicht heraus, was vom Frühling. Frühling bedeutet doch schließlich etwas! Was vom Frühling? Humus im Frühling? Humus, den die erste Maisonne erwärmt? Regenschauer? Regenschauer, die kilometerweit durch dichte Blütenbäume aller Art gerieselt sind und die der Wind wagerecht über die Erde dahintreibt? Duftet es danach, Larreguy?« – »Nein«, sagte Larreguy; »Frühling.« – »Zum Kuckuck, das weiß ich auch«, sagte der Kapitän: »aber ich frage noch einmal: was vom Frühling? Für mich ist er ebenfalls ein Frühlingsgeruch, dieser erstickende Duft. Aber damit kann ich mich nicht zufriedengeben. Ich bringe es nicht fertig, aus alledem die Beziehung herauszuwittern, die dieser Geruch *zu unserm irdischen Frühling* haben könnte.«

»Er steht dazu in keinerlei Beziehung«, sagte Larreguy; »aber es ist dennoch ein Frühlingsgeruch. Er sagt an sich viel mehr aus als die irdischen Frühlingsdüfte, die ich bisher geatmet habe. Wenn ich es Ihnen denn sagen soll: er übt auf mich eine Wirkung aus, die höchst bezeichnend für den Frühling ist.« – »Es ist freilich schon ein paar Monate her«, sagte der Kapitän, »daß wir die liebenswürdigen Gefährtinnen verlassen haben, mit denen sie sich sicherlich Ihre jungen Mußestunden als unverheirateter Mann versüßt haben werden.« – »Genau das habe ich sagen wollen«, sagte Larreguy; »aber ich versichere Ihnen, daß es mir bis jetzt nicht besonders schwer gefallen ist.« – »Und ausgerechnet das Suhlen dieser üblen Ferkelei muß Sie daran erinnern?« – »Entschuldigen Sie«, sagte Larreguy, »aber es ist tatsächlich mein physischer Eindruck, und ich empfinde ihn recht lebhaft. Sofern wir denn schon versuchen müssen, uns das Frühlinghafte des Geruchs zu erklären, der uns umströmt.« – »Den Teufel auch, natürlich sollen Sie das«, sagte der Kapitän; »gerade darauf kommt es ja an. Sie brauchen sich nicht zu entschuldigen. Genau dasselbe empfinde ich ja auch, trotz meiner fünfzig Jahre. Also brauchen Sie sich deswegen nicht zu schämen. Diese infernalische Meeresmacht scheint uns höchst eindringlich finstere Dinge zu erklären. Trotz all unsres Verstandes verstehen wir sie nur erst halb, und schon das allein ist verflucht erschreckend.«

Jetzt hatte sich der Krake ganz auf den Rücken gewälzt und einen geschmeidigen, außerordentlich klebrigen Bauch auftauchen lassen, auf dem die Vögel haften blieben und von Zeit zu Zeit heftig zappelten. Schwärme von kräftigeren Albatrossen und Sturmvögeln versuchten, sich durch ungebärdiges Flügelschlagen von dem leuchtenden Leim loszureißen, der den ganzen Bauch des Kraken bedeckte. Der Geruch war immer eindeutiger geworden, und schließlich gewahrte der Kapitän, der durch sein Fernglas schaute, etwa in der Bauchmitte des Ungetüms eine Art Strudel von schlaffem Fleisch, dem ruckweise eine fischige, weißliche Flüssigkeit entquoll. Die sichtbaren Teile des aufgetauchten Kraken durchrannen heftige Zuckungen; sie riefen auf der ruhigen See eine Unzahl von Wellenringen hervor, ähnlich denen, die nach

Steinwürfen auf der Wasseroberfläche entstehen. Während die leimartige Flüssigkeit sich ergoß und den Bauch und die Vögel überschwemmte, war der Geruch auf eine erschreckende Weise unmißverständlich geworden.

Es roch nach Krapfenteig, Kastanienblüten, feuchtem Mehl, fadem Ei, keimendem Getreide. Eine Art Trunkenheit schien sich der Vögel bemächtigt zu haben. Während sich immer mächtigere Ströme jenes klebrigen Stoffes ergossen, stürzten sie sich mit aller Macht auf den Bauch des Kraken und schlugen ihn mit den Flügeln und Schnäbeln. Sie erhoben sich in dichten Strudeln bis hoch in den Himmel hinauf, unter Geschrei und in einer Erregung, daß sie einander gleichsam bekämpften und als eine wirre Masse auf den weißen Lederbauch des Kraken niederfielen, der jetzt ein einziger klebriger Morast war.

Jedesmal blieben viele Vögel haften und schlugen in jener leimartigen Ausscheidung, die in immer größeren Mengen der offenen Fleischspalte im Bauch der Molluske entquoll, wild mit den Flügeln. Die Vögel, die auf diese Weise gefangen blieben, unternahmen samt und sonders grausige Anstrengungen, um sich aus der schleimigen, stark riechenden Ausscheidung zu befreien. Man konnte ihre krampfigen Zuckungen sehen, wenn sie gleichzeitig die gespreiteten Flügel und die Hälse reckten; aber es waren dermaßen viele, sie waren so sehr ineinander verfilzt, und die Ausscheidung wallte und flutete in einem solchen Übermaß über sie dahin, daß sie alsbald darin erstickten. Eine dicke Schicht toter, haften gebliebener Vögel klebte auf dem Bauch des Kraken. Immerfort ergossen sich weitere Strudel des leimigen Stoffes aus dem Lederbauch, während die wirbelnden Vogelschwärme in stets gesteigerter Trunkenheit darauf niederstießen, wild mit den Flügeln schlugen und haften blieben. Der Geruch in seiner schauerlichen Eindeutigkeit mußte jetzt das Meer auf eine beträchtliche Strecke hinaus bedecken. Die Vögel lagerten nicht mehr wie eine weiße Staubschicht auf dem Wasser, sondern sie schlossen sich zusammen, als treibe sie der Sturmwind des seltsamen, grausigen Gewitters; sie bildeten fliegende Säulen und stoben in dichten, strahlhaften Geschwadern auf; sie schwangen sich in ihrer Bestürzung bis in die höchsten Himmelshöhen, weit über den Vulkan von Tristan hinaus.

Als eine dieser Säulen vor die Sonne geriet, warf sie einen geraden Schatten wie ein Baumstamm.

Aber dort oben, in der höchsten Azurhöhe, geschah es, daß sich die äußerste Spitze dieses Aufbrodelns von Vögeln schließlich bog wie der Kamm einer Woge, und plötzlich stürzte die ganze mächtige Säule unter gellendem Geschrei auf den reglosen Bauch des Kraken nieder, dem nach wie vor der duftende Morast in quellenden Massen entsprudelte und sich ergoß. Sogleich vereinigten sich den bereits haften gebliebenen Vogelmassen neue, zuckende Massen von Flügeln und Federn, um schließlich mit absonderlich weit gespreiteten, nach Leben ringenden Flügeln in jenem Leim zu verenden.

Das dauerte den ganzen Morgen hindurch an, ohne daß weder die Matrosen noch der Kapitän, noch einer der Offiziere daran gedacht hätten, sich auch nur um einen Schritt von dem Schauspiel abzuwenden. Kaum daß der Kapitän von Zeit zu Zeit wortlos Larreguy das Fernglas reichte.

Gegen Mittag wurde das Sichaufschwingen der Vögel immer massiger. Nun aber begann die grausig dicke Schicht von Flügeln und Federn, die den Bauch des Kraken bedeckte, sich bröckelnd auf seinen beiden Seiten langsam abwärts ins Meer zu wälzen.

Die Vögel waren zu einer ungeheuren Masse zusammengekittet, die im sanften Geplätscher des Wassers, das durch eine sehr schwache westliche Brise bewegt zu werden begann, fest zusammenhielt. Das schwankende Wiegen der See hob bisweilen die riesige Masse des treibenden Kraken, und nach und nach schien er das schwankende Wasserwiegen auszunutzen, um sich immer weiter an der Oberfläche auszubreiten und auf diese Weise den gigantischen, nach Pollen riechenden Sumpf, in dessen Schleimigkeit die Vögel verendeten, noch weiter auszudehnen. Äußerst langsam streckte das ungeheure Tier schließlich nacheinander die sieben langen, mit Saugnäpfen besetzten Fangarme aus, die sich Hunderte von Metern ins Meer hinein dehnten. Er begann, sie einen nach dem andern wie die Finger einer Riesenhand zu erheben, und stieß sie senkrecht in die Luft.

Die Vogelsäulen schossen unaufhaltsam bis in ungeheure Höhen auf. Bisweilen kam einer der langen Fangarme und schlang sich um den aufbrodelnden Vogelstrahl wie eine Weinranke um einen Pfahl. Aber ihr Schwung gen Himmel war so mächtig, und die Kraft ihrer Flügel trug sie so rasch in die Höhe, daß der Fangarm niemals etwas Festes umschnürte und mitten zwischen ihnen hindurchschwang wie durch Rauch. Seit jene schäumende, klebrige Masse mit ihrem Geruch nach feuchtem Mehl angefangen hatte, dem Bauch des Kraken zu entquellen, hatten die Vögel ein dermaßen durchdringendes Geschrei ausgestoßen, daß das ununterbrochen gellende Kreischen die Ohren der Seeleute genauso taub gemacht hatte wie eine große Stille. Abgesehen von der leichten Wellenbewegung des durch die schwache Westbrise aufgerauhten Wassers verharrte alles in tiefster Ruhe; denn selbst das Aufbrodeln der Vögel, obwohl es sich außerordentlich jäh und rasch vollzog, war so eigentümlich und währte so lange, daß es ebenfalls zu einem Element der Stille geworden und mit den Unermeßlichkeiten des Himmels und des Meeres verschmolzen war.

Die Bewegungen der riesigen Fangarme nun aber geschahen so geschmeidig und so langsam, so schwerelos und ohne Kraftanspannung, daß man sie auf die Dauer unmöglich von der Unbeweglichkeit alles übrigen zu sondern vermochte.

Weder das Aufstieben der Vögel noch das Peitschen der riesigen weißen Riemen muteten an, als seien es Bewegungen, noch schienen sie von irgendwoher gekommen oder aufgetaucht zu sein; es war vielmehr alles da wie die unwandelbare Gegenwart von Himmel und Meer. Nichts wirkte ungewöhnlich, sondern im Gegenteil: es war alles überaus logisch, und mehr noch als daß sie sich dem seltsamen Anblick hingaben, schauten die Männer, die die Zeit vergaßen, vor sich hin, so wie man, ohne dessen müde zu werden, das leere Meer anschaut, das ruhevoll zwischen den vier kahlen Horizonten lebt.

Kaum daß gegen Mittag der aus der Kombüse kommende Quéréjéta versuchte, die beiden Glockenschläge zum Mittagessen zu vollführen. Zwar hob er die Hand nach dem Strick; aber nachdem er sie gleich wieder hatte sinken lassen, ohne die Glocke angeschlagen zu haben, schlich er auf seinen weichen Sohlen bis an die Reling, von wo aus auch er das Schauspiel zu betrachten begann, ohne sich noch der Zeit, der Stunde bewußt zu sein.

In dem Augenblick, da die Sonne jäh gegen den Horizont hinabstürzte, sah man plötzlich zwei oder drei lange, bläuliche Funken aus dem Kraken aufzucken, die mit weichem Geräusch in der friedlichen Luft knisterten. Als dann, wie gewöhnlich, die Nacht mit einem Schlag hereinbrach, erzitterte plötzlich etwas wie ein fahler Lichthof in schimmernden Wellen mit Regenbogenrundungen, der von dem Ungetüm ausging; und die Molluske überwölbte sich mit einer großen Kuppel von weißlichen Phosporeszenzen.

Der Polyp hatte seine langen Fangarme wieder ins Meer gesenkt, und während die schlammigen Vogelmassen an seinem Leibe klebten, und während unaufhörlich neue Kolonnen mit gellendem Geschrei darauf niederschmetterten, hatte er begonnen, das Meer mit seinen ungeheuren Armen langsam zu durchwühlen, wobei er seltsame Spritzer von goldenem Licht daraus aufschießen ließ.

Schließlich knetete er gleichsam das Meer und die großen Massen toter Vögel in dem nach Mehl riechenden Samen, und nach und nach ließ er rings um sich ein seltsames Bett von Licht und Feuer aufbrodeln, darin sprudelnde Wirbel inmitten von Sprühregen und strahlendem Gischt die zerfetzten Körper Tausender von Vögeln trugen, die mit gespreiteten Flügeln verendet waren.

Immerfort glitt über die erleuchtete Dämmerung der schwarze Schattenzug der Vögel, die in ihrem letzten Krampfringen, sich aus dem Morast loszureißen, wie gekreuzigt anmuteten. Ihr langer Todeskampf hatte sie starr gemacht wie Eisen.

Manchmal ließ das leise Wiegen des Wassers sie halben Körpers auftauchen; dann begann das dem Kraken entstrahlende Licht auf den Schwungfedern ihrer Flügel zu leuchten, und plötzlich schien sich die ganze Meeresweite, darauf der Krake hingebreitet lag, mit irisierenden Kristallen zu bedecken.

Von Zeit zu Zeit schossen bläuliche Blitze, die mit einem weichen Geräusch verknisterten, aus der weißen Lederhaut der Molluske; dann wurde die schwebende Vogelsäule über und über beleuchtet, und man sah sie in bebendem Blau aufgerichtet wie einen verlodernden Palmenstamm.

Das Licht, das der Fisch ausstrahlte, war keine gewöhnliche Phosphoreszenz, sondern wie der Lichtschein, den eine große Laterne wirft. Es leuchtete bis zum Schiff und sogar noch darüber hinaus nach der Insel hin, bis zu den Hütten am Fuß des Klippenhangs.

Um Mitternacht begann der Krake, sich langsam um sich selbst zu rollen, und als er dem Schiff seinen Bauch zuwandte, konnte man sehen, daß das Loch nicht länger den Schleim ausströmte, in dem die Vögel sich verfangen hatten.

Im gleichen Augenblick wälzte sich das Tier ganz und gar im Meer herum, und sogleich nahm man wahr, daß das von ihm ausgehende Leuchten ein Licht von ganz besondrer Art und daß es bislang durch ein dichtes Gefilz von Federn und Flügeln verdeckt worden war; denn sobald der eigentliche, saubere Rücken des Tieres auftauchte, verbreitete sich ein heller, kräftiger Strahlenschein über das Meer, der über die Höhe der Schiffsmasten hinausdrang und bis zum Saum des Klippenwalls hinaufleuchtete.

Betroffen brach alles, was noch von des Fliegens fähigen Vögeln übrig war, das säulenhafte Sichaufschwingen ab und stürzte wie ein Regenguß in das erleuchtete Meer.

Jäh war das Vogelgeschrei verstummt, und das Eintreten der plötzlichen Stille ließ die Seeleute auffahren wie das Einsetzen eines plötzlichen Lärms. Jetzt war, so hoch man in den von dem Kraken erhellten Himmel hinaufsehen konnte, der Himmel leer. Von Zeit zu Zeit sprangen bläuliche Blitze aus dem Tier auf und stiegen wie ein Regenbogen ins Dunkel, um in dem grauen Licht zu zerfließen, das gleich einem Hof den Schauplatz umschloß.

Bei einem dieser Blitze wurde deutlich, daß sich das Tier noch immer um sich selber drehte und daß es bald gegenüber der Bucht anlangen mußte, dort, wo das Schiff lag. In der Mitte der ungeheuerlichen weißen Masse, an deren Oberfläche unaufhörlich die lichtbildende Kraft zitterte, die dann und wann Blitze schleuderte, wurde bald eine große, schwarze Kugel sichtbar. Alles war hell, bis auf diese Kugel, die auf der aus dem Wasser ragenden Gestalt vorsprang und die wie Teer war. Allmählich, als das Tier sich mehr und mehr darbot, sah man in dieser schwarzen Kugel etwas wie ein Lichtfenster aufblitzen, und schließlich erkannten alle, daß es ein Auge sei. Wie der Widerschein auf jenem Auge erkennen ließ, schien dieses lidlose Auge gerade vor sich hin zu starren.

Instinktiv blickten die Matrosen um sich, und jeder merkte mit Schrecken, daß das Licht des Kraken hell genug war, sie einen deutlichen Schatten werfen zu lassen. Mehr noch: das Schiff selber mitsamt seinen Masten warf einen Schatten bis auf den Klippenwall. Langsam und unablässig drehte sich das Tier um sich selbst und wies dem Schiff seine beiden Augen. Man sah, daß sie beide größer und größer wurden, und nun wußte man, daß das Tier sich durch die Nacht vorwärts bewege.

Nach und nach dämpfte es sein Licht, und bald glomm dort vor ihnen nur noch eine kleine, halb verwischte Phosphoreszenz, die kaum gestattete, die beiden riesigen, unbeweglichen Augen zu erkennen; und ein ganz schmaler, aus dem Meer aufschnellender, fahler, sehr langer Riemen, der nichts andres als der erhellte Rand eines riesigen Fangarms war, wogte äußerst langsam schwebend durch die Luft, beschrieb vor den Nachtsternen eine Arabeske, die sich unablässig zu einer Acht zusammenschlang und wieder löste, und kam durch das Dunkel hindurch dem Schiff immer näher.

Mit erhobenem Blick folgten sie ihm, bis er endlich über dem Schiff war, dessen Mastspitze er berühren mußte; denn plötzlich machte das Schiff auf seinem Kiel einen Satz wie ein zur Seite springendes Pferd, während gleichzeitig der jäh ganz und gar erhellte, gigantische, ein paar Tonnen schwere Fangarm in der Luft nur wenige Meter über ihren Köpfen auftauchte, wo er wie eine Peitschenschnur schwebte. Im gleichen Augenblick schnellte vor ihnen, heftiger und mehr von Licht umstoben als Raketen, das ganze ungeheure Bündel der sechs Fangarme empor bis zu schwindelnden Höhen. Und während die ganze Mannschaft in wirrem Durcheinander über Deck rollte, verlosch alles mit einem Zischen, wie wenn Glut in Wasser taucht. Man hörte das Meer über einem großen Loch zusammenklatschen und sich schließen.

In der tiefen Dunkelheit riefen sie einander bei Namen. »Licht machen!« rief der Kapitän. – »Sämtliche Laternen brennen«, sagte Larreguys Stimme; »der verdammte Übergang zur plötzlichen Finsternis blendet uns.« Und wirklich fing man nach und nach an, das Deck des Schiffes unter seinen Positionslampen und der Laterne am Mast zu erkennen. »Wer hat Licht gemacht?« fragte der Kapitän. »Ich«, sagte Noël Guinards Stimme.

Es war schwierig, auszumachen, ob dort vor ihnen das dunkelgewordene Tier nach wie vor an der Oberfläche schwamm. Man hörte lediglich in der Finsternis dann und wann Vogelschwärme vorüberrauschen; sie zogen gen Norden, über die breiteste Stelle der Insel hinweg. Alle vernahmen jetzt wieder die Brandungswellen, die gegen die Steilküste andonnerten. Eine ziemlich kräftige Brise wehte von Norden her. Das Schiff geriet an der Ankertrosse langsam ins Treiben; doch als die Trosse dann straff geworden war, stoppte es und dümpelte ganz leicht. Die Nacht war sternlos. Alle Geräusche tönten nach und nach tiefer und voller, als dröhnten sie unter einer Höhlenwölbung; und plötzlich zerplatzten überall dicke, warme, runde Wassertropfen. Es regnete.

VIII. Regen

Die ganze Nacht hindurch fällt der Regen in machtvollen Güssen, die man auf Deck toben hört. Zwischendurch herrscht manchmal Windstille; dann hallt das Brüllen der Brandungswellen, die rings um die Insel wider die Klippen wogen; und dann setzt in der Ferne das Sirren der nächsten Regenböe ein. Sie geht auf das Schiff nieder und zerstampft alles. Das Deck, das den ganzen Monat lang, den das Schiff vor Anker liegt, unter der Sonne dörrte, hat seine Fugen klaffend aufgetan, und sogleich fangen überall die Tropfen an, in die unteren Räume zu rieseln, sowohl in die Kapitänskabine als auch in die Messe, in das Logis, in Quéréjétas Kombüse. Die Tropfen schlagen klingend auf die Fußrosten, auf die Kisten, auf die Kochtöpfe, auf die Kessel, auf die Kästen; sie klatschen auf die ledergebundenen Bücher, auf die aufgehängten Kleidungsstücke, und nach und nach wird der Regengeruch Herr über das ganze Schiffsinnere.

Die Morgendämmerung kommt sehr spät, und dann zeigt sie eine Wolkendecke, von der Nebelschleier so tief niederhängen, daß sie die Mastspitzen berühren; dazu die schrägen Streifen des unermüdlichen Regens. Eine wackere, stetige Brise setzt ein und entrafft dem Meere Gischt.

Seit der Morgendämmerung ist das Licht um eine Stufe

heller geworden; doch jetzt bleibt es, wie es ist; nur daß Regenschauer es bei ihrem Nahen zudecken. Zwar ist die Wolkendecke einförmig grau; aber die Regengüsse hängen darunter wie die Zähne einer Egge und ziehen geruhsam da und dort übers Meer. Sie hängen schwarz und schräg, und an den Stellen, wo sie wie Fußtritte auf das Wasser treffen, sprühen Dunst und Staubregen auf, die der Wind davonträgt. Jedesmal, wenn ein Regenschauer in die Bucht eindringt und auf das Schiff schlägt, stößt es mit dem Heck nach achtern und bebt vom Kiel bis zur Mastspitze wie ein scheuendes Pferd. Die Regenschauer, die es bald von vorn, bald von Steuerbord oder von Backbord angreifen, bringen es zum Dümpeln, ehe sie quer durch die Bucht davonziehen, wo sie breite Wasserstrecken zerstampfen, so daß das Blattwerk und die Stämme des großen Algengürtels sichtbar werden.

Der Kapitän hat versucht, einen trockenen Platz ausfindig zu machen, wo er seinen Schlafrock aufhängen kann. Aber nach und nach bleibt ihm nichts übrig, als ihn aus allen Kabinenecken, wo er ihn aufgehängt hat, wieder wegzunehmen. Nur noch ein Ausweg bleibt ihm: er legt ihn zwischen die Laken in sein Bett. Seine Decke ist naß, seine Laken werden feucht, seine Jacke ist durchnäßt, seine Pantoffeln füllen sich mit Wasser. Er macht seine Kiste auf und nimmt seine Gummistiefel heraus. Sein Kopf ist naß, sein Haar ist naß. Er langt nach seiner Mütze; er muß sie ausschütten; sie hat verkehrt herum auf der Kiste gelegen und sich bereits mit Wasser gefüllt. Er langt sich seine Schuhe und seinen Ölmantel her. Vorsichtig klappt er den Deckel seiner Kiste einen Spaltbreit hoch, um einen seiner dicken Wollpullover herauszuziehen. Er tut das möglichst rasch. Er drückt ihn an seine Brust; er geht und stopft ihn in sein Bett, neben den Schlafrock. Auf diese Weise hat er nachher etwas Trockenes zum Anziehen. Ebenso vorsichtig verfährt er, als er ein Flanellhemd aus der Kiste zerrt; er stopft es gleichfalls ins Bett unter die bereits nasse Decke. Er breitet seinen Mantel auseinander, er schlüpft in seine Jacke, zieht sich die Gummistiefel an, stülpt sich den Südwester über und geht an Deck. Man muß vor den plötzlichen Rückstößen auf der Hut sein, die das Heck jedesmal vollführt, wenn ein Regenguß auf das Schiff niedergeht. Er läßt loten. Überall sind sieben Meter Wasser unter dem Kiel. Also ist der Heckstoß ungefährlich. Aber es muß mit der Abdrift gerechnet werden, da nur ein Anker ausgeworfen ist. Er läßt das Boot aussetzen, damit überall dort gelotet wird, wo das Schiff hingetrieben werden könnte.

Zu diesem Zweck fährt Jaurena mit zwei Matrosen los. Sie sind noch keine zehn Meter vom Schiff entfernt, als der Regen sie schon völlig aus der Welt ausgelöscht hat. Kaum daß man durch die Schräglinien des niederrauschenden Wassers den hellen, kontrastlosen Fleck des Bootes und der Ölmäntel sieht. Obwohl sie in der Bucht sind, scheint eine kleine, einigermaßen harte Dünung die dort unten im Boot ziemlich heftig zu schütteln. Oder verwässert der Regen so sehr ihre Farbe und ihr Aussehen, daß er sie bisweilen verschwinden läßt, als versänken sie in der Dünung? Dabei sieht es aus, als ob die Seen sie bisweilen höben; dann sieht man ihre Ölmäntel über dem Schanzdeck des Schiffes schimmern. Einen Augenblick danach ist an der Stelle, wo sie geschimmert haben, nichts mehr zu sehen als ein heller Fleck, der ein seltsames Gischtglimmen sein kann, oder vielleicht *das Loch in der Welt,* das sie gemacht haben, ehe sie verschwanden.

Das stete Dümpeln auf ein und derselben Stelle ist sehr quälend. Nicht, weil das Schiff vom Wasser gehoben wird, sondern weil es unter dem Druck der Regenmassen stampft, die es auf grausame Weise hinnimmt. Dann scheint es sich auf die Hinterhand zu setzen wie ein Pferd, das die Flechsen einknickt; und wenn es sich wieder aufrichtet wie das Pferd, dann nur, um hart die Lenden zu straffen, während die See auf dem Schiffsrumpf einen donnernden Paukenwirbel vollführt.

Es scheint, als sei Jaurenas Boot unsichtbar geworden. Ob er loten kann, so daß etwas dabei herauskommt, ist zweifelhaft. Es ist ihm befohlen worden, er solle nicht weiter als zweihundert Meter westlich fahren. Denn nur dorthin kann das Schiff abgetrieben werden.

»Auf jeden Fall müßte das Boot angerufen werden, damit es nicht zu weit nach Westen abkommt. Es könnte sehr wohl sein, daß sie bei diesem Regen den beiden Strömungen nicht ausweichen können, die sich an der Einfahrt der Bucht gabeln.«

Der Kapitän ruft durch sein Sprachrohr; aber bei diesem Regen ist es, als breche sich die Stimme an einer Mauer. Jedenfalls kommt vom Boot her keine Antwort. Aber in einer Windpause zwischen zwei Böen sieht man es plötzlich an der Grenze des Bereichs, wohin es hatte rudern sollen, und eine See hebt es und läßt es wieder sinken. Es muß ihm zugerufen werden, es solle sich ein bißchen mehr nach Backbord zurück halten. Aber es scheint, als habe es nichts gehört. Hoffentlich ist es auf der Hut vor den Strömungen. Um so mehr, als man unmöglich wissen kann, ob der Krake nicht vielleicht immer noch dort ist, wo er gestern den ganzen Tag über mit den Vögeln gespielt hat. Aber die Sicht geht heute nicht über die Hundertmetergrenze hinaus, innerhalb deren sich das Boot hält. Und auch das Boot dahinten ist ganz verwischt durch den Regenspeichel, der unablässig zwischen den Böen niederfällt. Weitere Böen kommen von Westen und decken es zu.

Dennoch muß von Zeit zu Zeit das Boot angerufen werden; aber nach und nach sieht man es langsam zurückkommen; immerfort wird es hart von den Seen geschüttelt, und endlich legt es an. Es hat dreimal loten können, und dabei hat sich ergeben, daß man in dem ganzen Bereich, wohin das Schiff abgetrieben werden könnte, keinesfalls auf Grund geraten kann. Jetzt rauschen die stets heftigeren Regengüsse immer regelmäßiger nieder, und schließlich, gegen Mittag, kommt es zu einem sehr heftigen Dauerregen, der weder Anfang noch Ende hat. Doch das Deck ist gequollen; seine Fugen haben sich geschlossen, und es regnet nicht mehr in die unteren Räume.

Es sind drei Persennings über die Wasserreservoire ausgespannt worden, damit das Regenwasser aufgefangen wird, und man hört im Schiffsinnern das trommelnde Rauschen dieser großen Regenrinnen. Der Wind scheint unaufhörlich von Norden zu kommen. Gegen Tagesende scheint er sich offenbar nach NW zu drehen, so daß daran gedacht werden muß, die Bucht zu verlassen und einen so günstigen Wind für die lange Kreuzfahrt auszunutzen, die es noch bis Feuerland zurückzulegen gilt.

Am 25. Januar morgens wurde der Anker gelichtet. Das Wetter war unverändert: niedrig, finster, vollgepropft mit dichten Regengüssen, die in Böen über das Meer liefen. Doch der Wind war auch weiterhin ein wackerer steifer Nordwind mit einer Neigung, nach NNO hinüberzuwechseln. Da nun aber die Steilküste nahezu vollkommen den Hintergrund der Bucht deckte, mußte man, um in Fahrt zu kommen, das Schiff durch Rudern hinausschleppen. Das mit Archigard, Paumolle und Brodier bemannte und von Gorri gesteuerte Boot schleppte es bis über den Algengürtel hinaus. Mitten im ungefügesten aller Regenschauer seit dem Einsetzen des schlechten Wetters wurde das Boot wieder an Bord geholt; dann begann der Wind in die Segel zu greifen, und das Schiff, das sich nach zwei, drei kleinen Sprüngen wieder aufrichtete, kam prächtig voran; um zehn Uhr gelangt es in freies Wasser und ließ Tristan steuerbords hinter sich. Kaum hatte es eine gewisse Strecke zurückgelegt, als die Insel durch den Regen gänzlich weggewischt war.

Den ganzen Tag wurde in hoher Fahrt auf dem richtigen Kurs gesegelt. Das Schiff rollte regelmäßig und glitt in ruhiger Schwingung von Bord zu Bord vor dem Wind leicht wie ein Schlittschuhläufer dahin. Es ließ eine gerade Kielspur hinter sich, die sich im andauernden Regen verlor. Nirgends wurde der Himmel höher. Im Gegenteil, der Süden blieb den ganzen Tag über dicht und dunkel.

Die Nacht brach rasch herein, und die gleiche Geschwindigkeit hielt an, ohne Segelmanöver und Kursänderung. Am Morgen schien sich der Himmel überall noch dichter zugezogen zu haben, und die Pausen zwischen den Regengüssen wurden immer seltener. Es regnete schwer und fast ununterbrochen. Der Regen fiel senkrecht herab und war so gewichtig, daß er heftig auf das Deck niederklatschte. Die See war fast ohne jede Dünung, schäumte jedoch überall, und überall barst der steile Regen in sie hinein. Ohne den Wasserstaub, den der Regen auf diese Weise aus der See stieben ließ, und trotz des niedrigen, dunklen Himmels, der auf den vier Horizonten lastete, wäre die Sicht ziemlich gut gewesen; denn bei jedem Schwächerwerden des Windes konnte beobachtet werden, daß die weithin sich dehnenden Wolkenmassen nirgends bis zum Meer hinabreichten. Aber sobald der Regen wieder niederzurauschen begann, wühlte er eine Wolke von Wasserstaub auf, die zu dampfen anfing und sich auf allen Seiten dicht und beinahe fest erhob. Am 30. sprang der Wind plötzlich hart nach Osten um, dann nach Süden, und sie mußten auf dem Breitengrad des Rio Negro kreuzen. Der Wind wechselte im Lauf des Tages mehrmals die Richtung; er wand den Steilregen wie den Hanf einer Trosse und zwang zu ungewissen Manövern.

Dennoch blieb der Wind verhältnismäßig günstig. Nie wehte er unbeständig, sondern stets in gleichmäßigem Fließen; er wechselte einfach das Bett wie etwa ein Bach, der sich durch Sandgehügel schlängelt. Er sprang bei gleichbleibender Kraft von Osten nach Süden über, um kurz darauf von Norden zu wehen, ohne bei seinen Sprüngen unverhofft heftiger zu werden.

Am 4. Februar begann der Wind von Osten zu wehen, inmitten eines Regens, der sich nicht änderte, der nicht an Dichte und Stärke nachließ, der immerfort und überall gleichmäßig schwer niederrauschte. Das Schiff nahm wieder seinen richtigen Kurs nach SW auf.

Die Windrichtung schien diesmal durch einen tiefen Himmelseinschnitt festgelegt worden zu sein. Vor sich hatte man stets die gleiche zitternde Dichte des Sprühregens und der Schauer, hinter denen der schwarze Himmel zu sehen war, und am Heck blieb nichts als eine etwa zehn Meter lange, starre Kielspur zurück und verlor sich dann gleich im Regen. Die Nächte hindurch rollte unablässig das Regengetrommel auf Deck. Man hörte es, sobald die Nacht, die sich der Dunkelheit anglich, den zitternden Sprühregen, die bebenden Schauer auslöschte. Es hatte zwei Klangfarben: eine dunkel-stumpfe und eine helle, scharfe, die abwechselnd, dem gleichmäßigen Sichwiegen des Schiffes folgend, entstanden, je nachdem, ob sich das Deck horizontal oder vertikal dem Hämmern der schweren Wassertropfen darbot. Es begleitete genau das regelmäßige Sichrecken während der Fahrt. Am Morgen ließ das Getrommel mit dem Wachsen der Helligkeit nach, und im Hintergrund des Tages war es nur mehr ein leichtes Gemurmel, das die Geräusche der Manöver, das Hallen der Gespräche begleitete.

Unvermittelt sprang der Wind nach Westen um; zugleich kam eine kleine, zornige Dünung auf; und der immer schwerere Regen rauschte ungebärdig ringsumher und auf das Schiff. Eine kurze, ziemlich rauhe Dünung begann von allen Seiten her zu schlagen. Im Verlauf des gleichen Tages traf der stets ziemlich heftige Wind das Segelzeug von drei verschiedenen Seiten. Doch am Abend trat plötzlich völlige Flaute ein. Die regenschweren Segel fingen zu flappern an. Rings um das Schiff schwabberte die See noch ein bißchen; dann glättete sich das Wasser, und man befand sich bei strömendem Regen in einer Flaute, die es in sich hatte. Das war am 10. Februar.

Paumolle bringt allmorgendlich um sechs Uhr dem Kapitän und den Offizieren den Kaffee. Er schläft über Brodier. In der kleinen Koje, in der er schläft, hat er ein ganzes System von Schnüren ausgespannt, das von einer Wand zur andern geht; daran hängt er seine stets saubere Leibwäsche auf; denn er hat es nun einmal mit der Sauberkeit. Er nennt einen ganzen Stapel gestreifter Pullover sein eigen. Er hat vier mit Ärmeln und fünf ohne Ärmel, die nur von kleinen Trägern über den Schultern gehalten werden und seine riesigen nackten Arme und den mächtigen runden Rückenausschnitt und die Schultern frei lassen; all das ist dermaßen von der Sonne verbrannt, daß es fast schwarz wirkt.

Aber die Sonnenbräune bringt es nicht fertig, die schönen Tätowierungen zu überdecken, die seine Haut von den Handgelenken bis zu den Schultern zieren. Auf dem rechten Arm hat er eine Schlange, die sich zunächst dreimal um sein Handgelenk ringelt, dann seinen Arm hinaufschießt und sich in der Ellbogenhöhlung festbeißt. Auf dem breiten rechten Bizeps ist ein von einem Pfeil durchbohrtes Herz, aus dem blaues Blut tropft, und weiter unten fallen vier oder fünf Tränen der Schlange in den Rachen: in der Mitte des Herzens steht der Name Césarie geschrieben. Das Herz selbst ist in ein Blätterbündel gehüllt, ähnlich den ganz von kleinen Rippen durchzogenen Blättern der Fächerpalme, und dahinein hat der Tätowierer alle Feinheiten seiner Kunst gelegt; jene Blätter heben die Größe des von Césarie durchbohrten Herzens hervor. Über diesem Wald schweben vier oder fünf Vögel, die sehr schön mit verschiedenfarbenen Tuschen ausgeführt sind, vor allem ein roter; er muß ganz wundervoll gewesen sein; aber in der sonnenverbrannten Haut ist er ziegelrot geworden. Sämtliche Federn der Vögel sind mit sehr viel Sorgfalt gezeichnet. Man spürt, daß der Künstler sehr durch die seidige Beschaffenheit der sich ihm darbietenden Haut und durch die große Fläche, die er mit seinem Entwurf ausfüllen sollte, angeregt worden ist. Daher hat er auch mit Tuschen aller Farben drei schöne, chimärische Vögel gezeichnet und gepunktet, deren lange Federn, damit sie den Künstlertraum besser tragen können, in Laubwerk enden, das herabsinkt wie Trauerweidenzweige. Auf den Schultern hat er den Rückenpanzer einer Schildkröte eingeritzt, und diese Schildpattimitation bedeckt Paumolles Schultern wie ein Rüstungsstück. Auf der linken Seite hat der Künstler seinen Vogeltraum wieder aufgegriffen, und vom Handgelenk bis zur Schulter hat er Paumolles Arm mit phantastischen Vögeln verziert: halb Vögeln, halb fliegenden Bäumen,

Paumolle ist sehr stolz auf diese Schildereien. Deshalb trägt er auch am liebsten selbst bei kaltem Wetter seine ärmellosen Pullover. Um übrigens all diese Poesie vollkommen zu machen und ihr einen menschlichen Wert zu verleihen, ist sogar Paumolles Hals mit einer Linie von erbsendicken Punkten geschmückt, die den Hals umrundet, zugleich mit der Inschrift: *Längs der punktierten Linie abzutrennen.*

Kein schlechtes Wetter hat Paumolle je am Wäschewaschen gehindert. Kein Sturm hat ihm je zu schaffen gemacht, wenn er einen sauberen Pullover zum Anziehen hatte. In jeder freien Minute wirft er die Balje aus, zieht Wasser herauf und fängt an, seine Wäsche zu waschen. Sobald die Pullover sauber und trocken sind, hängt er sie über die Schnüre, die er quer durch seine Koje gespannt hat. Wenn er von der Abendwache kommt, zieht sich Paumolle erst einmal einen andern Pullover an, ehe er auf der Back herumschlendert.

An die drei Holzwände, die seine Koje umschließen, hat Paumolle Bilder genagelt; er hat sie aus illustrierten Zeitschriften ausgeschnitten, und sie stellen ausnahmslos Frauen und Parforcejagden dar.

Frauen aller Kategorien aus Modejournalen, über die Maßen prächtig mit Pelzen und Abendkleidern angetan, beladen mit Schmuck und von Haarkünstlern frisiert; oder auch Frauen im Badeanzug, manche in Farbphotos, festes, ockerfarbenes Fleisch über ganz kleinen, geblümten Badeanzügen, die auf schmalen Oberschenkeln und großzügigen Hinterteilen kleben. Es sind auch ausgeschnittene Reproduktionen von nackten Frauen darunter; sie entstammen wohl irgendwelchen Gemäldeausstellungen. Sie sind übrigens alle sehr gewählt, sehr keusch; sie liegen auf Sofas und verhüllen ihre Schätze mit lässiger Hand. Auf all diese Bilder hat Paumolle den Namen Césarie geschrieben. Doch daraus lassen sich keine Rückschlüsse ziehen; denn er hat jenen Namen genauso sorgfältig auch auf all die Bilder von Parforcejagden gemalt, die in bunter Reihe mit den Frauenbildnissen abwechseln. Er besitzt davon eine schöne Sammlung, vom Loskoppeln der Hunde bis zur Curée; und wenn er den Namen Césarie überall draufgemalt hat, zwischen die Beine der Pferde, der Hunde oder der Hirsche, so hat er den Namen Césarie auch auf ein umfängliches Bildnis der Herzogin d'Uzès in großer Toilette gemalt.

Alle Abende tritt Paumolle auf Brodiers Bettrand, macht einen Klimmzug und streckt sich auf seiner Pritsche aus. Er hebt die mit Schlangen und Vögeln bedeckten Arme, legt die Hände unter den Kopf und betrachtet lange all die Césaries, die um ihn sind.

Brodier, der sich die ganze Geschichte eine Weile angeschaut hat, hat ihm gesagt, die Pferde, die Hunde, die Hirsche und die Frauen seien alle zusammen ein komischer Salat. »Quatsch«, hat Paumolle wegwerfend gesagt. Aber jeden Morgen beim Aufstehen nimmt Paumolle die Gelegenheit wahr, wenn er aus seiner Koje steigt, und tritt Brodier mit dem nackten Fuß mitten ins Gesicht. Der wacht dann jedesmal auf, brüllt und flucht, was das Zeug hält, und droht, er werde ihn in die Fresse schlagen, worauf Paumolle ganz einfach antwortet, das hänge mit dem Salat zusammen.

Dann stapft Paumolle, während die Männer, die keine Wache haben, weiterschlafen, nackten Fußes hinaus, steigt die Leiter hinauf und geht in die Kombüse.

Dort spielt sich eine weitere Komödie ab. Quéréjéta kocht Kaffee. Und das ist eine ernste Angelegenheit. Er bereitet ihn auf seine Weise, ohne Kaffeekanne, in einem großen Kessel, in dem er lange das Kaffeepulver mit einem Holzlöffel rührt. Das wichtigste bei der ganzen Geschichte ist, das Gemisch genau bis zu dem Punkte kommen zu lassen, wo es eine Art braunen Schaums aufwirft, ohne daß dieser Schaum durch das Kochen zerplatzte. Im allgemeinen überwacht Paumolle den Vorgang stumm. Wenn es soweit ist, kennt er genau den Augenblick, da er mit der Hand den Kesselhenkel fassen, den Kessel hochheben und ihn zusammen mit Quéréjéta auf den Tisch tragen muß. Dann besprengt Quéréjéta den Kaffeeschaum mit sehr kaltem Wasser, und danach muß man die Oberfläche des Gebräus beobachten, das sich langsam vom Schaum befreit und leuchtend wird wie ein schöner, gut gestriegelter Rappe, während der köstliche Duft des Morgenkaffees aufdampft.

Wenn der Kaffee fertig ist, stellt Quéréjéta vier große Tassen in einer Reihe auf: eine weiße, eine blaue, eine grüne und eine rote. Die weiße ist für den Kapitän, die blaue für Larreguy, die grüne für Jaurena. Die rote trinken Quéréjéta und Paumolle, jeder die Hälfte. Danach trägt Paumolle die drei andern Tassen Kaffee hinaus.

Das macht er auf eine ganz besondre Weise. Da er sehr große Hände hat, trägt er zwei Tassen in seiner rechten Hand, eine auf dem Handteller, und die andre faßt er am Rand zwischen Daumen und Zeigefinger. Das sind die beiden für die Offiziere. Die Tasse für den Kapitän trägt er gesondert in der linken Hand. Es bedürfte wahrhaftig sehr stürmischen Wetters, damit der so beladene Paumolle auch nur einen einzigen Tropfen Kaffee vergösse. Und dabei muß er eine Treppe hinab und eine Treppe hinaufsteigen. Es läßt sich übrigens nicht feststellen, ob er nicht gerade um des Kaffeeduftes willen diesen morgendlichen Dienst übernommen hat oder des Vergnügens wegen, so ganz für sich allein mit dem Schiff spielen zu können. Er hat sich bereits, je nach dem Wetter, sämtliche Arten ausgerechnet, auf die es schaukelt. Und wenn er mit den drei Kaffeetassen vor der Treppe anlangt, die er hinaufsteigen muß, dann berechnet er innerhalb einer knappen Sekunde die Art und Weise, wie er den Fuß auf die erste Stufe setzen muß. Er muß sich in diesem Augenblick völlig mit dem Schiff verheiraten, ganz allein in der freien Meeresweite sein und sich eine Folge von Haltungen und Krafteinsätzen zusammenstellen, die ganz und gar im Einklang mit der Art und Weise des Sichwiegens auf der Dünung oder des Windes steht. Das dauert kaum eine Sekunde oder zwei, und dann klatscht sein nackter Fuß auf die erste Treppenstufe, während gleichzeitig Paumolle, völlig im Einklang mit dem Sichwiegen der ihn umgebenden Welt, in einem einzigen Schwung, ohne innezuhalten, die acht Stufen der kleinen Treppe hinaufsteigt.

Eben um dieses Spiels willen bringt er allmorgendlich den drei Offizieren den Kaffee. Denn in Wirklichkeit wäre das weit eher Sache Quéréjétas oder sogar des kleinen Brodier. Aber gerade in dem Augenblick, da er eine Sekunde lang überlegen muß, wie er sich mit dem Schwanken der Stufe, auf die er den Fuß setzen will, in Einklang bringen soll, bereitet es ihm großen Genuß, zu fühlen, daß man sich dermaßen vollkommen, von der Sohle bis zum Scheitel, mit Wind und Wellen in Einklang setzen kann.

Wenn er am oberen Treppenende angekommen ist, geht er drei Meter den kleinen Gang entlang, und dann ist er am Aufgang der achtstufigen Treppe, die er hinabsteigen muß, um auf den kleinen Flur zu gelangen, auf den die Türen der drei Kabinen münden. Dort muß er sich des gleichen Zaubers bedienen und den gleichen Tanz aufführen, um keinen einzigen Tropfen Kaffee zu verschütten; er muß mit der Fußspitze an die Tür des Kapitäns klopfen, der ihm jeden Morgen sofort sagt, er möge nur hereinkommen. Er macht die Tür mit dem nackten Fuß auf. Seine Zehen sind so geschickt, daß er mit ihnen genauso leicht ein Geldstück vom Boden aufhebt wie mit den Fingern. Übrigens ist das ein Spiel, das ihm stets mancherlei Wohlwollen bei der Mannschaft verschafft, der er angehört. Aber auf die Dauer wird es einem langweilig. So hat er denn gelernt, mit den Füßen mehrere andre erstaunliche kleine Streiche auszuführen. Einmal hat er sogar monatelang versucht, sich mit den Zehen eine Zigarette zu drehen. Doch das hat er nicht fertiggebracht. Aber es ist dabei nichts verlorengegangen; denn er hat es auf einer am Boden ausgebreiteten Zeitung versucht und nach den Sitzungen den Tabak immer wieder eingesammelt. Das zerrissene Zigarettenpapier, das ist kein allzu großer Verlust.

Wenn ihm gesagt worden ist, er möge nur hereinkommen, und das geschieht jeden Morgen sofort, nachdem er mit den Zehen unten an der Tür gekratzt hat, tritt er zurück, setzt den nackten Fuß auf die Türklinke, macht sie in aller Ruhe ganz auf und geht mit einem großen Schritt hinein, der einem großen Tanzschritt gleicht. Für gewöhnlich sitzt der Kapitän auf seinem Bett. Er raucht seine Pfeife. Manchmal liest er in einem wissenschaftlichen Buch über Fische. Oder er raucht geruhsam, die Hände flach vor sich auf der Tischplatte, und schaut, ohne es zu sehen, nach dem großen, meergrünen Bullauge hin, das sich ihm gegenüber rundet.

An diesem Morgen fragt ihn der Kapitän, wie er es manchmal tut, was für Wetter sei. Und Paumolle sagt, es regne. Das bewegungslose Schiff allein schon sagt zur Genüge, daß noch immer die große Flaute herrscht.

Bei Larreguy bedient sich Paumolle, obwohl er seine linke Hand jetzt frei hat, wieder des Fußes, um an der Tür zu kratzen und sie aufzumachen. Aber manchmal bekommt er nicht gleich Antwort, und dann muß er ziemlich kräftig zwei- oder dreimal mit den Zehennägeln klopfen. Jedesmal liegt Larreguy im Halbschlaf, bis zur Nase in seine Decke eingewickelt, und er grunzt kaum, wenn Paumolle die blaue Tasse auf die Kiste setzt, die als Nachttisch dient.

Manchmal ist Larreguy um diese Zeit auf Wache; meist aber, wie an diesem Morgen, ist Jaurena auf Wache. Dann trägt Paumolle die grüne Tasse an Deck, wo er, wenn es nichts Besonderes gibt, Jaurena im allgemeinen beim Rudergänger findet.

An diesem Morgen regnet es in Strömen, unaufhaltsam, ohne Nachlassen, sehr schwer und sehr dicht. Alles dampft von so viel Dunst, daß man, wenn man aufschaut, höchstens bis zur großen Rahe sehen kann. Kaum daß man vom Fuß des Großmasts die kleine, schwarze Spitze des Bugs und den leuchtenden Flecken der Schanze erkennen kann.

Paumolle hat einen ärmellosen Pullover angezogen, und sogleich rieselt seine ganze Haut von lauem Regen, der ihren Seidenglanz und die Tätowierungen hervortreten läßt. Jaurena ist in einen großen schwarzen Ölmantel mit Kapuze eingewickelt, aus dem unten kaum die Spitzen seiner Gummistiefel hervorschauen. Die Ankunft des kochend heißen Kaffees macht ihm offensichtlich große Freude. Ohne darauf zu pusten, stürzt er ihn hastig unter seiner vorspringenden Kapuze hinunter. Beim Wachoffizier, gleichgültig, wer es ist, wartet Paumolle immer, bis er ihm die Tasse zurückgibt. Es empfiehlt sich nicht, diesen Offizier mit irgend etwas Unnötigem zu belästigen. Jaurena schaut sich, während er trinkt, die schönen Vögel an, die auf Paumolles ganzen linken Arm tätowiert sind, und auch die drei auf seinem rechten Arm. Er fragt ihn, was die Vögel bedeuten sollen, und Paumolle antwortet, es sei bloß Spielerei. Als Jaurena fragt, was für eine Spielerei, antwortet Paumolle: »Na, so Vogelspielerei, ein bißchen was zur Abwechslung.« – »Wahrhaftig«, sagt Jaurena, »an Abwechslung fehlt es uns ein bißchen.« – »Glauben Sie, daß wir heute endlich mal vom Fleck kommen?« fragt Paumolle. – »Es sieht nicht danach aus«, sagte Jaurena; »wir liegen hier fest wie vor Anker.« – »Die Sicht ist nicht gerade klar«, sagt Paumolle. – »Ich glaube nicht, daß es sich heute aufklärt«, sagte Jaurena. Er gibt ihm die Tasse, und Paumolle steigt wieder hinunter und bringt sie nach der Kombüse, wobei er die Treppen, so schnell er kann, hinunterspringt. Bei diesem Hinunterhasten, bei dem Paumolle nicht mehr des Kaffees wegen auf sein Gleichgewicht bedacht zu sein braucht, läuft er bloß auf den Ballen. Das ist wieder eine Art Spiel, die gerade an diesem Morgen keinerlei Wagnis mit sich bringt; denn das Schiff liegt ruhiger als in einem Hafen.

In der Kombüse ist jedesmal die rote Tasse neu gefüllt, wenn er zurückkommt. Aber diesmal trinkt Paumolle sie ganz allein; denn Quéréjéta sitzt in diesem Augenblick für gewöhnlich auf einer Kiste vor einer großen weißen Tasse, in der er drei Zwiebäcke eingeweicht hat. Der Brauch will es, daß Paumolle, nachdem er seine große rote Tasse ausgetrunken hat, sich selbst mit einer dritten Tasse Kaffee bedient, in der er ebenfalls Schiffszwiebäcke aufweicht. Er läßt sie in der Flüssigkeit aufquellen, während er an Deck zurückkehrt, um den Männern von der Wache einen Eimer Kaffee zu bringen. Wenn Paumolle zum zweitenmal wiederkommt, frühstückt er. Währenddessen steht die übrige Mannschaft auf. Seit den sechs Tagen, die man der Flaute wegen festliegt, beeilt man sich dabei nicht sonderlich: man hat Zeit zum Nichtstun. Gorri der Rote dient morgens für die ganze Bande als Wecker; er hat mit Baléchat einen Raum für sich in einem kleinen Verschlag neben dem Logis. Sobald die Dämmerung sein Bullauge erhellt, trommelt er gegen die Holzwand und stößt von Zeit zu Zeit zwei oder drei unverständliche Heullaute aus. Aber der frische Kaffeeduft hat noch größere Macht als er. Die Männer stehen auf und fahren sofort in ihre Stiefel und ihre Ölmäntel.

Von der ganzen Bande macht einzig Marchais eine Sondertoilette. Er putzt sich nämlich die Zähne. Er spült sich den Mund mit einem Glas Wasser, er gurgelt mit geschlossenen Lippen; dann läßt er das Wasser auf den Boden spritzen. Die andern: Hervéou, Archigard und Roland, kämmen sich Kinn-und Schnurrbart, reiben sich die Augen trocken, putzen sich die Nase und stopfen sich die

Pfeife. Bernard und Libois sprengen das Logis und fangen zu fegen an. Der Schiffszimmermann bleibt noch liegen. Er wartet, bis die andern draußen sind, und dann pfeift er kleine Lieder vor sich hin; aber mit einem Flötenton, den er nicht richtig beherrscht und der ihm selbst bei der »Kirschenzeit« ausrutscht.

Dann geht der Kaffeeholer mit seinem Zinkeimer in die Kombüse. Anfangs wurde für den Morgenkaffee eine gewaltig große Suppenterrine benutzt, die zu tragen Brodiers Spezialität war, wobei er, so schnell er konnte, barfuß durch die Gänge und über die Treppe lief. Sie ist bei den großen Stürmen im letzten Dezember entzweigegangen. Jetzt wird dazu ein Zinkeimer benutzt, der, wie es scheint, dem Kaffee einen ärgerlichen Beigeschmack gibt. Das hindert sie nicht, ihn ganz und gar auszutrinken. Gleich nachdem sie getrunken und ihren Zwieback gegessen haben, gehen sie an Deck, und die letzte Nachtwache geht nach unten und legt sich schlafen.

Es gibt heute nicht mehr zu tun als an den andern Tagen auch. Das Schiff ist unbeweglich ins Meer gepflanzt, das glattgewalzt ist, sich um den Schiffsrumpf schließt wie geschmolzenes Blei und ringsumher unter dem schweren Regen dampft. Baléchat löst Jaurena im Kommando ab; Archigard geht ans Ruder, das er einen Augenblick mit den Knien hält, so lange wie er braucht, seine heiße Pfeife auszuklopfen und sich eine andre, kalte Pfeife zu stopfen. Das Rad bleibt übrigens auch weiterhin in Ruhelage, kaum daß es von Zeit zu Zeit, ohne sich zu bewegen, knarrt. Am Schuh des Großmastes zwischen zwei Reihen aufgestapelter Kisten haben die Männer eine Persenning gespannt und sich ein Schutzdach gemacht, unter das sie sich sogleich setzen. Das Deck ist triefend naß, und manchmal liegt es so wagerecht, daß das Wasser reglos in großen, tiefen Pfützen auf dem Boden stehen bleibt, ohne nach rechts oder links zu schwappen. Dann läßt ein leichtes Schwanken des Schiffes es nach der einen oder andern Seite fließen, und es rinnt wie ein Bach die Bordwände entlang. Die Segel, die alle gesetzt sind, um auch den geringsten Wind aufzufangen, sind dermaßen schwer vom Regen, daß bei der geringsten Bewegung des Schiffes die Masten vom Schuh bis zur Spitze knacken. Manchmal ächzen sogar die Rahen in den Mastringen, ohne daß eine Bewegung vorausgegangen wäre. Der Regen trommelt unaufhaltsam auf die Segel.

Das Schutzdach, das sich die Männer zwischen den Kisten gemacht haben, ist beinahe zwei Meter breit; sie haben sich vier oder fünf Zwiebackkisten daruntergestellt, die ihnen als Bänke und Tische dienen. Sie hocken eng beieinander, in Stiefeln und Ölmänteln, und ohne den Südwester abzunehmen, versuchen sie erst einmal Karten zu spielen. Von Zeit zu Zeit geht Archigard Luft schnappen. Wenn er unter dem Schutzdach hervorkriecht, fängt der Regen an, auf seine Kleidung zu prasseln, und er geht in seinen dicken Stiefeln durch die Wasserlachen bis zur Schanze.

Es ist Tag geworden; aber man kann nicht weiter alt zehn Meter sehen. Es bleibt grau wie zur Dämmerung. Der Regen fällt nicht in Schauern, sondern unaufhörlich, senkrecht wie ein Bleilot.

Nach Archigard geht Baléchat und sieht sich den Regen an, und auch er geht nach der Schanze. Man hört ihn im Regengeprassel schwer dahingehen; dann löst er sich im Dunst auf, und man hört ihn die Treppe hinaufsteigen und auf der Schanze herumlaufen. Wenn er wiederkommt, gehen nach einer Weile Bernard oder Libois gleichfalls. Sie gehen und kommen, ohne ein Wort zu sagen, und man weiß, was sie haben sehen wollen. Sie wollten wissen, ob das Schiff ein bißchen Kielwasser hinter sich lasse, ob man nicht trotz alledem ein bißchen vorankomme.

Aber es ist nichts zu sehen; das Wasser dampft allenthalben im Regen. Wenn man nach der Schanze geht, so hat das auch den Vorteil, daß man am Ruderhaus vorbeikommt und durch die Scheiben den Rudergänger sieht, der neben dem reglosen Ruderrad seine Pfeife raucht. Was man gern sähe, wäre, daß der Mann endlich seine Hand an das Rad legte; daß er steuerte! Doch jedesmal sieht man ihn mit herabhängenden Armen dastehen, neben dem Rad. Marchais hat schon einmal solches Wetter erlebt. Das war, hat er gesagt, 1923, über dreitausend Meilen westlich von hier, vor der Insel Tova. Sie haben, hat er gesagt, über vierzehn Tage in der Flaute ein paar Kabellängen von der Insel entfernt festgelegen, bei dermaßen unsichtigem Wetter, daß sie nicht einmal die Bake ausmachen konnten, die auf der höchsten Erhebung der Insel steht. Trotz der Lotungen haben sie die ganze Zeit den Eindruck gehabt, sie seien auf hoher See, ohne zu ahnen, daß die Insel so dicht vor ihnen liege. Lediglich durch eine Art filzigen Geräuschs waren sie aufmerksam geworden, das sie andauernd voraus hörten und das einfach das Rauschen des Regens in den Büschen gewesen war. »Während dieser ganzen Flaute«, hat er gesagt, »hätte man die Bewegung des Bugs auf einer Spielkarte aufzeichnen können; und fester als durch einen Anker sind wir durch die Schwere des Regens ins Meer gepflanzt worden.«

Sie schweigen; sie hören dem Prasseln auf der über ihnen ausgespannten Persenning und dem Trommeln der Regenmassen zu, die durch das geringe Dümpeln des Schiffes gegen die Bordwände schlagen.

Als Archigard von einem seiner Spaziergänge zurückkommt, nestelt er die Kinnschnalle seines Südwesters los, schlägt ihn an seinem Stiefelschaft aus und sagt dabei, er habe auch schon mal einen ganz ähnlichen Regen erlebt; aber das sei an Land gewesen. Er sei auf Urlaub gewesen. Er sagt, auf allen Seiten hätten die Berge wie Muscheln geklungen, und im Wald habe kein einziger Baum gestanden, der nicht von der Wurzel bis zum Wipfel gezittert hätte, als kündige sich etwas Schreckliches an. Die Bäche, sagt er, seien gestiegen, bis sie die Gärten überschwemmt hätten, und das Wasser sei über die Türschwellen gedrungen, obwohl sie bei ihm zulande immer drei Stufen hoch lägen. Er sagt, es sei eine schöne Schweinerei gewesen, und daraufhin trocknet er sich sorglich Kinnbart und Schnurrbart, indem er lange mit dem Handrücken von links nach rechts und von rechts nach links daran herumreibt. »Das Lächerlichste dabei ist gewesen, daß ich hingefahren war, weil ich im Freien sein wollte, im Grünen, und was ich da draußen im Grünen am liebsten sehen wollte, das war reifer Weizen; was ich sehen wollte, das war gelber Weizen. An solchem Grün hätte mein Auge seine Freude gehabt. Denn an Grün ist ja bei unserm Handwerk kein Mangel; aber diese gelbe Strohfarbe, die bekommt man auf See nicht oft zu sehen. Eigentlich gibt es bei uns zu Haus überhaupt keinen Weizen; es gibt da nämlich nur Roggen. Aber Roggen oder Weizen: reife Halme wollte ich sehen, trockene Halme und Staub. Ich hatte auch so schrecklich gern Staub sehen wollen. Ich mußte immer daran denken, daß ich damals, als ich bei dem Hufschmied bei uns zu Hause Lehrling gewesen bin, lauter ganz staubige Wege gesehen habe. Ein ganzes halbes Jahr habe ich so schrecklich gern Staub und reifen Weizen sehen wollen. Und am ersten Tag, als ich am Bahnhof angekommen bin, und als ich dann in den Autobus gestiegen bin, da hat es geregnet; ich bin aus dem Autobus gestiegen und bin durch den strömenden Regen nach Haus gegangen. Zehn Tage lang bin ich dageblieben. Keinen Augenblick hat es aufgehört zu regnen. An die zwanzigmal bin ich rausgegangen und habe mir die Roggenfelder angesehen. Man kann nicht sagen, sie seien nicht gelb gewesen. Sie waren gelb; aber der Regen hatte sie zu

Boden geschlagen und dermaßen schmutzig gemacht, daß das nichts mehr mit dem Gelb von einem Roggenfeld zu tun gehabt hat, wenn es schön im Sonnenschein dasteht. Kurz und gut, ich bin wieder weggefahren, es hat immer noch geregnet, und erst als ich in der Nähe von Sète gewesen bin, habe ich die Sonne zu sehen bekommen. Aber gerade in dem Augenblick ist der Zug mitten durch vitriolbestäubte Weinberge gefahren, die so blau waren, daß es einen ankotzte. Gleich darauf sind wir in Sète gewesen, und dann ist der Zug über eine Art Deich gefahren, und auf beiden Seiten lag das Meer. Und ich hätte doch so gern Staub und reifen Roggen gesehen, und es ist nichts daraus geworden.«

Archigard ist siebenundzwanzig. Sein dichter Bart und sein Haar sind schwarz und kraus. Er hat sehr dicke Brauen. Zwischen seinen Brauen und seinem Haar sieht man nur einen Fingerbreit Stirn. Seine Haut ist ebenfalls schwarz, ganz von der Sonne verbrannt. Es sieht nur so aus, als ob seine Augen auf gleicher Höhe mit dem Haar lägen. Es sind sehr schöne, wundervoll große Augen, hell und leuchtend. Um ihretwillen sieht er aus wie ein Zaubertier. Sein Bart ist so dicht und dunkel, daß man weder seinen Mund noch sein Kinn sieht. Kaum daß seine kleine Stupsnase seinen Schnurrbart überragt. Eigentlich besteht sein Gesicht also nur aus den Augen. Im übrigen ist er von ungeheuer kraftvollem Wuchs. Aber im Gegensatz zu Hervéou, dem ebenfalls große Kraft nachgesagt wird und der auf seinen dicken Beinen einen riesenhaften Körper trägt, hat Archigard außerordentlich breite Schultern und einen schmalen Leib: Paumolle, der die größten Hände der ganzen Mannschaft hat, kann seine halbe Taille zwischen Daumen und Zeigefinger nehmen. Selbst in Gummistiefeln hat Archigard einen elastischen Gang. Bei jedem Schritt federt er in den Knien. Damals,

als er sich anheuern ließ, hat er keinen so dichten Bart wie jetzt gehabt. Damals war unterhalb seines Bartes sein kleiner, rosaroter Mund zu sehen, der schmallippig und sehr traurig war. Dieser Mund löschte das ganze Leuchten seiner Augen aus. Während das Barthaar gewachsen ist und die Traurigkeit seines Mundes verdeckt hat, sind die Augen, obwohl sie geblieben sind, wie sie vorher waren, sehr fröhlich geworden.

Er nimmt nie unmittelbar an einer Unterhaltung teil. Er kommt. Er hört zu, und er fängt an, eine Art langen Selbstgespräches zu halten, zu dem er durch das Gespräch, dem er zugehört hat, angeregt worden ist. Die andern hören ihm dann für gewöhnlich zu. Die Freude, die ihm das Zuhören macht, rührt immer von dem Gegensatz zwischen dem, was er sagt, und dem fröhlichen Leuchten seiner Augen her. Wenn er spricht, sieht man seinen Mund nicht, und der Bart, der ihn verdeckt, gibt allen seinen Worten einen pfeifenden Beiklang. Er ist sehr tapfer und dabei ganz ruhig. Seine Gesten sind langsam, aber sehr abgemessen. Er führt alle Befehle ohne jedes Danebentappen bis zu Ende aus. Wenn er mit dem, was ihm befohlen worden, fertig ist, so tut er aus freien Stücken nichts weiter, sondern wartet neue Befehle ab. Er spricht niemals als erster, er singt niemals, er kann unbegrenzt schweigen. Er hat eine wunderbare Gabe zuzuhören und ein unfehlbares Gedächtnis.

Er ist sehr schlecht ausgerüstet an Bord gekommen. Er hatte damals einen blauen Arbeitsanzug, Segeltuchschuhe und einen alten Ölmantel gehabt. Er hat wie die andern neues Zeug bekommen. Aber es haben sich keine Hemden gefunden, die in den Schultern breit genug gewesen wären. Selbst die Hervéous sind ihm zu eng. Er hat sie durch blaue Leinendreiecke weiter gemacht, die er aus seinem blauen Arbeitsanzug herausgeschnitten hat.

Gorri der Rote kommt. Das ist ein untersetzter, magerer Kerl, ungebärdig, aber blond. Seine Blondheit ist ganz merkwürdig. Er spricht und bewegt sich wie ein dunkler Südländer. Dabei ist er blond, ganz flachsblond, beinahe weiß, und ebenjene Blondheit auf einem ganz und gar nicht dazu passenden Körper hat ihm den Spitznamen »der Rote« eingetragen. Er verschwindet völlig unter seinem riesigen Ölmantel. Er trägt keinen Südwester, sondern hat sich eine Art Kapuze aus Segeltuch gemacht, die er sich mit einer durch den Saum gezogenen Schnur fest ums Gesicht bindet. Daraus taucht dann sein kleines Gesicht auf, das runzlig wie ein alter Apfel und ganz blond ist. Vor allem die langen, weichen Schnurrbartenden, die auf beiden Mundseiten herabfallen. Er rasiert sich sorgfältig Backen und Kinn. In dem kleinen Verschlag, in dem er mit Baléchat haust, hat er über seiner Pritsche zwei Familienphotos angenagelt. Das eine ist sehr alt; offenbar stellt es ihn selber an seinem Hochzeitstage dar, inmitten der ganzen Hochzeitsgesellschaft; er sitzt neben seiner Frau, deren rechten kleinen Finger er mit seinem linken kleinen Finger eingehakt hat. Er wirkt darauf treuherzig und hochrot; aber sein Gesicht ist hübsch und glatt, und die Schnurrbartenden fangen erst zu sprießen an und verdecken noch nicht die beiden Grübchen an seinen Mundwinkeln. Er muß einen schönen, blauen Marineanzug anhaben, der auf der Photographie schwarz aussieht, und auf die Knie hat er vorsichtig einen flachen Strohhut mit sehr breitem Rand gelegt, den er nicht anzufassen wagt, aus Angst, das Stroh schmutzig zu machen. Seine Frau prunkt von Kopf bis Fuß in Weiß, und da sie knochig und dunkel ist, wirkt sie wie eine in die Milch gefallene Fliege. Beim ersten Hinsehen fallen am meisten ihre ungefügen Bäuerinnenhände ins Auge, deren eine untätig auf ihren Knien liegt, während die andre durch den rechten kleinen

Finger mit Gorris linkem kleinen Finger verhakt ist. Doch zur Rechten des Sohnes sitzt eine allerliebste kleine Alte in weißer, gestärkter Haube. Sie ist schwarz gekleidet, trägt einen Paillettenschmuck und schwarze Perlstickerei, die auf der Photographie leuchtet, und obwohl sie kaum größer als eine Heuschrecke ist, sitzt sie sehr stolz auf ihrem Stuhl. Sie muß den Photographen starr angesehen haben, mit Augen, deren Ängstlichkeit durch die besondere Feierlichkeit dieses Augenblicks noch gesteigert worden ist. Man sieht von ihr gegenwärtig unter der gestärkten Haube nur zwei aufgerissene Augen und eine kleine, furchtsame Wendung gegen den Sohn hin. Um diese drei Personen sitzen die Vettern, auf ihren Vorteil bedachte und dicke Krämer und Metzger eines Dörfchens im Morvan.

Die zweite Photographie, die über Gorris Pritsche hängt, ist ebenfalls eine Gruppenaufnahme und ebenfalls ein Familienbild; aber diesmal handelt es sich um eine erste Kommunion. Gorri ist in die zweite Reihe verwiesen worden. Sein Oberkörper taucht zwischen seiner Frau und seiner Tochter auf. Diesmal ist die Tochter ganz in Weiß. Eine kleine weiße Maus mit pfiffigen Augen und spitzer Nase; sie preßt die Lippen aufeinander. Sie hat gerade mit der Hand am Verschluß ihres Gürteltäschchens gespielt, als der Photograph knipste. Es sieht aus, als habe Mutter Gorri ihr im gleichen Augenblick gesagt: »Sitz grade!«, denn man kann erkennen, daß Mutter Gorris Lippen sich bewegt haben, und sie hat einen verschwommenen Mund in ihrem immer noch knochigen Gesicht, darin die Zeit trotz alledem ein paar Falten um die Nase gerillt hat, die der Photograph ungeschickt zu retuschieren versuchte. An jenem Tag ist Gorri schon so gewesen wie er heute ist. Seine langen Schnurrbartenden haben die kindlichen Grübchen in seinem Gesicht verdeckt, und man sieht, daß seine Haut von vielerlei Sonnen gegerbt worden ist. Um ihn herum sind die gleichen Verwandten gruppiert, außer der kleinen Alten mit der gestärkten Haube, die aus der Gesellschaft verschwunden ist; aber neben dem dicken Metzger sitzt jetzt eine junge Frau mit dickem Haarknoten; ein mächtiger, mit Fischbeinstäbchen versteifter Spitzenkragen zwingt sie, den Kopf geradezuhalten. Sie ist eng geschnürt, und ihre enormen Brüste und Hinterbacken quellen hervor. Gorri spricht nie von seiner Familie. Gorri spricht nie von Frau, Tochter und Verwandten.

Wenn man Gorri reden hört, sollte man meinen, da spreche ein hartgesottener Junggeselle. Ein Junggeselle, der nur von einer einzigen Leidenschaft besessen ist: der Leidenschaft für die Sonnen! Er kennt Sonnen aller Zonen, alle Sonnen, die die Erde an sämtlichen Punkten ihres Runds bestrahlen. Von der Sonne an, die die Spitzen der Eisberge im Kara Meer rosig aufleuchten, bis zu der Sonne, die die Spitzen der Eisberge in der Gerlache Enge grünlich erschimmern läßt, und die tausend Feuerbälle, die auf dem gesamten Erdenrund die Kontinente, die Ozeane und die Meere erwärmen. Denn das muß man sich ein für allemal merken: Gorri spricht von der Sonne niemals in der Einzahl. Gorri hat sich eine ganze Familie von Sonnen zusammengestellt, mit der er lebt.

Trotz alledem hat diese große Zahl von Feuern ihn nicht gegerbt. Nach wie vor hat er die helle Haut blonder Menschen, um die Nase herum ein Sommersprossengesprenkel, und seine Augen haben weder Brauen noch Wimpern, als habe er immer in einem Keller gelebt.

Seine Kommandos sind elegant. Er bedient sich dabei kleiner Ausschmückungen, aber dennoch dringt er stets damit durch; wenn er einen Befehl gibt, gehen die Männer an die Manöver wie Tänzer an eine imaginäre Aufgabe. Das Segel fällt, das Reff wird eingesteckt, das Ruder macht genau die befohlene Drehung. Doch all das vollzieht sich in einem rhythmischen Atem.

Baléchat ruft von der Back: »Kommt mal her und seht euch das an, Archigard und der andre.« Er steht da vorn, halb verwischt durch den Regen, wie ein schimmerndes Stückfaß. Gorri der Rote trottet mit den beiden, die Baléchat gerufen hat. Er geht mit ihnen zum Bug. Der Regen rauscht gerade immer härter und schwerer herab. »Seht euch das mal an«, sagt er; »man sollte meinen, wir drehten uns auf der Stelle.« Die Männer beugen sich vor; Archigard klettert sogar halb über die Bordwand und hält sich dabei an einer Trosse des Ankerspills fest. »Seht mal unser Vorschiff an«, sagt Baléchat, »ob es sich nicht seitlich dreht.«

Es ist eine nahezu unmerkliche Bewegung, aber vielleicht hat Baléchat recht. Jedenfalls ist es keine Vorwärtsbewegung: das Wasser schäumt zwar unterm Regen auf, aber es umschließt hermetisch den Steven. Doch auch am Backbordbug ist ein winziges Wassergekräusel, und am Steuerbordbug eine kleine Gegenströmung hinter der Furche, die der sich im Wasser bewegende Bug zieht.

»Geh mal zum Rudergänger«, sagt Archigard zu Brodier, »aber ein bißchen dalli, mein Junge. Frag ihn, ob er nichts am Ruder merkt.«

Brodier ist der jüngste der ganzen Mannschaft; vielleicht ist er knapp zwanzig. Man könnte ihn für einen Schiffsjungen halten, wenn diese Bezeichnung sich mit seinem gigantischen Wuchs vertrüge; er ist eine Art bleicher Riese, der sich offenbar niemals satt gegessen hat und sich auch sicher niemals satt essen könnte, nicht einmal auf der Hochzeit des Camacho. Daher seine schlaffe Haltung, die Schwere in Beinen und Armen, die Blässe eines, der in einer zu weiten Haut steckt. Trotz seiner starken Knochen, die an seinen Armen hervortreten, und der allgemeinen

Verblüffung, als er sich am ersten Abend im Logis auszog und man seine Knie sah, die größer als ein Menschenkopf waren, müßte er doppelt so dicke Knochen haben, und noch dazu ein Faß Fett, um seine Haut ganz auszufüllen. Es sieht aus, als habe sie keinerlei Zusammenhang mit seinem Leben. Sie scheint zu weit von seinem Blut entfernt zu sein, und sie ist von einem papierenen Grau, das kein Abseifen weiß machen kann. Sein Gesicht weist übrigens Merkmale des Alters und der Schwäche der Riesen.

Er läuft nach der Schanze und platscht dabei mit seinen großen Füßen in alle Pfützen an Deck. »Was soll ich denn an dem Ding hier merken?« fragt der Rudergänger und schlägt mit der flachen Hand auf das Rad, das völlig frei scheint und sich mühelos dreht. »*Das steuert schon lange nicht mehr,* mein Junge. Was fällt dem Baléchat eigentlich ein? Glaubt er, ich stelle die Uhren? Wie soll ich denn wissen, ob sein Schiff sich bewegt? Jedenfalls, sieh es dir selber an, kann ich an dem Ruder hier, das sich ungehindert dreht, nichts merken. Was der bloß redet, dein Baléchat? Ich habe den Eindruck, daß wir breitseits abtreiben, daß sich die ganze Backbordseite vorwärts bewegt. Wir sitzen mitten in einer Abdrift. Geh und sag ihm, das hätte ich gesagt und er soll uns doch keine Märchen erzählen.«

Brodier findet die Männer in der Nähe des Großmasts über die Backbordwand gebeugt. Sie sind vom Bug bis dahin zurückgegangen und haben unten das Wassergekräusel verfolgt. Es ist keine große Drift, aber es ist eine.

»Hat wer einen von den Offizieren gesehen?« fragt Archigard. – »Was, zum Teufel, sollen die bei solchem Wetter schon anfangen? Ich gehe ins Laboratorium. An ihrer Stelle wüßte ich ganz genau, was ich täte.« – »Und was tätest du?« fragt Baléchat. – »Ich bliebe mit meiner Pfeife im Trockenen.«

Baléchat verspürt Unruhe. Das ist nun mal seine Natur.

Es braucht gar nichts zu geschehen. Er schöpft seine Unruhe aus sich selber. Er ist kugelrund und hart und hat kurze Beine und Arme. Oft steht er völlig reglos da, als halte er Ausschau. Und er hält auch tatsächlich Ausschau. Nach einer Weile fährt er sich mit dem Zeigefinger über die Nase. Für ihn ist nichts natürlich. Sogar die Natur ist nicht natürlich. Sie kann sich nur durch eine Drohung ausdrücken, die sowohl der Stille und der Dunkelheit als auch dem Licht, der Nacht und dem Tage innewohnt.

Jeder Augenblick birgt für Baléchat neue Probleme. Von seiner Geburt an bis heute hat er sich nicht an die Lösung machen können; er hat sich bis jetzt damit zufriedengegeben, unablässig die bekannten Größen näher zu bestimmen. Er kann nicht anders: er muß immerfort die bekannten Größen der Aufgabe näher bestimmen. Ständig gibt es neue Dinge, die den Sinn der Frage, die er sich gestellt hat, schärfer umreißen und vertiefen.

Wenn es still ist, warum die Stille? Wenn es Tag ist, warum Tag? Und warum ein Geräusch? Und warum überhaupt?

Reglos lauscht er; dann reibt er sich die Nase mit dem Zeigefinger.

Wenn aber zufällig wirklich etwas geschieht, dann handelt Baléchat, ohne sich irgendeine Frage zu stellen, mit erstaunlicher Fixigkeit. Niemals ist es vorgekommen, daß dieser runde, schwere Körper mit den Insektengliedern sich nicht rascher und behender auf ein Ereignis gestürzt hätte als irgendein Athlet. Sein Kommando ist präzis und exakt, und er verlangt eine dermaßen prompte Ausführung, daß er im gleichen Augenblick, da er es gegeben hat, ungestüm hinstürzt, um selber auszuführen, was er den andern befohlen hat. In diesem Fall, wo er gleichzeitig befiehlt und handelt, scheint er ein synthetisches Resümee des Geschehnisses und der Mittel zu seiner Bewältigung zu geben. In solch einem Augenblick ist er mit einem ausgeprägten Sinn für Präzision begabt. Er könnte getrost blind sein (und es hat Fälle gegeben, wo die Finsternis, in der er sich herumschlug, ganz entschieden einer völligen Blindheit gleichkam): er setzt den Fuß stets als erster genau auf die Stelle, wo er hingehört; seine Hand packt sofort mit schier mechanischer Präzision das, was jetzt angepackt werden muß. Hernach kommt er niemals auf das zurück, was vorbei ist, weder um Schlüsse daraus zu ziehen noch um sich darüber zu freuen, noch um darüber zur jammern. Reglos und stumm fährt er fort, die Natur schwer zu verdächtigen.

Gorri geht nach dem ozeanographischen und dem zoologischen Laboratorium. Sie liegen beide in einem Aufbau an Deck, der sich an die große Luke anschließt und sich von der großen Luke bis zum Fockmast erstreckt. Dort haben sich Hour und Trocelier von der ersten Stunde an eingerichtet. Trocelier steigt, in einen alten Stoffregenmantel gewickelt, dort hinauf, ein Erbstück von irgendeinem alten Onkel; der Mantel ist äußerst bequem, weil er zugleich weit und warm ist. Hour ist dem Pullover und dem Ölmantel des Seemanns treu geblieben. Wenn er ins Laboratorium kommt, zieht er den Ölmantel aus, hängt ihn an den Haken und vollzieht seine Präparierungen im Pullover. Trocelier dagegen schnallt sich den Regenmantel mit einem Ledergürtel fest, krempelt die Ärmel bis über die Handgelenke auf und hantiert mit seinen Reagenzgläsern herum wie ein alter Alchemistenmönch.

Für gewöhnlich ist Gorri die ersten Morgenstunden über bei den beiden. Gorri interessiert sich höchlichst für all die Naturbruchstücke, die Hour zerlegt, klassifiziert und katalogisiert, als da sind Federn mannigfacher Größe und mannigfacher Farbe, bei deren Anblick man an die Vögel aller Ozeane und aller Buchten denken muß. Sie sind in

Register aus starkem Papier eingeordnet; alle stecken in schmalen, eingekerbten Schlitzen. Jedes Blatt, wenn Gorri es langsam umschlägt, wirkt wie das Auffliegen von Vögeln an den Küsten aller Meere. Hour hat auch die Behaarung der Felle und Pelze der Wasser- und Landsäugetiere klassifiziert; man kann sie sich vorstellen, wie sie gerade aus ihren Höhlen schlüpfen, unter dem Wind der Klippen tauchen, ihre Beute packen, ihre Jungen säugen oder rot von Blut in ungeheuerlichen Nahrungskämpfen verenden. Gorri hat erst einen flüchtigen Blick in die Alben geworfen, die aufgeklebte Haarbüschel enthalten oder viereckige Hautstücke; sie sind alle auf Felder geklebt, die in den Karton eingepreßt sind. Aber er freut sich im Bewußtsein, daß er damit anfangen kann, wenn er mit den Vögeln fertig ist, wenn er sich nicht länger damit unterhalten kann, allmorgendlich den phantastischen Geisterflug der katalogisierten Vögel über die Meere stieben zu lassen: dann kann er damit anfangen, sämtliche Ufersäugetiere der Meere mittels ihres Fells zur Auferstehung zu bringen. Ferner hat Hour eine Fischschuppensammlung angelegt, von den winzigen, die nicht größer sind als ein Stecknadelkopf, bis zu den riesigen, die groß wie ein Handteller sind. Und schließlich hat er noch ein dickes Album, das er sein Algenherbarium nennt; und darin sind, in einer Phantasmagorie von Farben und Formen, die Gorris Auge bezaubert und erschreckt, alle Algen aufgeklebt, denen er auf seinen Kreuzfahrten um den Erdball begegnet ist. Im zoologischen Laboratorium steht immer ein großer Kübel, in dem irgendwelche durchsichtigen Gräser präpariert werden; sobald sie auf ein Papierblatt geklebt sind, bilden sie neue Kristalle in der Phantasmagorie, die den Bootsmann bezaubert.

Aber Hour ist eben erst gekommen, und ehe er an die Arbeit geht, vollziehen sich im zoologischen Laboratorium an diesem Morgen wie an jedem Morgen zwei Zeremonien. Hour ist noch jung, braun, sonnenverbrannt, hager und träumerisch. Lange Reisen haben sich in seine Augen eingeschrieben, haben seine Stirn gezeichnet und seine Haut gebräunt. Er hat die schmalen, flinken, braunen Hände eines Kreolen. Wie allmorgendlich hat er aus seiner Schublade ein Album mit Metallbeschlägen und einem Verschluß genommen, den er mit einem winzigen Schlüssel öffnet; er hängt als Berlocke an seiner Uhrkette. Es ist ein Photoalbum. Hour ist Sohn, einziger Sohn. Wie einige seltene Männer, *es sind nur sehr wenige,* hat er *nur eine Mutter.* Das Album enthält Photographien seiner Mutter. Sie ist in diesem Album von der Zeit an, da sie als Pensionsschülerin in der Töchterschule von Amiens war, bis jetzt dargestellt, nun sie ihren Alterssitz in einem kleinen Landhaus zu Arcueil hat. Jeden Morgen beginnt Hour das Leben seiner Mutter von neuem; er vergegenwärtigt es sich ganz und gar von den Zeiten der glanzseidenen Bluse bis zum weißen Haar und dem mit Pailletten bestickten Kopftuch. Währenddessen sieht sich Gorri den dritten Band mit den weißen Federn der großen Atlantiksegler an. Das ozeanographische Laboratorium ist vom zoologischen nur durch eine dünne Holzwand getrennt. Man hört, wie Trocelier seine Pfeife auf dem Handteller ausklopft. Dann atmet er mit einem langgezogenen, tiefen Geräusch, da es ihm zur Gewohnheit geworden ist, jeden Tag mit planmäßigen Atemübungen anzufangen. Er ist ein breiter, roter, kahlköpfiger Mann, der großes Zutrauen zu allem Gewohnten hat. Er ist Spezialist für den Bengalischen Meerbusen und das Chinesische Meer. Dann hört man ihn eine Flasche mit Glasstöpsel öffnen, in die er jede Woche seine täglichen Whisky-Rationen gießt. Danach wird es im ozeanographischen Laboratorium still.

»Es sieht so aus«, sagt Gorri, »als ob wir mitten in einer Abdrift säßen.« Hour ist dabei, sich die Photos von der Hochzeit seiner Mutter anzusehen. Trotz der geschlossenen Fenster hört man unter Deck den Kapitän wie jeden Morgen ein Thema aus dem Flötenkonzert von Mozart pfeifen.

Es war tatsächlich eine Abdrift. Abgesehen von den offenbaren Tatsachen, die das bewiesen, herrschte die Empfindung, daß man nicht mehr steuerte, sondern seitlich abgedrängt wurde. Bei diesem Regen, der auf allen Seiten die Sicht zudeckte, waren die Tage lang. Die meiste Zeit hockten die Männer in der Schutzhütte, die sie sich zwischen den beiden Kistenreihen unter der Persenning gemacht hatten. Aber hinter den Scheiben des Ruderhauses sah man das träumerische Gesicht des unbeschäftigten Rudergängers. Nur von Zeit zu Zeit wandte er die Augen nach der Backbordseite, wohin man, wie man spürte, abgetrieben wurde. Unter dem Schutzdach hervor blickten die Männer der Mannschaft ebenfalls in diese Richtung. Das Gefühl des Abtreibens wurde überdeutlich, wenn man sich in den Kojen ausstreckte. Tagsüber hatte man das Gefühl, man werde ganz sacht an die Wand gedrückt, oder man gleite ganz still und heimlich aus dem Pritschenrahmen. Ohne Unterlaß trommelte der Regen, der seit Tagen und Tagen nicht aufgehört hatte, schwer und dicht niederzurauschen. Manchmal scholl das Schreiten schwerer Stiefel an Deck, in langsamem Auf-und-ab-Gehen, wie der einsame Schritt eines Mannes, der sich in den Gängen irgendeines verlassenen Schlosses verlaufen hat; oder man hörte im Regengehämmer die Wurzel des Großmasts leise ächzen. Wenn man also unter Deck ausgestreckt dalag, gewahrte man trotz des dort zu allen Stunden herrschenden grauen Dämmerlichts eine leichte Verschiebung der Linien, die die Zwischenwände und die Möbel bildeten. Obwohl der Boden gänzlich im Schatten lag, nahm man sein langsames

Schwanken wahr und hatte damit eine sichtbare Bekundung der Kraft, die das Schiff in einer Abdrift forttrug, gegen die es kein Mittel gab. Sobald man wieder an Deck ging, stürzte der Regen so dicht und so regelmäßig herab, daß man unter dem Schwall irgendeines oberen Meeres zu stehen schien, das in das untere Meer hineingegossen wurde. Wenn zufällig ein bißchen sehr fernes Tageslicht, das die Erde doch wohl beleuchtete und das man vergessen hatte, durch die wütenden Regenvorhänge gleiten konnte, dann sah man die vor Feuchtigkeit ganz schwarzen Masten, und die Segel waren gleichfalls ganz schwarz, als bestünden sie sämtlich aus geschnitztem Ebenholz.

In der Nacht schreckte die Stille die Männer jäh aus dem Schlaf. Seit Tagen und Tagen grollte der Regen so regelmäßig und unaufhaltsam, daß das an diesen ununterbrochenen Trommelwirbel gewöhnte Ohr ihn für Stille hielt. Der aufgewachte Mann versuchte zu horchen, um endlich das Fußgetrappel bei irgendeinem Manöver zu vernehmen; aber jedesmal war es immer nur das Grollen der Stille, manchmal das Ächzen des Mastschuhs oder in der Höhe das Knirschen einer an ihrem Haken schaukelnden Laterne. In der Morgendämmerung stolperte Archigard nackten Fußes aus der Kombüse und rief ins Logis: »Sicht, Jungens, Sicht, raus mit euch!« Dann lief er nach den Offizierskabinen. Die Männer gingen an Deck. Die von der Wache hingen alle über die Steuerbordseite und schauten sich etwas an, das quer vor ihnen lag. Der Rudergänger preßte sein bleiches Gesicht an die Scheibe.

In der schmutzigen Helle der Dämmerung lag dort unten *quer,* aber *vor* ihnen, da sie darauf zugetrieben wurden, eine dunkle Masse in gleicher Höhe mit dem Wasserspiegel im Dampf des Regens. Sie lag kaum zwei Kabellängen weit ab. Sie horchten, und plötzlich wurde da unten ein dumpfes Rauschen vernehmlich, als habe sich eine

Welle an einem Riff gebrochen. Baléchat, der Wachoffizier war, stürzte an das Ruder; aber man sah nur zu gut, daß er da oben vergeblich zu steuern versuchte. Der Kapitän und die beiden Offiziere tauchten am Niedergang auf; er rief ihnen zu: »Riff!«, und dabei zeigte er mit dem Finger auf das Etwas. »Wir treiben gerade darauf zu!« Der Kapitän hatte sich nicht einmal die Zeit genommen, seinen Ölmantel überzuziehen; er hatte Schlafrock und Pantoffeln an und stand barhäuptig im strömenden Regen; er wischte sich die Nässe aus dem Gesicht, hielt die flache Hand über die Augen und ging auf die Reling zu. Die Männer machten ihm Platz. »Hier kann kein Riff sein«, sagte er kalt zu Larreguy. – »Nein«, sagte Larreguy. – »Wo sind wir schätzungsweise?«

»Etwa zwei Meilen SO vom Kap des Vierges, nach meiner Peilung.«

Die Abdrift war unmerklich, und abweichend von aller Logik, schien das Riff, auf das sie zugetrieben wurden, zu verschwimmen und sich zu entfernen. Aber das konnte eine Täuschung durch den Nebel sein.

»Sie steuern nicht?« rief der Kapitän nach dem Ruder hin. – »Kein bißchen«, antwortete Baléchat. – »Boot an Backbordseite aussetzen; wir wollen versuchen, uns abzuschleppen. Sie bleiben hier«, sagte er zu Larreguy und Jaurena; »ich gehe nach unten und hole meinen Ölmantel.«

Larreguy ließ drei Mann als Wache auf Steuerbordseite, um das Auftauchen des mutmaßlichen Riffs zu melden, das sich im Regen aufgelöst hatte. Das kleine Boot wurde unverzüglich backbords zu Wasser gebracht, und die aus Archigard, Paumolle, Bernard, Brodier und Libois unter Gorris Befehl bestehende Mannschaft legte sich kräftig in die Riemen, um so rasch wie möglich nach Westen voranzukommen.

Auf der Stelle verschwand das Boot im Regen. Endlich mußte die Schlepptrosse ganz ausgelaufen sein, und sie begannen daran zu ziehen, bis sie sich straffte. Langsam dreht das Schiff die Nase nach Westen, und bald glitt es durch den Kräfteeinsatz der Ruderer langsam in dieser Richtung vorwärts. Es war das erstemal seit über zwanzig Tagen, daß man wieder ein bißchen vorankam.

Plötzlich wurde die Trosse schlaff, und vom Boot her wurde gerufen. Was dort gesagt wurde, blieb unverständlich. Man hörte nur Gorris Stimme, der, nachdem er gerufen hatte, denen auf dem Schiff etwas sagte und versuchte, ihnen irgend etwas zu erklären, das gerade geschehen war. Gleichzeitig hörte man immer deutlicher das Geräusch der Riemen des zurückkehrenden Bootes. Es tauchte aus dem Regendunst auf. Gorri stand im Heck. Er ließ heranrudern, bis er den Schiffsrumpf mit der Hand berühren konnte. Larreguy beugte sich zu ihm hinab. »Das Riff ist gerade vor uns«, sagte Gorri; »wenn ich weitermache, schleppe ich euch gerade drauf zu. Man hört deutlich die Brandung.« Baléchat kam aus dem Ruderhaus heraus. »Dann müssen zwei dasein«, sagte er; »denn ich kann von hier oben aus noch das auf Steuerbordseite sehen.« – »Hundert Meter ab nach Backbord«, sagte Gorri, »hundert Meter ab nach Backbord war die Trosse zu Ende, und ich habe zwanzig Riemenschläge darauf zu gemacht; man sieht es so deutlich wie die Nase mitten im Gesicht. Sogar die Brandung ringsherum kann man erkennen. An der Nordecke ist ein steiler Felsen, der mächtig aus der Brandung aufragt.

»Von Brandung kann keine Rede sein«, sagte Larreguy. Und wirklich blieb das Meer auch weiterhin so ruhig, so glatt, daß Gorri sich getrost an die Bordwand lehnen konnte wie im Hafen. »Und außerdem«, sagte Larreguy, »sind wir hier nicht in der Nähe eines Atolls, sondern unter dem 50. Breitengrad mitten im Atlantik. Gott sei Dank gibt es hier keine Riffe.«

In diesem Augenblick meldete Archigard, voraus tauche in einer Kabellänge Abstand das Riff auf.

Dieses Riff sahen alle. In der allgemeinen Bestürzung wurde nicht gleich beobachtet, daß das Riff von sich aus ziemlich rasch auf das Schiff zukam, schlingernd, schwarz, glänzend, vom Regen beprasselt, von einer Brandung umrandet, sich um sich selber drehend wie ein Kreisel, was für ein Riff recht merkwürdig ist; und schließlich glitt es vor ihrer aller Augen schräg zur Seite und wurde mit einem dumpfen Glucksen ganz und gar von einem Wasserwirbel verschlungen, aus dem der triefend nasse Schwanz eines Walfischs auftauchte. Gorri hatte sofort begriffen, was los war; er und seine Mannschaft kletterten an Deck, und das Boot wurde wieder an Bord geholt.

Während des ganzen Tages wurde alle Augenblicke auf allen Seiten eine große Anzahl von Walen gemeldet. Obwohl der Regen rauschte, war zu hören, wie sie das Wasser mit ihren Schwänzen peitschten, wie sie bliesen und das Meer durch ihre Mäuler laufen ließen. Dann und wann durchbohrten sie den grauen Regendunst und wurden sichtbar; friedlich zogen sie durch das ruhige Wasser, als wollten sie mit der Stirn die Bordwände rammen. Aber jedesmal wichen sie, behend wie Weißbarsche, durch einen Schwanzschlag aus und glitten fast geräuschlos am Schiff entlang, so nahe der Bordwand, daß man ihnen hätte auf den Rücken springen können.

Dieser Gedanke kam Paumolle auf der Stelle. Er hatte eine Schwäche für Schwindelgefühle. Jedesmal, wenn er in die Wanten kletterte, packte ihn, sobald er über der großen Rahe war und das Schiff klein wie eine Olive unter ihm lag, die Leidenschaft, sich der Gefahr anheimzugeben. Er hielt sich schlecht und recht an einem Stage fest oder setzte sich rittlings auf die glatte Rahe, und inmitten der heftigsten Schwankungen der Rahe, ja, *vor allem* bei diesem heftigen Schwanken, überkam ihn der leidenschaftliche Drang, plötzlich loszulassen und die blitzzuckende Empfindung des anhebenden Todes auszukosten.

Wenn er das abends, während er seine Pfeife rauchte, Libois auseinandersetzte, der friedlich seinen Priem kaute, ohne etwas zu sagen, und dann und wann einen Strahl blonden Speichels zwischen seinen Händen hindurchschickte, dann erzählte Paumolle von jenem Anheben des Todes.

»Eigentlich ist doch gar nichts dabei, wenn du oder ich in den Wanten sind«, sagte er; »ich muß mindestens tausend Kilometer die Masten rauf und runter und in der Takelage gemacht haben. Das ist der reinste Boulevard-Spaziergang. Aber wenn ich meine Hände loslasse, du weißt doch genau, daß man sich mit den Schenkeln kaum an der Rahe festklammern kann, dann dreht sie sich, und an Backbord schwankt sie außerdem noch im Gaffellager. Man kann sagen, man halte sich überhaupt nicht fest.« – »Eines Tages zerschlägst du dir noch die Fresse«, sagt Libois. – »Vielleicht zerschlage ich mir eines Tages die Fresse, aber das hilft dann eben nichts: ich muß einfach zum Kopfsprung ansetzen. Natürlich nehme ich mich zusammen, aber immer erst im letzten Augenblick. Bist du niemals in die Etagen hochgestiegen?« – »Was für Etagen?« fragte Libois. – »In einem Haus.« – »Was für ein Haus?« fragt Libois. – »So ein ganz hohes.« – »Wo denn?« fragt Libois. – »In der Stadt.« – »Doch«, sagte Libois. – »Bis zur sechsten Etage?« – »Ja«, sagte Libois. – »Wo denn?« – »In Villeurbane.« – »Ich habe dann immer Lust, aus dem Fenster zu klettern, und einmal, da habe ich es getan. Als meine Schwester Hochzeit hatte. Die andern sind dazwischengekommen und haben mich festgehalten. Abends bin ich dann nochmals hingegangen. ›Was willst du denn hier?‹ hat meine Mutter gefragt.

Ich habe ihr geantwortet: ›Meine Jacke holen.‹ Ich bin in das Zimmer gegangen, ich habe das Fenster aufgemacht, ich bin über die Brüstung geklettert. Ich habe meine Fußspitzen in eine Eisengitterranke gesteckt. An dem Abend damals war unten auf dem Boulevard alles voll von Autos und Scheinwerfern, die hin und her glitten, und oben über der Straße haben die Sterne fast genauso ausgesehen. Zehnmal habe ich die Hände losgelassen. Nur mit den Zehenspitzen habe ich mich gehalten. Toll war das! Mutter hat mich gerufen: ›Was machst du denn da?‹ – ›Nichts‹, habe ich geantwortet. Ich bin über die Brüstung zurückgeklettert, ich habe meine Jacke genommen, ich habe meiner Mutter einen Kuß gegeben, ich bin weggegangen. Ich bin die ganze Nacht herumgelaufen, ohne mich hinzulegen. Ich habe mir gesagt: ›Paumolle, du mußt dich schleunigst anheuern lassen.‹«

Auf den Walfischrücken zu springen war ganz einfach. Aber man mußte es nicht mit Gummistiefeln tun, weil man sonst ausrutschte, sondern vielleicht Nagelschuhe anziehen, wie an Land, oder auch Segeltuchschuhe, oder es vielleicht barfuß tun. In zwei Metern Entfernung schwimmen sie am Schiff vorbei. Einer hätte es beinahe gestreift. Man springt, man bleibt stehen und hält das Gleichgewicht, und der Fisch trägt einen davon. Das Schiff bewegt sich nicht; man kann also leicht zurückschwimmen. Auf diese Weise muß man mindestens hundert Meter auf dem Tier reiten können. Es merkt wohl überhaupt nicht, daß es jemanden trägt. Wenn es dem Schiff ausgewichen ist, zieht es im Regen an der Oberfläche dahin. Vielleicht taucht es irgendwo, dahinten; vielleicht schwimmt es ruhig im Regen herum, ohne sich um das zu kümmern, was es auf dem Rücken hat. Das Ganze ist lediglich eine Frage des Gleichgewichts. Man muß sich auf der schlüpfrigen Haut in der Schwebe halten. Das kann kaum schwieriger sein, als bei schlechtem Wetter über Deck zu gehen. Man muß sich mit dem Gesicht nach vorn stellen und auf den Beinen balancieren, von links nach rechts.

Wenn er taucht, muß man sich ohne Widerstand mit hinabstrudeln lassen, sich totstellen, den Atem anhalten, bis sich der Wirbel löst und ausbreitet. Danach braucht man dann nur nach dem Schiff zurückzuschwimmen. Wenn man ausrutscht, fällt man eben ins Wasser. Die Geschichte ist ganz einfach, und Paumolle hat tatsächlich mächtig Lust, es zu tun.

»Was, zum Henker, soll man hier anfangen? Es regnet. Weißt du, wo die See uns hintreibt? Nach keiner Richtung Sicht, weder nach vorn noch nach achtern, noch nach rechts, noch nach links. Überall Regenvorhänge. Eine trübe, bewegliche Wand, durch die jeden Augenblick die unvorhergesehensten Dinge auftauchen können. Aber oft bleibt die Wand auch lange um uns herum stehen und bewegt sich nicht und läßt nichts andres durch als ein graues Tageslicht, in dem niemals was auftaucht.

Man kann nicht wissen, wo man morgen ist. Die Stelle, wo wir gestern im Meer festgesessen haben, sieht genauso aus wie die, wo wir heute im Meer festsitzen, und die Stelle, wo wir morgen im Meer festsitzen, wird genau wie die aussehen, wo wir jetzt festsitzen. An unsrer Backbordseite wird das Wasser sich ganz genauso kräuseln. Das Regengeprassel wird sich genauso anhören, und die Regenvorhänge sind genauso, wie sie jetzt sind, düster und blau, bebend und schwer und auf allen Seiten zugezogen.

Man sehnt sich nach einem Lufthauch. Man möchte sehen, wie das schwarze Segelzeug anfängt, sich zu blähen und all den Regen abzuschütteln, der es durchnäßt hat; wir möchten, daß der Mast aufhört, sacht in seinem Schuh zu ächzen, und daß die Rahen und Stengen wieder aufschreien, wie sie es tun, wenn der Wind nach den Toppen langt. Wir möchten das Segelzeug klatschen hören und sehen, daß es sich auseinanderrollt wie eine Schlange, während es sich auf der einen Seite bläht und auf der andern Seite flattert wie eine Fahne im Wind, bis es sich endlich rundet. Wir möchten, daß die Segel geschwellt sind von den Toppen bis zum Mastfuß. Wir möchten, daß sich der Wind kräftig gegen unser Segelzeug stemmt, an allen Masten, von oben bis unten, und daß wir endlich mit der Nase voranspringen. Wir möchten nicht, daß der Regen aufhörte niederzurauschen, noch, daß wir nicht mehr von blauen Schleiern umhangen wären, aus denen jeden Augenblick alles mögliche auftauchen kann, aus denen dann aber am Ende nichts kommt als winzig kleine Tropfen, die sehr weit voneinander entfernt sind; wir würden den Regen in Kauf nehmen, und auch, daß wir in seine düsteren Mauern eingepfercht sind: *aber wir möchten steuern.*

Es macht uns nichts aus, daß wir in diesen Weiten von dreitausend und viertausend und hunderttausend Meilen einsam umhertreiben: *aber wir möchten steuern.*

Es ist uns völlig gleichgültig, daß es das grenzenlose Meer gibt und daß der Regen das Gestern, Heute und Morgen zudeckt; wir können alles ertragen, selbst wenn wir nichts andres zu sehen bekämen als unsern Bug, der auf jeder Seite seine Wasserlippen zurückstößt; *wir wollen nichts als steuern; denn das Steuern gibt uns die Gewißheit, daß wir ebenso lebendig sind wie der Regen und das Meer,* und es hat dann nichts zu bedeuten, daß die grenzenlosen Weiten des Meeres vom Sirren des grenzenlosen Regens zugedeckt werden, wenn nur wir selber inmitten von alledem *steuern.* Denn dann gehorcht die kleine Welt, in der wir leben, dem Rade; und wenn man sagt: 15 Grad nach rechts, dann stößt man mit der Nase 15 Grad nach rechts, und es ist uns gleich, daß alles verstopft und zugedeckt ist, so daß man nicht rechts von links und keinen

Grad von Hosenknopfbreite unterscheiden kann; was uns not tut, ist Steuern; nicht auf etwas zu; und selbst wenn es nicht mehr rechts noch links, noch Null, noch Grad, noch ›wie sie geht‹ gibt, *so gibt es doch das Ruder; es gibt die eine Tatsache, die ebenso wichtig ist wie die unbegrenzten Meeresweiten und das unbegrenzte Sichergießen des Regens, die Tatsache, daß man handelt, daß man in die Dinge eindringt und daß man sich das Gefühl der Freiheit bewahrt.*

Selbst wenn es kein Ufer jenseits des Regens oder jenseits der Stätte gäbe, auf die wir zusteuern, so gibt es doch die Tätigkeit des Steuerns, und alle Stätten, auf die wir zuhalten, je nach Befehl: nach rechts, nach links, anluven, abfallen, Ruder hart, mit dem Ruder aufkommen; alle Stätten, denen der Bug sich auf solcherlei Weise zukehrt, sind im gleichen Augenblick Küsten, die man erreichen, und Häfen, die man anlaufen kann, in Bruchteilen einer Sekunde, die Ewigkeiten währen.

Eben weil man steuert, gelangt man im gleichen Augenblick hin; man besitzt, man geht, man kommt von der Stelle, man regt sich; die Bewegung gewährt uns sofort die Befriedigung aller unsrer großen Hoffnungen.

Selbst wenn der Himmel leer ist und das Meer leer ist. Wenn man sich in einem Himmelshohlraum bewegt, der so unermeßlich ist, daß es nur noch eine einzige wahrnehmbare Bewegung gibt, nämlich die der Sonne, die von Osten nach Westen zieht, und wenn man trotz des lebendigen Rades und trotz des Blickes, der in jedem Augenblick sämtliche Punkte der Kimmung streifen kann, immer an derselben Stelle festsitzt, in einer Kielspur, die beginnt und niemals endet, so hat man dennoch wenigstens das Gefühl, *man sei auf dem Wege zu irgend etwas.* Nacktes Meer mag tagelang auf nacktes Meer folgen: *man ist auf dem Wege zu irgend etwas;* man erfüllt die wichtigste Tätigkeit des Menschen, selbst ohne Ziel und Sinn: *man kommt voran.*

Nichts kann das Herz wanken machen, wenn man vorankommt.

Alles tut sich auf; man durchdringt alles; *man tut das, wozu wir geboren sind: man steuert auf irgend etwas zu,* und selbst wenn man auf nichts zusteuert, man steuert eben! Der Kurs gebiert sich aus sich selbst, welcher es auch sei, und das ist das einzige, was zählt.

Daher würden wir die finsteren Standarten des Regens hinnehmen, und sogar den Wasserdeckel, der sich über die große Wasserpfütze des Meeres gestülpt hat. Wir würden es hinnehmen, eingezwängt zwischen den beiden wässernen Mühlsteinen zu sein, unter der Bedingung, daß wir trotz allem *vorankommen, unsern Kurs halten und steuern können;* daß wir hören könnten, wie befohlen wird: nach rechts, nach links, Null, oder ›wie sie geht‹, woraus sich ergäbe, daß es ein Rechts, ein Links und den rechten Kurs gebe, *der uns Grenzen setzt und uns Dasein leiht.*

Der Regen ist nichts, und die unermeßlichen Meeresweiten sind nichts. Der Himmel könnte ganz und gar und von Kopf bis Fuß ein Wasserkatarakt geworden sein, der das Meer aufschäumen läßt. Der Himmel könnte ein Feuerkatarakt geworden sein oder als Granitfelsen herunterstürzen und rings um uns schwarze Schlundstrudel aufwühlen. Das Meer könnte in den Himmel springen wie Tausende von Walfischen: *in dem Augenblick, da wir steuern, gibt es selbst in der schlimmsten Sintflut ein Rechts, ein Links, einen guten und einen schlechten Kurs; man nimmt seinen Kurs auf, man verfolgt weiterhin unerschütterlich den guten oder den schlechten Kurs: denn das ist des Menschen wichtigste Tätigkeit, da er im Grunde um ihretwillen auf die Welt gekommen ist.*

Aber wir steuern ja nicht. Das Ruderrad ist wahnwitzig,

ist frei, es wiegt kein Gramm, es kann nicht wirken, weder nach rechts noch nach links; es rollt. Wir haben keinen Kurs, sondern eine Bewegungslosigkeit zieht uns bewegungslos mit sich fort; wir können nicht handeln. *Um zu tun, was man tut, brauchte man nicht geboren zu werden; ein Wrack würde auf dem gleichen Kurs dahintreiben.* Es geht hier nicht um Leben oder Tod, *es geht um das Erschreckendste, was der Mensch sich vorstellen kann, und das ist: unbeseelt zu sein.«*

Darum sind alle Männer des Schiffes inständig bemüht, in sich eine Seele zu entdecken.

Stephan Broser

Columbus schlüpft zurück ins Ei

Ich verweigere den Gehorsam.
Jean Giono, Refus d'Obéissance

Ja –: man lasse sich überraschen, überraschen und bezaubern von diesem Buch: es ist in der Tat eine große Meeresstille. Unter den Büchern Gionos ist es in mehrfacher Hinsicht ein Novum, ein Unikum geradezu.

Im Frühjahr 1944, während der Zweite Weltkrieg mit seinen Schrecken auch das südfranzösische Städtchen Manosque, Geburts- und Heimatort Jean Gionos, erreicht, geht der provenzalische Dichter auf eine imaginäre Reise. Und er, der Bodenständige, der passionierte Wanderer in dem unwegsam gebirgigen Gelände der Hochprovence, der Sänger einer provenzalisch herben Pastorale: er wählt für diese Reise – das Meer. Das Meer, das er kaum kannte und von dem er zuweilen unumwunden sagte, daß er es verabscheue – mitsamt der Côte d'Azur von Nizza bis Marseille.

Er, der von sich ein wunderbar knappes Porträt gegeben hat mit den Worten:

»Jean Giono, lebender französischer Schriftsteller, geboren in Manosque, kann nicht schwimmen.«

Wasser, Meerwasser –: dies abgründige Element.

Und eine weitere Novität: *Die große Meeresstille* ist unter Gionos Büchern das erste und einzige, das nicht niedergeschrieben wurde, sondern diktiert. Man vergegenwärtige sich diese Situation: Giono improvisiert, wie aus dem Stehgreif, über zwei Monate tagtäglich diesen Text: diktiert ihn einer Sekretärin in die Feder. Während er morgens an dem Roman *Deux Cavaliers de l'Orage* schreibt, gibt er am Nachmittag diese Impromptus einer imaginären Reise zu Protokoll. Auch diese Simultanarbeit an zwei Texten ist im Lebens- & Werklauf des Jean Giono ohnegleichen.

Zunächst hatte er die Absicht, späterhin das fragmentarische Skript zu revidieren und auszuarbeiten – doch im Jahre 1948 gibt er es ohne Retouchen, ohne jede Retouchierung, in den Druck. Mithin behandelt er es so, wie man ein Dokument behandelt – ein authentisches Dokument. Und nicht zuletzt macht dies das Faszinosum dieser Seiten aus. Und darum wohl wurden sie diktiert: der Poet selber stand wie unter einem Diktat, dem Diktat einer inneren Stimme.

Er hörte – und gehorchte – und gab die Stimme weiter. Giono improvisiert diesen Text, wie ein Jazzmusiker seine Phrasierungen improvisiert. So zwingend wie zwanglos. Oder wie ein Künstler *al fresco* malt –: ins Frische.

Auf den nassen Mörtel einer Mauer.

Der unvermittelte Wechsel vom Terrestrischen zum Maritimen mußte seine Tücken haben für einen Autor, der bislang nie als Schiffspassagier unterwegs gewesen, geschweige denn zur See gefahren war –: um den Text überzeugend zu gestalten, galt es sich vertraut zu machen mit den einschlägigen Termini der Nautik und Navigatorik. Was Giono im Französischen meisterte, gelang ebenso den beiden Übersetzern in ihrer sorgfältigen Übertragung – auch ein schiffskundiger Leser, ein Mann vom Fach, wird beim Lesen dieser Seiten nicht seekrank werden. ›Die große Meeresstille‹: so die eigenwillige und doch angemessene Titelgebung der deutschen Übersetzer. Im französischen Original lautet der Titel: *Fragments d'un Paradis (Les Anges).*

Fragments d'un Paradis – wie ist das zu lesen?

Meint es die Textgestalt – oder das im Titel angesprochene Paradies? Sind es Textfragmente, die von einem Paradies erzählen – oder ist es ein Paradies in Fragmenten, ein fragmentiertes Paradies? Beides wohl –: beides zugleich. Ein Paradies in Fragmenten, in Bruchstücken. Ein zerbrochenes, ein gefallenes Paradies – auf dies Motiv wird zurückzukommen sein...

L'Indien: der Inder oder auch der Indianer: auf diesen Namen hört das Schiff der Gionoschen Expedition. Eine Anspielung, bewußt oder unbewußt, auf jenen Christophorus Columbus, der Indien suchte – und die Indios fand.

Christophorus: der nicht zuletzt seinem Namen alle Ehre zu machen suchte: trägt doch, in den alten bildnerischen Darstellungen, der von Christophorus getragene Christusknabe seinerseits in der Hand eine Weltkugel *en miniature.*

Zunächst folgt die Gionosche Expedition, nur wie im Zeitraffer stenogrammartig notiert, nahezu der Route des Columbus: vom europäischen Festland westwärts nach Madeira. Doch dann schon wird ihr Kurs um einen entscheidenden Winkel von nahezu 90 Grad abweichen: fortan geht die Reise, der *voyage phantastique,* nach Süden. Und mit diesem Knick der Kurslinie – der eben auch zu verstehen ist als ein Knick in der Optik – beginnt das Imaginäre seine Kräfte zu entfalten. Aus dem Zeitraffer wird unversehens eine Zeitlupe. Man fühlt sich erinnert an jene unscheinbaren japanischen Papierblumen, die im Wasser eines Bassins aufblühen: so entfaltet sich, im Medium der Gionoschen Phantasie, eine ungeahnte Bilderwelt.

Ja –: Gionos Segelschiff gibt der Karavelle des Columbus den Abschied. Nicht mehr um Gold in unbekannten Ländern ist es zu tun, sondern um das Unbekannte selber.

Columbus schlüpft durch die Maschen des Netzes von Längs- und Breitengraden. Columbus schlüpft zurück ins Ei: ins Innere, Inwendige der Imagination.

L'Inconnu: das Unbekannte, wie es Charles Baudelaire in seinem großen Gedicht *Le Voyage* beschwört.

Das Unbekannte: unter dieser Flagge segeln nicht nur die Verse aus dem Gedichtzyklus *Die Blumen des Bösen,* sondern auch die imaginären Reisen aus der Feder eines Edgar Allan Poe oder Hermann Melville, Louis Stevenson oder Joseph Conrad, Arthur Rimbaud oder Comte de Lautréamont... – Jean Giono ist in bester Gesellschaft.

Wenn fern im Westen der amerikanische Kontinent längst schon erkundet war und kolonisiert, so blieb der äußerste Süden, bis weit ins 19. Jahrhundert hinein, unerforscht und unerforschbar: *terra australis incognita.*

Seit Magellans Umsegelung des Kap Horn gab dieser tief im Süden vermutete Kontinent immer wieder Rätsel auf.

Drei Reisen des Capitän Cook, der in den siebziger Jahren des 18. Jahrhunderts die gleichen Gewässer kreuzte wie Gionos imaginäres Schiff, sollten diese Rätsel lösen. Doch auch der legendäre Cook mußte schließlich die Segel streichen.

Auf Land- und Seekarten blieb unabsehbar ein weißer Fleck – weiß wie die Eisschollen, die dann und wann auftauchten als Vorboten eines noch sagenhaften Südpols.

So boten sich den Poeten die südlichen Breiten des Ozeans als ein idealer Schauplatz dar: sie konnten ihn nach Belieben mit den Ausgeburten ihrer Phantasie bevölkern.

Seltsame Fauna und Flora an der Wende vom Subtropischen zum Südpolaren. Farbenprächtig gefiederte Vögel, fliegende Fische mit gleißend weißem Leib.

Und dann, plötzlich, als Inbild eines namenlos Unbekannten, eines namenlos Erschreckenden: phosphoreszierende Polypen, vielarmige Kraken. Verschlungen-verschlingendes Getier –: abgründige Eisblumen des Bösen.

Unter den Poeten der See, den hellsichtigen Nautomanen und Imagonauten, war vor allem Melville für Giono von eminenter Bedeutung. Kein Zweifel: er hat das Augenmerk des Provenzalen auf das Meer gelenkt: er, der große amerikanische Erzähler, der dem Franzosen alsbald zu einem Wahlverwandten wurde. In den Jahren 1936 bis 39, im Vorfeld also des bedrohlich heraufziehenden Zweiten Weltkriegs, hat Giono den legendären *Moby Dick* (diesen Wal von einem Buch, diesen Wälzer ohnegleichen, diese Enzyklopädie des Meeres) ins Französische übertragen. Um wenig später zu seiner Übersetzung ein Vorwort zu schreiben, das sich ihm unversehens zu einer Erzählung ausweitet: *Pour saluer Melville: Melville zum Gruß.*

Und ein solcher Gruß, ein Salut an Melville, ist auch sie, diese große Meeresstille.

Wie sein Wahlverwandter, sein Pate aus New York, wird auch Giono zuweilen vertrautes Seemannsgarn spinnen: so gibt es ein Bordtagebuch der beiden Schiffsoffiziere und Tagebuchaufzeichnungen des Kapitäns. In einem entscheidenden Punkt jedoch folgt die *L'Indien,* auch darin von unverwechselbarer Art, ihrer eigenen Fährte. Während nämlich Erzähler vom Schlage eines Melville oder Stevenson nicht selten abschweifen zu weitläufigen Schilderungen schicksalshafter Wechselfälle und atemberaubender Abenteuer – gewissermaßen ein *must* für dies literarische Genre –, wird Giono auf solch anekdotisches Beiwerk nahezu verzichten. Keine Harpunierjagden, keine Meutereien an Bord, keine Scharmützel mit Eingeborenen am Inselstrand. Nein – *Die große Meeresstille* ist kein maritimer Reißer. Die Spannung, die der Poet Giono zu erzeugen weiß, ist von anderer Art. Nur ein Hai, ein mächtiges Tier, macht da eine Ausnahme: er wird von der Schiffsmannschaft an Deck gehievt und nach allen Regeln der Kunst, in einem Kampf bis aufs Messer, zerlegt. Sein herausgeschnittenes Herz wird noch nach Stunden schlagen: unstillbar mörderische Aggressivität der Macht. Ansonsten bleibt die See des Jean Giono über weite Strecken frei von solchem Zetermordio. Sein Südatlantik: ein zweiter Pazifik. Stiller Ozean. Der eingeschworene Pazifist Giono hat das Wort. Und es ist, als hätte die Schiffsmannschaft der *L'Indien* einen Logenplatz über dem Meer: ihr werden Schauspiele zuteil, die in ihren gigantischen Ausmaßen so entgrenzt erscheinen wie entrückt. Ein leuchtender Rochen, von hundertfünfzig Meter Durchmesser, leviathanisches Ungetüm, das die Sonne in den Schatten stellt; Vogelschwärme, über ganze Quadratkilometer, die den Himmel verfinstern; eine immense Krake mit Fangarmen vom Umfang eines Pökelfasses, die sie in die Lüfte reckt, um mit jenen Vögeln eine Art Tanz zu vollführen: ein ekstatisches Duett. Keinerlei Eingriffe von seiten der Männer an Bord, keine vordergründige *action:* alles ist vielmehr abgestimmt auf das *Passiv-Rezeptive,* wie es dem Naturell des imaginativ Veranlagten entspricht. Die Schiffsmannschaft (und mit ihr der Leser) verhält sich zu den Schauspielen auf See wie der Rauschkundige zu den entgrenzt-entgrenzenden Bildern, die vor seinem inneren Auge aufsteigen. Und dazu stimmig genau der Affekt, die Gefühlsregung, wie sie die Mannschaft an Bord immer wieder erfaßt: eine Art erschrockener Verzückung, ein selbstvergessenes Staunen. Nicht Schreie von Verwundeten – Schreie der Verwunderung begleiten das Schiff auf seinem Kurs nach Süden.

Mit dir – Leser – an Bord.

Manche der subtil orchestrierten Farbschilderungen Gionos gemahnen an Farberlebnisse unter Einwirkung von Meskalin oder LSD, wie sie etwa Aldous Huxley beschrieben hat. Die *Fragments d'un Paradis* versäumen denn auch nicht, gelegentlich Baudelaires *Paradis Artificiels* zu zitieren: sind doch die imaginären Reisen der Poesie aufs engste den Fährten der Rauschkundigen benachbart – um einander wiederholt zu kreuzen. Bedarf es der Namen –? Coleridge und Poe, Baudelaire und Benjamin, Jünger und Benn... Bedarf es noch weiter des Defilees der Namen? Pierre Citrons umfangreicher Biographie ist nicht zu entnehmen, ob Giono Erfahrungen mit ebensolchen Drogen hatte – und die *Fragments d'un Paradis* geben diesbezüglich keinerlei Hinweise. Allerdings ist namentlich und wiederholt die Rede von anderen Elixieren aus dem Reich der künstlichen Paradiese: von Wein und Rum, von Pernod und Absinth.

Giono findet gleich zu Eingang, auf den ersten Seiten seines Romans, ein suggestives Bild für seine flutende See: »un bol de punch«. Und in der Tat: des Autors Phantasie entfacht das Meer, als wäre es das Rund einer immensen

Punschbowle. In diesem Bild verbindet, verdichtet sich das Rauschhafte mit dem Flammend-Leuchtenden. Eine Art submariner Lichtorgel erleuchtet denn auch diese südatlantischen Gewässer.

In feinnuancierten Dünungen breiten sich ganze Farbskalen über das Wasser aus – Farben im Wandel, Farben in Bewegung. Farbschauer gleichsam, die über den Rücken der See laufen. Luziferisches Leuchten. Ja, Luzifer, Lichtbringer und Lichtträger, der Aufrührer unter den Engeln: Luzifer kehrt wieder als Leviathan. Mit dem Schlagen der Flossen erinnert er an seinen Flügelschlag: halb Vogel, halb Fisch, ein Zwitter zwischen droben und drunten.

Luzifer – der gefallene Engel – schwimmt.

Als Rochen, zum Beispiel.

Baléchat, Matrose der *L'Indien,* mimt auf seine Weise den Engelssturz: *»Baléchat sprach vom Sturz der Engel, und während er davon sprach, versuchte er, mit den Händen und den ausgebreiteten Armen das schwere Flattern eines in den Abgrund stürzenden Ungeheuers nachzuahmen. Wobei jeder leicht merken konnte, daß er auf diese Weise die Erinnerung wachrufen wollte, die vom Erblicken des Riesenrochens her in ihnen allen haftete.«* Zuvor aber zeigt der Autor Giono sein Genie, wenn es von jenem Rochen heißt: *»Wellen, die anfangs goldfarben waren, gingen von dem beinahe nicht wahrnehmbaren Beben der Flügelränder aus; dann verbreiteten sie sich über den ganzen Körper des Tieres nach einer regelmäßig wiederkehrenden Farbreihenfolge, die von Purpurrot in Königsblau, in Violett und schließlich in jene unbekannte Farbe überging, an der die Augen sich nicht satt sehen konnten und die die Herzen mit einem Leuchtglanz von unerhörter Traurigkeit erfüllte.«*

Mit allen Wassern und den Feuern aller Wasser gewaschen: Luzifer in der Punschbowle des Meeres. Sein Leuchtglanz indes ist – paradox genug – von »unerhörter Traurigkeit«: abgründige Trauer, wie sie mit dem Fall des Engels einkehrt.

De – pression der Schöpfung.

»Ein kosmischer Kriminalroman«: so hat Giono selber, in einer Tagebuchnotiz, seinen Roman genannt. Und was könnte ein solcher *Kriminalfall* von *kosmischen* Ausmaßen: was könnte er anderes sein als eben der Sturz Luzifers und seiner Engelskumpane?

Dieser Fall *vor* dem Sündenfall des Menschen.

Die *Fragments d'un Paradis:* Gionos *Paradise Lost.* Nicht von ungefähr wird Milton ebenso namentlich genannt wie jener andere Poet der satanischen Tradition, des luziferischen Leuchtens –: William Blake.

Luzifer glänzt zutiefst erst – aus der Tiefe.

Erst das gefallene, das fragmentierte Paradies leuchtet: in Prismen, die das Licht farbig brechen. Und so findet sich in dem Staunen der Schiffsmannschaft wie in einer Melange beides zugleich, beides in eins: verzückte Trauer, abgründige Euphorie.

Zu der Horizontalen, wie sie der auf den Wassern gleitende Leviathan alias Luzifer akzentuiert, tritt späterhin die Vertikale hinzu: zwischen azurener Höhe und infernalischer Tiefe spielt ein Tanz ohnegleichen. Zu der Figur des gefallenen Engels gesellt sich das szenische Bild eines ganzen Höllensturzes. Vögel in Scharen, Vogelschwärme unabsehbar, die vom Leib einer Krake wie von einem Trampolin in die Lüfte emporgewirbelt werden, um immer wieder im Sturz niederzugehen. Federndes Gefieder.

Ein Liebestanz, ein Liebesakt als Gigantomachie. Eine

Hochzeit zwischen droben und drunten: *marriage between heaven and hell,* um mit William Blake zu sprechen. Und so wie diese Szene räumlich ausgreift, so wird sie sich zeitlich dehnen: vom Piano zum Forte, vom Forte bis zum Fortissimo. Einen ganzen Tag lang dauert dieser Liebesakt, der seinesgleichen sucht. Über mehr als ein Dutzend Seiten entfaltet Giono die Schilderung, variiert und moduliert sie, bis er ihr alle Facetten entlockt hat – und alle Glanzlichter verliehen.

Es sind ekstasierende Textsequenzen von der visionären Kraft eines Blake oder Lautréamont. Nicht von ungefähr findet dieser Höllensturz der Vogelschwärme vor dem Hintergrund der vulkanischen Insel Tristan da Cunha statt, deren *Krater* den *Höllentrichter* evoziert: seit Dantes Inferno... und Poes Maelstrom... bis hin zu Becketts Trichterlandschaften ein Inbild des luziferischen Abgrunds.

Luzifer – vielfach gefiedert – macht die Flatter. Luzifer, der Engel, der die Welt aus den Angeln zu heben suchte.

Luzifer der Versucher.

Und was würde wohl... die Psychoanalyse...?

Oder um hier genauer zu fragen: wie würde wohl die sogenannt orthodoxe, die kanonisierte Psychoanalyse diese Szene deuten? Als eine »Urszene« wohl, als ein archaischinfantiles Bild des elterlichen Koitus.

Und sie wäre dabei (– zunächst zumindest –) so schlecht beraten nicht: gibt doch diese Krake in der Tat die Imago einer archaischen Mutter: so chaotisch wie verschlingend.

Phantasmatische Imago einer Mutter, wie sie sich bildet auf der Stufe des oralen, um die Mundzone zentrierten Erlebens –: nicht von ungefähr sind die überdimensionalen Fangarme besetzt mit einer Unzahl mächtiger Saugnäpfe, tellergroßer Schröpfköpfe.

Urtümliches Ungetüm, unvordenklicher Kopffüßler der Meere.

Maritime Spinne: mit ihrer in der Leibmitte klaffenden Spalte, die – beängstigend entdifferenziert – zugleich Mund wie auch Geschlecht scheint.

Chaotisch vielarmig, mit ihren unabsehbar ausgreifenden Tentakeln, unvorhersehbar in ihren Übergriffen.

Und wenn sich auch im Inventar des Duden *der* Krake findet, so heißt es doch umgangssprachlich allemal: *die* Krake. Unverkennbar das Archaisch-Weibliche: Gionos Molluske gemahnt an jene vielarmigen Muttergottheiten der indischen Mythologie: eine Kali oder Tara. Und dazu stimmig das symbiotische Miteinander, wie es ja das frühe leibseelische Erleben charakterisiert: die herabfahrenden Vögel picken allerlei Algen, Muscheln und Krabbengetier von dem morastig verkrusteten Leib der Krake, wodurch diese vorübergehend wieder Glanz und Beweglichkeit zurückerlangt: ein ekstatischer Frühjahrsputz im Südatlantik.

Im Duett mit jener maritimen Spinne wären die auf- und niederfahrenden Vogelscharen, die Giono als »Vogelsäulen« ins Bild rückt, doch wohl auch – zunächst zumindest – von phallischer Natur. So wäre diese südatlantische Szene in der Tat eine Art »Urszene«, wie das Kleinkind sie aus seiner leibseelischen Perspektive erfährt: überdimensional, als ein Ereignis von gleichsam kosmischen Ausmaßen.

Soweit, was uns wohl – stenogrammartig verkürzt, versteht sich – eine orthodoxe, verschulte Psychoanalyse von Gionos Krake zu berichten wüßte.

Doch was hätte diese Krake ihrerseits von der Psychoanalyse zu berichten?

Wie würde sie sprechen? Und man möge eine solche Umkehrung der Fragestellung nicht als feuilletonistisch wohlfeilen Scherz abtun.

Denn sie, diese gigantische Ballerina des Meeres: sie hat immer schon einen Fangarm mehr – als jede Theorie, die sie zu fassen sucht. Der bald geschmeidig-sanfte, bald peitschend-heftige Tanz ihrer Tentakel: er läßt sich in keiner akademischen Kladde verbuchen, in keinem Computer speichern.

Er läßt sich nie – *nie definitiv* – definieren.

Denn was uns Giono vor Augen führt, ist nicht nur ein bewegendes Bild, sondern ein *Bild in Bewegung,* das sich je nach dem Blickwinkel des Lesens verwandelt. Und möge der Leser, seinerseits in einem Duo mit jenem maritimen Ballett, sich selber erfahren: das Chamäleon *seiner* Phantasie.

So ahnt dieses Krakentier je schon mehr von dir, als deine Wissenschaft je von ihm wissen wird. Heiße sie nun psychoanalytisch oder soziologisch, philosophisch oder linguistisch: jedwede Wissenschaft, und mag sie sich noch sosehr frei glauben von allem Poetischen, wird immer schon unterwandert von der Poesie. Unterlaufen, unversehens.

Maulwurf und Mundschenk: so ist diese immer schon am Werk. Und selbst ein scheinbar so eindeutiger Begriff wie der des *Oralen* ist schon einbezogen in ein kaleidoskopisches Spiel: sowohl von seiner semantischen Seite, seiner Bedeutung, wie auch nach seinem Klangbild. Zum Beispiel: wo von Scham*lippen* gesprochen wird, da zeigt sich das weibliche Geschlecht immer schon *als ein Mund* – so wie rückwirkend der Mund immer auch *als jenes Geschlecht.* Das Spiel des Polymorph-Perversen, das eine orthodoxe Psychoanalyse schlicht dem Regressiv-Infantilen zuordnen möchte, läßt so leicht sich nicht domestizieren. Polymorph-Pervers? Gewiß. Doch eben auch: pervers-polymorph. ... Und woher überhaupt diese Scheu, diese Angst vor solch einem kaleidoskopischen Spiel des Wandels? Woher diese Angst, von der eine weitgehend verschulte, freudlos schulmeisternde Psychoanalyse selber nicht frei ist?

Es hat den Anschein, daß das kaleidoskopisch abgründige Spiel des *Aus-differenzierens* in uns allen eine archaische Angst, eine Urangst weckt: die Angst vor einer *Ent-differenzierung.* So als würde (zum Beispiel) das weibliche Geschlecht, das sich vor dem inneren Auge *als* Mund *darstellt,* buchstäblich *zu* einem Mund *werden.* Angst vor einer traumatisierenden Ent-differenzierung: Angst vor einer schier bodenlosen *»Sumpfwelt«,* wie der alte Bachofen, der Historiograph des Matriarchats, die erste und niederste Stufe des Matriarchalen zu nennen beliebte. Und damit wären wir wieder bei der Krake. Sie wäre nunmehr an der Reihe zu sprechen: zu sprechen nämlich von der Angst, wie sie eine methodisch ordnende Wissenschaft (die orthodoxe Psychoanalyse zum Beispiel) *vor ihr* hat: vor diesem unfaßbar vielarmigen Getier...

Mit einer geradezu traumwandlerischen Sicherheit hat Giono das beängstigende Versinken in einer entdifferenzierten Sumpf- und Morastwelt seinerseits in Szene gesetzt. Die *Vogelsäulen* – diese gefiederten Kolonnaden, diese sich senkrecht stapelnden Kolonnen – sind ja nicht nur vordergründig als phallische Symbole zu sehen. Als *Säulen* meinen sie ja immer auch das *Differenziert-Ordnende,* das *Verläßlich-Tektonische:* das *Architektonische* – in Kontrast zu dem *Undifferenziert-Morastigen,* dem *Formlos-Schleimigen,* wie es sich im Leib der Krake verkörpert. In einem *da capo* tauchen die Vogelsäulen auf, schnellen empor, halten sich eine Weile in der Vertikalen – um immer aufs neue im Fall niederzugehen, heillos im Morast zu versinken.

Da capo eines Tempelsturzes im Südatlantik.

So erzählt Gionos Bilderwelt selber von dem Beängstigenden, das sie weckt...

Angst *vor* der Angst, wie sie einhergeht mit dem *Schreckerleben,* der *Schockerfahrung.* Denn während Angstentwicklung leibseelisch auf ein Bedrohliches *vorbereitet,* und so dessen Erledigung ermöglicht, trifft der Schreck, der Schock, allemal *unvorbereitet:* urplötzlich. Während Angst zu *vitalisieren* vermag, läßt der Schreck das Lebendige *erstarren:* Totstellreflex. Und nunmehr bildet sich eine Art Teufelskreis. Das im plötzlichen Schockerleben *Unerledigte* gemahnt permanent an eine Bedrohung, die ihrerseits unbewußt mit der Angst assoziiert wird. So wird die Angst, die ihrer Natur nach ein *heilsam vorbereitender* Affekt ist, schließlich selber als das Schreckliche perhorresziert: der Teufelskreis hat sich geschlossen. Eine Angst *vor* der Angst hat sich eingestellt. Denn nicht die Angst als solche gilt es zu perhorreszieren. Im Gegenteil. Angst begleitet, von fern und nah, jeden schöpferischen Akt, jede entscheidende Weichenstellung im Leben. Und nichts vermag mitunter so befreiend zu wirken wie eben dies: sich rückhaltlos einer unabsehbar flutenden Angst auszusetzen. Angst ist, wie Freud in seinen späten Jahren so trefflich formuliert hat: ein *»Signal«.* Sie vermag uns zu erzählen von unseren verborgensten Wunschphantasien, unseren geheimsten Empfindungen.

Nicht Angst also ist das Bedenkliche, sondern im Gegenteil: die Angst *vor* der Angst. Und so wäre das insistierende *da capo* des Krakentanzes, dieser Bolero Gionos, denn auch zu lesen: als das *nachträgliche* Wiederauftauchen einer *versäumten* Angstentwicklung, die vor einer unvermutet hereinbrechenden Katastrophe schützen soll.

So spielt die Molluske unablässig mit den Vögeln – bis diese letztendlich doch stürzen.

Und was für die Lebenswelt im allgemeinen, gilt auch für die Wissenschaft im besonderen: auch und gerade sie steht wie unter dem Bann einer Angst vor der Angst: als würde ihr jeglicher fester Boden entzogen, sobald das poetische Spiel der Mehrdeutigkeiten auch nur leise anklingt. ... Jede kanonisierte Wissenschaft (und die Analyse macht da keine Ausnahme) hat es früher oder später mit Gionos Krake zu tun ...

Es gab eine Zeit (lange ist es her und kaum mehr wahr), als die Psychoanalyse sich noch auf solche Fragen verstand: kein geringerer als Freud (wohlgemerkt: der aufrührerisch-unerschrockene Freud – nicht der verstockt-verbitterte, der er mitunter auch war) gab noch der Poesie *den Vortritt:* in seinem hellsichtig höflichen Wort, daß die Psychoanalyse den Fährten der Dichtung wie der bildenden Kunst *folge* – eines Michelangelo oder Leonardo da Vinci, eines Dostojewski oder Arthur Schnitzler. Die Analyse, so Freud, artikuliere nur explizit, was jene bereits intuitiv erfaßt hätten. Eine Psychoanalyse, die sich *auf Höhe der Poesie* bewegen wollte, müßte *ihrer eigenen Poesie* innewerden – wie etwa die psychoanalytische Theorie und Praxis des genialen Nicolas Abraham, der die ungarische Tradition Sandor Ferenzcis und Imre Hermanns auf seine genuine Weise fortführte: ein Randgänger, der die Strenge des Gedankens zu verbinden wußte mit dem intuitiven Verstehen des Poeten. Oder Masud Khan etwa, der ingeniöse Schüler Winnicotts, der seine analytische Arbeit mehr und mehr an den Kriterien der Poesie bemaß. Randgänger, inspirierte Außenseiter, die noch immer, und immer wieder, zu entdecken sind.

Eine *ent-schulte,* eine *ent-kolonisierte* Psychoanalyse müßte sich selber ansiedeln im Niemandsland *zwischen* Kunst und Wissenschaft – um mit dem Untertitel eines exzentrischen Jahrbuchs zu sprechen.

Eine solch *andere* Psychoanalyse würde Angst *freisetzen:* sie hätte keine Angst mehr *vor* der Angst, die auch ihr innewohnt...

Wie die Körperzonen, so tauschen auch die Geschlechter unversehens ihre Positionen: wenn die Fangarme der Molluske sich zuweilen phallisch aufrecken, so tragen die Vögel mit ihren gespreiteten Flügeln weibliche Züge.

Die Krake erscheint auch als *der* Krake.

Nein – keine Missionarsstellung bei dieser kosmischen Hochzeit im Südatlantik.

Und am Ende verkehrt sich das ganze Szenario von Grund auf: die Vögel finden in dem spermagleichen, leimartig-klebrigen Ausfluß des Kraken den Tod. Der Balztanz wird zur Agonie, der Liebes- und Zeugungsakt zum tödlichen Höllensturz.

Dieser Polyp des Polymorph-Perversen, dieser Tintenfisch aus der Tiefe: er schreibt die Triebgeschichte immer wieder neu und immer wieder anders...

Das Satanische wird von Giono nicht nur in großangelegten Szenarien, sondern mitunter auch ganz beiläufig angesprochen: so führt ein kurzer Fluch auf Pfeife und Feuerzeug alsbald zu blasphemischen Lästerworten auf die

Schöpfung. Oder es ist, wie *en passant,* die Rede von einem *schwefelfarbenen Meer:* infernalisches Gelb. Und von solch gelber Farbe ist auch das Gefieder des Vogels, dessen Fleisch der Koch Quéréjéta verspeist, um wenig später an Deck aufzutauchen: die Haut übersät mit roten Flecken.

Ein Koch –: wie selber siedend im Höllensud.

Ein Koch –: in Teufels Küche.

Das Unbekannte, wie es in den *Fragments d'un Paradis* wiederholt angesprochen wird, ist mithin kein farbloses X, kein blasses Abstraktum an einem jenseitigen Ideenhimmel. Bestürzend, mit dem Engelssturz eben, ist es hinab ins Diesseits gefallen. In die Sinnenwelt.

Da – oder dort – leuchtet es auf.

Zu den fremdartig irisierenden Farben gesellen sich ungeahnte Gerüche –: wie aus der Tiefe eines schlammigen Höllenpfuhls. So wird der leviathanische Rochen ruchbar. Und so auch kündigt sich der Schiffsmannschaft jene Krake an: *»Es roch nach Krapfenteig, Kastanienblüten, feuchtem Mehl, fadem Ei, keimendem Getreide.«*

Infernalische Duftnoten –: zweideutig halten sie die Schwebe zwischen dem Anziehenden und dem Abstoßenden, zwischen dem Keimend-Aufblühenden und dem Faulig-Verwesenden.

Anrüchig also.

Mit dem Fall Luzifers ist die paradiesische Zeitlosigkeit selber zu Fall gekommen: unabsehbar die Folge von Geburt und Tod, von Aufkeimen und Verwesen. Mit dem ersten Keim schon fällt jedes Entstehende der künftigen Fäulnis anheim – und wie in der Sphäre des Visuellen das Prisma die unsichtbaren Lichtwellen zu einem Farbspektrum zerlegt, so im Bereich des Olfaktorischen die Fäulnis: sie zersetzt das Geruchlose zu einer Vielfalt von Gerüchen.

Der Geruchssinn: seit den Anfängen der Moderne, seit Renaissance und Humanismus, in der hierarchischen Skala der Sinne an die letzte, an die unterste Stelle verwiesen: dieser angeblich niederste Sinn wird von Giono nicht nur eminent aufgewertet, sondern zu einem feinen Wahrnehmungsorgan ausdifferenziert. Wie Freunde und Vertraute aus Manosque erzählen, hatte Giono zeitlebens ein erstaunliches *Flair* für Gerüche – ein *Flair* im buchstäblichen Sinn dieses Wortes: eine Witterung nämlich. Und Gionos *œuvre:* eine ganze Partitur von Gerüchen. Zahllos sind in seinen Erzählungen und Romanen solche Passagen wie etwa die folgende aus dem *Berg der Stummen: »Ja, ich könnte euch noch etwas sagen, damit ihr begreift, wie diese Bilder lebendig aus dem Schoß der Nacht geboren wurden. Ich weiß nicht, ob euch das jemals begegnet ist, allein auf mich hat es jedesmal dieselbe Wirkung: es war, als ob man einen Korb mit Pilzen ins Zimmer bringt. Der bloße Geruch, der wirft mit einem Schlag die Mauern um, und ich bin im Wald, es regnet auf das Laub; ich höre den Regen, ich sehe die Bäume; ich brauche bloß die Hand auszustrecken, und sicher würde ich den Stamm einer Eiche berühren.«*

Giono: mit der untrüglichen Witterung eines Tiers.

Giono: mit den bebenden Nasenflügeln –: auf der Pirsch.

In einem kurzen Vorspann, wie ihn Giono der französischen Erstausgabe der *Fragments* von 1948 vorausschickt, heißt es abschließend in unverkennbarem Anklang an Baudelaire:

Ici ce sont les anges, qui, précédés de grondements d'abîmes et de parfums, apparaîssent.« Zu übersetzen: »Es sind die Engel, die hier, im Gefolge der grollenden Abgründe und der Parfüme, erscheinen.«

Engel... – ... *Abgründe...* – ... *Parfüme:* bündiger ließe sich nicht sagen, daß sich das Reich des gefallenen Luzifer bis weit in die Sphäre des Olfaktorischen erstreckt – wie ja auch das Schweflichte nicht allein das Gesicht anspricht, sondern ebenso den Geruchssinn.

Baudelaires Ingenium ist nah – und nicht nur in stilistischer Hinsicht. Baudelaire: er, dessen Spürsinn auf den Flakons zu spielen wußte wie auf einer Klaviatur. Man erinnere sich des Prosagedichtes *Eine Welt in deinem Haar* – und auch, und nicht zuletzt, eines so ungeschminkt großen Poems wie *Une Charogne: Ein Aas.*

Für den Giono der *Fragments* sind, wie für Baudelaire, die Gerüche Sendboten aus einer zweideutigen, einer satanisch doppelbödigen Welt: zwischen Alkoven und Abdeckerei.

Zwischen Eros und Thanatos.

Nein, keine parfümierten Engel also –

sondern, luziferisch, aus den Abgründen herauf: die Engel des Parfüms...

So ruft der sich verströmende Geruch des Rochens blühende Narzissenfelder in Erinnerung – doch ihr Frühling ist bereits Spätfrühling; und die Blüten überreif, an der Grenze –: zur Fäulnis eben.

»Der erste Anhauch hatte, als er noch fein und im Windfließen verborgen gewesen war, zunächst an die Düfte erinnert, die von großen, dem Verblühen nahen Narzissenfeldern ausgehen.«

Überreif –: so wie man vom *haut-goût* eines nicht mehr

ganz frischen Fleisches spricht; oder etwa von einem Delikateßkäse sagt, er sei *am Übergehen.* Genau an dieser Nahtstelle des Übergangs spürt Giono die Gerüche auf: an dieser *delikaten* Grenze. Zwischen dem noch Betörend-Lockenden und dem bereits schier Unerträglichen.

Zwischen Delikatesse und Kadaver.

Anstößig also.

Der Geruch dieses aufgeschlitzten Tierbauchs zieht mit dem Wind ins Land hinaus. Es ist ein äußerst erregender Geruch. Es ist derjenige, der von den Schlachtfeldern aufsteigt, am ersten Tag.

Jean Giono, Ennemonde

Zuweilen gewinnen jene anstößigen Gerüche eine Penetranz, als wollte eine verdeckte, eine verborgene Realität durchbrechen. Und just da führt uns die imaginäre Reise der *L'Indien* mitten ins Reale –: ins Kriegsgeschehen nämlich.

Um daran zu erinnern: im Frühjahr 1944 wurden diese Textpassagen der *Fragments* diktiert. Giono, der wiederholt von sich sagte, daß er die traumatischen Erfahrungen des Krieges 1914–18 nicht vergessen könne: er findet sich mitten in einem Zweiten Weltkrieg. Gewiß, dieses Mal nicht mehr als Frontsoldat, sondern als Zivilperson; doch auch als solche ist er in den Jahren 1939–45 allseits bedroht: bis hin zu einem Bombenattentat auf Gionos Haus im Januar 1943. Ganz zu schweigen von den Gefechten, Geiselnahmen und Greueln der Lynchjustiz rundum; sowie den Tieffliegerangriffen, die inzwischen, im Frühjahr 1944, auch in den abgelegenen Gegenden der Provence an der Tagesordnung sind. Der Tod hat Zulauf. Menschen- und Tierkadaver ohne Zahl. Giono erinnert sich. Unwillkürlich, unweigerlich. So wie der Kapitän der *L'Indien,* im Gespräch mit dem Marineoffizier Larreguy, sich erinnert anläßlich des Geruchs, den der leviathanische Rochen verbreitet.

»Sie haben nicht am Kriege teilgenommen?« …

»Erinnert Sie das an nichts?«

Das Lockend-Süße geht über ins »Zuckrige«, ins Süßlich-Abstoßende des Geruchs von verwesendem Fleisch: *»Es ist wie eine Art Sirup, dessen Klebrigkeit einem widerlich wird, sobald man sich über ihren Ursprung klargeworden ist.«*

Und damit nicht genug. Mehrmals ist *en passant* die Rede von Chlorkalk. Chlorkalk: wie man ihn im Weltkrieg 1914–18 auf die Massengräber geworfen hat, um den Verwesungsgeruch einzudämmen. So kehrt der Krieg, der aus dem Vordergrund des Geschehens ausgespart bleibt, in hintergründig beiläufigen Anspielungen wieder. So beiläufig wie drastisch.

Wenn etwa der Kapitän Nemo der *Nautilus* oder jener Ahab auf seiner Jagd nach Moby Dick, Aussteiger sozusagen, sich mit der Welt überworfen haben, so sind die Männer der *L'Indien,* eindeutiger noch, Deserteure: Deserteure aus dem Bannkreis des Krieges.

»Wir brechen auf, um nicht in Tiere verwandelt zu werden.«

Doch eben dieser Krieg wird sie – und sei es fernab im Südatlantik – einholen: dies macht das Authentische dieser Textfragmente aus. Ihr Unvergleichliches. Wie von einem Baudelaire oder Proust, wird auch von der Hand Gionos der phantasmagorische Schleier jäh, wie im Schock, durchstoßen. So ist die *Polarität* zwischen dem Verführerisch-Anziehenden und dem Widerwärtig-Abstoßenden auch und nicht zuletzt zu lesen als die *polare Spannung* zwischen dem Lockend-Phantasmagorischen und dem schier unerträglich Realen.

Zwischen Traum und Trauma.

Giono, der unerschöpflich reiche Fabulierer, spinnt sein Garn gleichsam zu einem Kokon, einem magisch-imaginären, eben phantasmagorischen Gespinst – um dieses sodann, plötzlich, zerreißen zu lassen: und heraus schlüpft ein immenser Falter gleichsam, wie mit erschrocken-erschreckend geweiteten Flügelaugen. Falter des Unvorhersehbaren, des Schocks. Schmetterling eines unerträglich realen Augenblicks.

Ein anderer Engel, urplötzlich entfaltet.

Es zeugt von Gionos Meisterschaft, daß er diesen über weite Strecken improvisierten Text genau auf dieser Achse zu halten vermag: da, wo stets ein Umschwung, ein jäher Umschlag möglich ist. Zwischen Traum und Trauma – und *vice versa.* Denn das Aufwachen aus den chimärischen Bildern des Traums ist ja seinerseits schier gleichbedeutend mit dem Erwachen *in* einen Alptraum ohnegleichen: den der Realität eben des Jahres 1944. Doppelter Umschwung, doppelter Umschlag also. Was traumhaft-imaginär schien, entpuppt sich als das Allerrealste – und umgekehrt: die scheinbar blanke Realität erweist sich ihrerseits als unfaßbar: als eine Katastrophe von kosmischen Ausmaßen, der nur noch in mythischen Bildern beizukommen ist. *Höllensturz – Leviathan – die Sintflut...*

Als eine solche sintflutartige Katastrophe wurde der Zweite Weltkrieg erfahren von einer Generation, die noch vom Krieg 1914–18 gezeichnet war. Wie Giono, der Anarch, der bedingungslose Pazifist, beharrlich sagte: »Je ne peux pas oublier«: »Ich kann nicht vergessen.«

Wie das Olfaktorische, zumal die diversen Frühlingsgerüche, so führt uns auch das Visuelle auf die Fährte des Frühjahrs 1944. Jene Vogelschwärme, die heuschreckengleich den Himmel verfinstern: gleichen sie nicht Flugzeuggeschwadern? Kamikazevögel, die ihren Tod finden auf dem morastigen Leib dieses vielarmigen Molochs, dieser verschlingenden Krake –: namens Krieg. Man lese, wie Giono die Agonie jener Vögel ins Bild setzt:

»Immerfort glitt über die erleuchtete Dämmerung der schwarze Schattenzug der Vögel, die in ihrem letzten Krampfringen, sich aus dem Morast loszureißen, wie gekreuzigt anmuteten. Ihr langer Todeskampf hatte sie starr gemacht wie Eisen.«

Unversehens erscheint vor dem inneren Auge des Lesers das Bild einer Soldateska in Agonie: morastig aufgeweicht der Boden eines Schlachtfeldes, totenstarr schon die Leiber gefallener Krieger, wie sie zahllose Kreuze bilden. Ehernes, unerbittlich eisernes Zeitalter des Krieges. Andernorts verdichtet Giono das Bild des Engels mit dem eines Kampfflugzeuges im Sturz: »verkohlte Engel, mit starr geöffneten Flügeln, die aus der Höhe des Himmels herabstürzen.« Doch es geht nicht allein um solche Bilder, solche Motive oder Themen. Mit anderen Worten: es ist nicht allein zu tun um das *Was* des Geschriebenen, sondern um das *Wie* des Schreibens. Auch – und vor allem – hier setzt der Krieg eine Zäsur in Gionos Werk. Die *Fragments* – auch darin singulär – situieren sich genau an der Kehrtwendung, an dieser Wende: von dem frühen provenzalischen Erzählzyklus zu den späteren Romanen, die der Autor als ›Chroniken‹ bezeichnet hat.

Gionos Text vom Frühjahr 1944 ist *keine* Erzählung *mehr* – und *noch kein* Roman. Im Grunde ist diese große Meeresstille, weitausholend und weitausschwingend, ein einziges Prosagedicht. Darin liegt – bei allem Schrecken, mit dem sie den Leser konfrontiert – ihr unverwechselbarer Zauber.

Singuläre Stellung der *Fragments: zwischen* dem erzählenden Frühwerk und den späten Romanen. Werfen wir einen Blick auf die Bücher des jungen Giono aus den späten zwanziger und den dreißiger Jahren. Vor solchem Hintergrund erst gewinnt das Besondere der *Fragments* – im Kontrast eben – sein Relief.

Dieser Giono ist kein Idylliker. Seine Provence ist nicht die servil verkitschte der Hochglanzprospekte – und auch nicht die sattsam bekannte der Kunst- und Kulturbeflissenen. Von Nîmes und Arles, von Orange und Les Beaux: kein Wort. Seine Landschaft ist die herbe, die aufrührerisch herbe Provence der zerklüfteten Hochflächen um Manosque und Le Contadour. Nicht die Rhone – die Durance ist sein Fluß. Haute-Provence: so heißt die Region. Dieser Giono ist kein Dichter der Gefühle – er ist ein Dichter der Empfindungen. Was ein erheblicher Unterschied ist, ja... Trauer etwa ist ein Gefühl – Schmerz hingegen eine Empfindung; Angst: ein Gefühl – Schreck: eine Empfindung; und wenn du dich glücklich nennst, sprichst du von einem Gefühl – Lust hingegen heißt dir eine Empfindung. So verfällt Gionos Sprache – bei aller Intensität – nie in einen schwärmerischen Ton. Immer bewahrt sie einen Bodensatz des Spröden. Giono mag hingerissen jubeln – nie aber posiert er als romantisierender Schwarmgeist. Dies hat zu tun mit einem wesentlichen Unterschied von Gefühl und Empfindung. Gefühle mögen sich durch Suggestion, durch Ansteckung quasi, von einem zum anderen fortpflanzen – Empfindungen hingegen sind immer gebunden an die je besondere Leiblichkeit des Individuums.

Sentir: dies französische Verb, das nicht selten nachlässig unscharf als »fühlen« übersetzt wird, heißt zumeist wohl eher doch: »spüren«. Es meint die Sinnesempfindungen, die Sinneswahrnehmungen, den elementaren Spürsinn des Körpers.

So lese man die Ouvertüre zu dem *Chant du Monde,* dem *Lied der Welt:*

Nacht. Der Fluß rollte mit dumpfen Stößen durch den Wald. Antonio ging zur Inselspitze. Auf der einen Seite war der Fluß tief und geschmeidig wie Katzenhaare; auf der anderen Seite war das Hüpfen des seichten Wassers. Antonio umfaßte die Eiche. In seinen Händen spürte er das Zittern des Baumes. Es war eine alte Eiche, stark wie ein Mann der Berge, und sie stand grade da, wo die Strömung sich fing, an der Spitze der Häher-Insel; ein Teil der Wurzeln ragte aus dem Wasser.

»Wie geht's?« fragte Antonio den Baum.

Der Baum hörte nicht auf zu zittern.

Das ist – gleich wie in einer Nußschale, in nuce – der ganze Giono. Hellwach, ein Spürsinn auf dem Quivive; ein Spürsinn, dem Fauna und Flora ein lebendiges Gegenüber sind – kein bloßer Rohstoff zur Verwertung.

Der Neuausgabe des autobiographischen *Jean le Bleu – Jean der Träumer* – ist ein schönes Gesprächsprotokoll beigefügt, Text eines Interviews, das Madeleine Chapsal mit dem Provenzalen geführt hat. Auf die Frage der Journalistin: »Was ist ein sinnlicher Mensch? Sind nicht auch Sie einer?«, gibt Giono treffend-trefflich die Antwort:

»Das ist jemand, der seine Sinne nützt, wenn man der Etymologie glauben darf. Er trifft keine Auswahl. Er versucht sie zu kultivieren, sie zu nützen, sich durch sie soviel Freude wie möglich vermitteln zu lassen: durch den Tastsinn, den Geruch, den Geschmack … alle fünf Sinne.«

Alle fünf Sinne: das sind gleichsam die fünf Finger der Hand, mit der Giono die Welt ergreift.

Und selbst da, wo Giono die Gefühlssphäre anspricht

mit den ihr entsprechenden Phantasien und Phantasmen, macht er allemal deutlich, wie diese ihre Wurzeln haben in der elementaren Schicht des Empfindens. So lese man etwa diesen schönen Passus aus dem *Berg der Stummen:*

»Ich spüre einen leisen Duft von Heu, der mir in die Nase dringen will, und ich glaube, ich weite meine Nüstern mit den Fingern, damit er eindringen kann; mir scheint, wenn dieser Duft in meinem Kopf ist, dann wird da eine große grüne Wiese entstehen, die lieblich zu tragen sein muß...«

Die Schicht der Empfindungen bildet gleichsam den Humus für den Wildwuchs des Gefühls- und Phantasielebens.

Wenn Sinnesempfindungen, anders als Gefühle, gebunden sind an die je konkrete Leiblichkeit, so lassen sie sich unter den Menschen teilen nur im *hic et nunc,* in einer bestimmten Situation also. Eben dies gibt der Erzählweise des jungen Giono ihr Spezifisches: selten greift er voraus in die Zukunft, so gut wie nie ergeht er sich in Rückblenden auf Vergangenes. Er richtet sein Augenmerk stets auf das Augenblickliche einer bestimmten, unwiederholbaren Situation. So etwa, wenn Antonio und der Matrose zu Eingang des *Chant du Monde – Das Lied der Welt* – die Empfindungen teilen, wie sie nachts ein unwegsames Gelände um einen Gebirgsfluß vermittelt. Oder wenn in der Ouvertüre zu *Bleibe meine Freude* unter einem nächtlichen Sternenhimmel der Bauer Jourdan und Bobi, Bobi der Vagabund, den unverwechselbaren Geruch und Geschmack einer besonderen Tabaksorte teilen.

Nicht von ungefähr wird gerade dies letztgenannte Buch im buchstäblichen Sinn Geschichte machen: der Enthusiasmus Gionos wie der seiner Leser konkretisiert sich Sommer 1935 in einer locker gefügten Gemeinschaft von Menschenfreunden, die auf der windgezausten Hochebene von *Le Contadour,* nördlich von Manosque, zwischen Lavendelfeldern ihr Domizil aufschlagen – man nächtigt zunächst in Scheunen oder im Freien; später erwirbt man ein verlassenes Gehöft, um sich dort turnusgemäß zu Ostern und im Sommer zu treffen. Eine Zeitschrift – ›*Les Cahiers de Contadour*‹ – kursiert als eine Art Rundbrief. *Le Contadour* ist weder eine eifernde Künstlerkolonie noch eine sektiererische Gruppe von Gesundheitsaposteln, die alle – vergebens, versteht sich – auf ihren Heiland warten. Nein, eher schon ist es, mit einem schönen Wort von Joseph Beuys, eine »permanente Konferenz«. Gemeinsam teilt man diesen unwägbaren Reichtum: die schiere Sinnenfreude, jetzt.

Daß die Schicht der Empfindungen elementar ist, heißt nicht, daß sie sprachlos sei – ganz im Gegenteil.

Ohne Worte zwar, doch nicht ohne Sprache.

Inspirierte Kindertherapeuten wie René Spitz oder Donald Winnicott haben vor Jahrzehnten bereits deutlich gemacht, daß das Kleinkind in einem präverbalen Dialog mit seinen nächsten Bezugspersonen steht – und daß es, wo dieser Dialog ausbleibt, psychisch wie physisch buchstäblich zugrundegeht. Es erfriert gleichsam bei lebendigem Leib. Und wenngleich anders, so doch ähnlich gravierend die Situation später: wenige Stunden in einem schalldichten und abgedunkelten Raum reichen hin, um einen Erwachsenen an den Rand eines Delirs zu bringen. Die entzogene Sinnenwelt wird in halluzinatorischen Phantasiegebilden wiedererrichtet.

Dies führt uns zu einer schmerzlichen, einer schmerzlich einschneidenden Wende in Biographie und Werk von

Giono –: am 14. September 1939, zwei Wochen nach Beginn des Zweiten Weltkriegs, wird der provenzalische Poet als militanter Pazifist, als couragierter Verfasser pazifistischer Pamphlete, von den französischen Behörden inhaftiert. Militärgefängnis Fort Saint-Nicolas, Marseille: so lautet nunmehr seine postalische Adresse. Für zwei Monate, bis Mitte November 1939, wird er, von der Außenwelt nahezu gänzlich isoliert, hinter den Bastionsmauern einer alten Festung einsitzen. Dem Sinnenmensch wird, von einem Moment zum andern, der Reichtum der Sinnenwelt genommen. Er ist dazu verurteilt, wie in Quarantäne zu leben. Und damit nicht genug — die Sozialutopie einer sinnenwachen, friedvoll ländlichen Lebensgemeinschaft ist zerbrochen. Die buntgewürfelte Gruppe von *Le Contadour* hatte sich während der ersten Septembertage in alle Winde zerstreut. Die allgemeine Mobilmachung rundum setzte dem regen Austausch der *Contadouriens* jäh ein Ende.

Nicht von ungefähr bezieht sich eine der seltenen zeitgeschichtlichen Präzisierungen in der *Großen Meeresstille* auf den Krieg, auf die zwei Weltkriege. Der Kapitän der *L'Indien* serviert seiner Mannschaft eine Flasche Pernod mit den Worten:

»Aber bitte, setzen Sie sich doch, meine Herren, und gestatten Sie mir, Ihnen ein Glas ganz besonderen Absinth anzubieten, einen Absinth, der beide Kriege miterlebt hat. *Ich habe eine Flasche für eine bedeutsame Gelegenheit aufgehoben.«*

Ein Absinth, der zwei Sintfluten miterlebt hat...

Auf den Ersten Weltkrieg, dessen Schrecken der blutjunge Giono als Frontsoldat inmitten der Materialschlachten, bei Verdun und anderswo, über Jahre erfahren hat – der Kriegsroman *Die große Herde* von 1932 gibt beredt Zeugnis davon – folgt unabwendbar dieser zweite –: so zerbricht ein utopischer Traum an der Wiederkehr eines Traumas.

Eine mörderische Militärmaschinerie hat wiederum, wie schon 1914–18, das Sagen. Die schier totale Verwertbarkeit von Mensch und Natur wird einmal mehr zur obersten Maxime.

Vor diesem Hintergrund ist *Die große Meeresstille* zu lesen – und dies ist nicht unverbindlich-blumig gemeint, sondern buchstäblich. Das Prosagedicht dokumentiert, nicht zuletzt, die Situation seines Autors. Die Gefängniszelle wird für Giono gleichsam zur Keimzelle einer neuen Art des Schreibens. Die Ereignisse vom Herbst 1939 haben abrupt eine Zäsur gesetzt: die Vergangenheit erscheint wie vorsintflutlich.

Der Gefangene des Fort Saint-Nicolas geht auf imaginäre Reisen – und auf welche Reisen sonst könnte er gehen? In seinen Gesprächen mit Jean Amrouche, Anfang der fünfziger Jahre aufgezeichnet für den Rundfunk, erwähnt Giono ein bezeichnendes Detail aus der Zeit seiner Haft: die feuchten, salpeterfleckigen Wände seiner Gefängniszelle, seines Verließes, seien ihm wie Landkarten erschienen: mit Kontinenten und Meeren... Die unscharf umrissenen Flecken lassen der Imagination, der schweifenden Phantasie, genügend Spielraum: die Reise geht nach überall wie nach nirgendwo – und zurück. Und erweist sich solcherart als eine Reise nach innen.

Hatte nicht schon Leonardo da Vinci (übrigens ein Zeitgenosse des Christoph Columbus) dem Künstler geraten, sich von Mauerflecken oder Wolkenbildungen, ja vom Auswurf auf dem Straßenpflaster, für seine bildnerischen Entwürfe inspirieren zu lassen? Einmal mehr also ist Giono in bester Gesellschaft.

Feuchtigkeit, Salpeter, Salz: ja, das Meer ist nah. Und auch dies ist buchstäblich zu verstehen: das *Fort Saint-Nicolas* liegt unmittelbar am *Vieux Port,* am alten Hafen von Marseille. Giono hörte den unablässigen Wellenschlag gegen die Flanken des Forts. Ihm muß es geklungen haben wie ein Tamtam der Hoffnung, wie der Pulsschlag des Lebens außerhalb der unverrückbaren Mauern. In dem Ende der vierziger Jahre verfaßten Roman *Noah,* der die Haftzeit Herbst 1939 in mannigfacher Form widerspiegelt, erscheint das *Marseiller Fort* selber als ein Schiff.

Ein Schiff – mit Gionos Zelle: am Bug.

»Wenn ich in meinem Castellane-Oberleitungsbus die Canebière überquere, sehe ich tief im Hintergrund das Fort Saint-Nicolas und an der Stelle, wo die Mauer die grätige Form eines Schiffbuges annimmt, den Ort meiner Zelle.«

Kein Wunder, daß der inhaftierte Giono, Anrainer des Meeres: daß er das Wasser zum Schauplatz seiner Reisen macht. Ist nicht das Meer von jeher ein Inbild grenzenloser Weite, grenzenloser Tiefe – und als solches dem Phantasieren verschwistert? Und mehr noch: in ihrem behenden Gleiten, in ihrem wie schwerelosen Schweben, geben die Seeungetüme Gionos ein Phantasiebild *der Phantasietätigkeit selber:* ungebunden in ihrer Leichtigkeit.

Das Phantasieren: ein gefiederter Engel, jenseits aller Mauern. Das Phantasieren: ein Fisch, gleitend auf allen Wassern. Fortan gewinnt die Phantasietätigkeit, das Phantasieren, die Oberhand über die Welt der Empfindungen. Nicht, daß dieser Fundus verschwunden wäre. Nur eben, daß sie nunmehr *im Gefolge* der Phantasien auftauchen – nachträglich. Mit anderen Worten: die Empfindungen bilden nicht mehr den Humus für das Phantasieleben, sondern eher umgekehrt: deren weite, weitgefächerte Kielwasserspur. So wie etwa das *Bild* des Meeres den *Sinneseindruck* von Wind auf der Haut in Erinnerung ruft.

Die Phantasiewelt, die sich in der imaginären Reise erschließt, kompensiert nicht nur den Verlust der *Bewegungsfreiheit,* sondern – viel grundsätzlicher noch – den *Realitätsverlust,* wie ihn der in den Festungskasematten isolierte Giono erfährt. Die entzogene Sinnenwelt wird in der Phantasie wieder restituiert.

Dieser Entzug trifft Giono bis hin zu einem neuralgischen Punkt: in seinem Metier nämlich. Ihm, dem passionierten Schriftsteller wie auch Leser, wird der sinnliche Bezug zur Schrift selber genommen. Damit wären wir *am Nerv der Erfahrung,* wie sie Giono im Fort Saint-Nicolas gemacht hat: im Dunkelarrest kam ihm das Schriftbild abhanden. *Noah* – in dieser Hinsicht gleichsam Kronzeuge unter den Büchern Gionos – wird diesen Verlust des Bezugs zum Typoskript in Erinnerung rufen.

Nicht von ungefähr wird am Eingang wie am Ausgang dieser Textpassage ein Engel stehen:

»Es war eine wunderbare, von Kälte ein ganz klein wenig zitronenfarbene Morgenröte. Hoch über dem Gefängnishof schwebten sehr schöne grüne Wolken in der Form der Flügel eines riesigen Engels, eines Engels, der jenseits der Mauern im Meer stehen mußte, das man gegen die Flanken des Forts schlagen hörte. Nach und nach gewöhnte ich mich wieder an das Licht und hielt still bis zum Augenblick, da ich eine Möwe sorglos über dem Gefängnis schaukeln sah. Da öffnete ich mein Buch, und während ich immerzu meine Schritte hin und her machte, ließ ich mich vom Glück überwältigen. Es ging nicht ums Lesen; den Büchern in den Gefängnissen, welcher Art sie auch sein mögen, fehlt eine von zwei Seiten.«

Und wieder setzt der Sinnenmensch Giono den Akzent: auf die »Nahrung« des Auges.

»Es ging so wenig darum, zu lesen, daß ich nach einer Minute das Buch verkehrt in der Hand hielt und daß

es, so gehalten, mir ein größeres Vergnügen bereitete als je ein Buch vorher (abgesehen von Don Quichotte). Es wurde zur Wohltat für mein Auge. Nicht mein Geist hatte nach einem Buch gehungert, sondern mein Auge hatte nach einem Schriftsatz gehungert. Nicht des Geistes war ich (Gott sei Dank!) beraubt gewesen. Ich war des typographischen Bildes beraubt gewesen, von dem mein Auge sich zu nähren gewöhnt war und von dem es sich nunmehr, in der Morgenstille unter dem grünen Flügel des Engels, nach Herzenslust nährte. Zwanzig Tage Einzelhaft bei Wasser und Brot, wie ich sie durchgemacht hatte, schienen viel zu sein.«

Und nunmehr zeichnete sich ab, warum *Die große Meeresstille,* anders als die bisherigen Bücher Gionos, nicht niedergeschrieben, sondern diktiert wurde. In der Extremsituation des Fort Saint-Nicolas tat sich eine *Kluft* auf zwischen *innerer Stimme* und *Schriftbild.* Die innere Stimme, die das Schreiben wie das Lesen stetig begleitet: diese Stimme vermag sich nicht mehr einzubetten ins Schriftbild. Die Schreibgrundlage ist verschwunden – und die Stimme findet sich wie in einem Vakuum. So isoliert wie derjenige, der sie in sich vernimmt.

Denn jede Haft ist eine Isolationshaft. Die Brücke des *sinnlichen Bezugs* zum Typoskript, die ihrerseits den Bezug zur Sinnenwelt überhaupt zu garantieren schien: diese Brücke ist in die Brüche gegangen. Das Schreiben, das sich bislang wie von selbst verstand –: plötzlich ist es problematisch.

In dem Roman *Noah* wird diese Brüchigkeit offenkundig: Giono rückt das *Wie* des Schreibens, das *Situative* des Schreibaktes selber ins Licht. So wechselt er wiederholt abrupt die Perspektive: von seinen imaginären Figuren – etwa zum Blick aus seinem Arbeitszimmer in Manosque.

Das imaginäre *Was* und das reale *Wie* des Schreibens: sie brechen einander. Aus dem bodenständigen Erzähler ist ein experimentierender, ein experimentierfreudiger Romancier geworden. Soweit Gionos *Noah – und* der Titel dieses Romans allein schon deutet ja auf eine sintflutartige Katastrophe.

Wie aber steht es um die wenige Jahre zuvor entstandenen *Fragments d'un Paradis?* Wenngleich nicht offenkundig, ist auch hier der Bruch angelegt. Das Poem der *Großen Meeresstille* – an der Wende von dem frühen Erzählwerk zu den späten Romanen – stellt gewissermaßen eine Inkubationszeit dar: Inkubationszeit einer Zäsur. Denn auch in diesen improvisierten Fragmenten kommt das Schreiben *als solches* ins Spiel – wenngleich verdeckt, wiederum phantasmagorisch eingesponnen. Erinnern wir uns an die assoziative Kette jener zitierten Textsequenz aus *Noah:*

Engelsflügel ... Gefängnishof ... Schriftbild eines Buchs ...

Kein Zweifel: eben diese assoziative Verkettung gibt gewissermaßen die Initialzündung zu den *Fragments,* die ja wiederholt die Figur des Engels verdichten mit dem Bilde des Vogels. Und führt nicht dessen *Gefieder* unversehens zur Feder: zum Federkiel: und damit zum Schreiben? Und genau als Pendant dazu jener Polyp: *»le calmar«:* der *Tintenfisch.* Jenes Meerestier, das sich bei Gefahr in eine tintige Wolke zu hüllen vermag... So wäre das Schauspiel zwischen dem Kalmar und den Vögeln – diesen gefiederten Engeln und mithin Boten der Inspiration – auch zu lesen als *eine phantasmagorische Szene des Schreibens selber.* Und nicht von ungefähr läßt der Autor – am Ende dieses Schauspiels – vom weißledernen Leib der Molluske bläulich leuchtende Blitze aufscheinen:

wie frische Tinte auf Pergament...

Und an der tätowierten Haut des Matrosen Paumolle wird, mit Tinte ausgezogen, wappengleich ein irisierendes Vogelgefieder erscheinen.

Und einmal mehr erweist sich Gionos Text als ein authentisches Dokument. Die phantasmagorischen Vögel geben Kunde von eben dem, was sie kompensieren sollen: einem Verlust, einem Entzug. Gefiedert stürzen sie ins Bodenlose.

Nicht von ungefähr gibt Giono eben diesen Text im Diktat zu Protokoll: im Beisein einer Sekretärin.

So versichert er sich einer Anwesenheit, die ihn bewahrt vor der Wiederkehr einer schmerzlichen Isolation, wie er sie während der Haft erfuhr – doch zugleich wiederholt er die traumatisierende Situation dessen, dem die Schreibgrund-lage im wörtlichsten Sinne abhanden kam und der so unter dem bedrängenden Diktat einer inneren Stimme stand.

Und Giono, im Gefängnishof des Fort Saint-Nicolas, hielt das Buch so: nämlich verkehrt.

Mit dem oberen Rand nach unten: ein Buch, aufgeschlagen: wie mit flügeloffenen Seiten.

Ein Buch – als Engel im Sturz.